Für
Rose
im September 2006

Hartmut Rißmann

Die Feuerkatze

Originalausgabe – Erstdruck

Hartmut Rißmann

Die Feuerkatze

Aller-Weser-Krimi

Schardt Verlag Oldenburg

Die Deutsche Bibliothek – CIP-Einheitsaufnahme

Ein Datensatz zu dieser Publikation ist bei
Der Deutschen Bibliothek erhältlich.

1. Auflage 2002

Schardt Verlag
Rauhehorst 77
26127 Oldenburg
Tel.: 0441-6640262
Fax: 0441-6640263
Herstellung: Janus Druck, Borchen

ISBN 3-89841-077-3

Für Sven-Pierre

Schaust du mich an aus dem Kristall
mit deiner Augen Nebelball,
Kometen gleich, die im Verbleichen;
mit Zügen, worin wunderlich
zwei Seelen wie Spione sich
umschleichen;
ja, dann flüstre ich:
Phantom, du bist nicht meinesgleichen!

Annette von Droste-Hülshoff (aus Das Spiegelbild)
geb. am 10. Januar 1797 auf Schloß Hülshoff bei Münster
gest. am 24. Mai 1848 auf Schloß Meersburg am Bodensee

Vorweg gesagt

In den Zeitungen hat scheinbar alles über diese Mordserie gestanden.

Aus rechtlichen Gründen mußte ich leider viele Details verändern.

Aber es kann mir niemand verbieten, das zu veröffentlichen, was bei der Kripo keine greifbaren und nachweisbaren Fakten sind. Die Ermittlungsbehörden dürfen nur an etwas glauben, was kriminaltechnisch bewiesen werden kann.

Darum bin ich heute froh, daß ich endlich die ganze Wahrheit schreiben kann, auch wenn es vielen Beteiligten nicht gefällt.

Hartmut Rißmann am 30. April 2002 in Hermannsburg

1. Curare?

1

Er hatte einen schnellen Tod geplant und sich tagelang eingeredet, daß er schnell und sauber töten konnte, ohne Spuren zu hinterlassen. Doch dann kam alles ganz anders und unerwartet, denn er brauchte gar nicht mehr abzudrücken. Trotzdem gab es einen schnellen Tod.

Während der Mann im blauen Anorak ahnungslos über die Straße ging, und er ruhig den rechten Arm ausstreckte und zielte, sauste ein Pfeil fast lautlos durch die Luft und traf ihn in den Hals. Die giftige Spitze bohrte sich einige Zentimeter in die weiche Haut. Zuerst fiel ihm die Pistole aus der Hand; dann fiel er kraftlos nach vorne und sackte auf den Betonsockel.

Der Mann im blauen Anorak mußte die letzten Schritte bis zur anderen Straßenseite laufen, denn der dunkelrote Jetta kam sehr schnell die Kolberger Straße hinauf.

Die Dämmerung setzte ein, und der tägliche Feierabendverkehr begann. Der Mann im blauen Anorak sah kurz auf die Armbanduhr: 17:05 Uhr. Es war Dienstagabend, der 24. Oktober 2000. Er mußte sich beeilen, wenn er seinen Sohn noch beim Fußball sehen wollte.

2

„Wenn ich nicht das Metall da liegen sehen würde“, stammelte die Frau aufgeregt, jetzt schon zum vierten Mal. „Aber ich konnte doch nicht ahnen, daß es eine Pistole ist...“

„Nun beruhigen Sie sich erst mal“, sagte Kriminalhauptkommissar Fred Rauch und lächelte die Frau an.

„Wie kann ich mich beruhigen, wenn da doch ein Toter liegt?“ Sie holte tief Luft. „Ich kann gar nicht hinsehen!“ Nervös nestelte sie an ihrem dicken Mantel und zog den Kragen hoch.

„Kennen Sie den Toten?“

„Aber nein!“ rief sie entschieden und laut. „Wie soll ich ihn kennen?“ Sie sah am Hauptkommissar vorbei. Gespenstisch zuckten die Blaulichter in der diesigen Dunkelheit. Große Strahler erleuchteten Teile des Gartens. Auf dem Grundstück an der Kolberger Straße liefen viele Polizisten. Aus einem Streifenwagen war Sprechfunk zu hören.

Der Kriminaltechniker Uwe Rommel trug einen weißen Overall, mit der großen Rückenaufschrift: Polizei. Mit Spezialgips goß er einen Schuhabdruck aus. Er war ein großer, schlanker Mann, Mitte 20 und stets freundlich. In seinem schmalen, blassen Gesicht strahlten zwei wache, hellblaue Augen.

„Sie brauchen jetzt nicht hier zu bleiben“, lächelte Rauch. „Wenn Sie wollen, lasse ich Sie nach Hause fahren. Ich brauche nur Ihren Namen und Ihre Anschrift.“ Er zog ein Notizbuch aus seiner Manteltasche. „Sie können dann morgen für das Protokoll ins Präsidium kommen.“

„Damals hat man hier in dem Haus die vielen Leichen gefunden“, hörte sie gar nicht zu und dachte immer noch entsetzt zurück.

„Das war im Herbst 1980“, nickte Rauch und schlug seinen Mantelkragen hoch. Er begann zu frieren, und das kam nicht allein von der diesigen, naßkalten Abendluft. „Ist schon fast 20 Jahre her.“ Er sah die Frau fest an. „Sagen Sie mir bitte Ihren Namen!“

„Thea Weiland. Ich wohne in der Danziger Straße 18...“

„Gut, Frau Weiland.“ Er schrieb in sein Notizbuch und steckte es wieder ein. „Sie können gehen. Kommen Sie bitte morgen vormittag ins Präsidium. Sie kennen sicher das Polizeigebäude in der Dresdner Straße. Ist ja nicht weit von der Danziger Straße.“

„Ich komme vorbei, Herr Kommissar“, flüsterte die Frau, und ihre Stimme zitterte. Langsam drehte sie sich um, sah noch einmal auf den liegenden Mann, der seltsam verrenkt über dem Betonsockel hing und trippelte dann mit unsicheren Schritten davon.

„Wie kommt ihr weiter?“ drehte Rauch sich zu seinem Kollegen, dem Kriminaloberkommissar Joachim Flensburg.

„Kaum Spuren und null Ahnung!“ Flensburg hustete. „Ist alles etwas merkwürdig.“ Er zeigte zur Seite. „Dort fehlt etwas vom Zaun. Vor dem Sockel liegt eine Pistole und über dem Sockel hängt eine Leiche...“

„Was ist daran so merkwürdig?“ Fred Rauch war schon über 20 Jahre bei der Kriminalpolizei in Germburg. Er hatte sich in den Jahren kaum verändert, nur daß er mittlerweile Kriminalhauptkommissar geworden war. Er war immer noch nicht verheiratet und hatte auch nie den Wunsch gehabt, eine Ehe einzugehen, denn er liebte das Ungebundene. Seine lockigen, pechschwarzen Haare und der schwarze Schnauzer hatten ihm schon damals den Spitznamen *Italiener* eingebracht. Seine dunklen Augen lagen wie große Geheimnisse tief in den Höhlen.

„Die Frau, die du gerade weggeschickt hast, hat zuerst die Pistole gesehen, eine schwarze Pistole..."

„Ein Stück Metall", wiederholte Rauch die Aussage von Thea Weiland.

„Noch besser", grinste Flensburg. „Ein kleines Stück Metall, während gleich daneben auf dem Sockel ein toter Mann liegt."

„Vielleicht kann sie schlecht gucken." Rauch war unzufrieden, und er fror noch mehr.

„Das solltest du sie morgen fragen!" Joachim Flensburg war auch schon über 20 Jahre bei der Kriminalpolizei in Germburg und mittlerweile Oberkommissar. Er war groß und kräftig und hatte eine offene, manchmal etwas vorlaute Art. Mit seiner Frau Karin und seiner Tochter Sandra wohnte er in einer Eigentumswohnung in der Bremer Straße.

„Was hat hier stattgefunden?" überlegte Rauch laut. „Zwei Personen sind hier im Garten. Der eine hat eine Pistole und der andere nur Pfeil und Bogen. Sie stehen sich gegenüber und bedrohen sich gegenseitig. Aber der mit dem Pfeil ist schneller und erschießt den anderen."

„Er war einsam, aber schneller", grinste Flensburg. „Bei der CDU hat Angela Merkel gestern auch ihren Generalsekretär Ruprecht Polenz in den Wind geschossen..."

„Wurde aus der Pistole überhaupt ein Schuß abgegeben?" interessierte sich Rauch nicht für den Streit in der CDU.

„Eine Hülse haben wir nicht gefunden. Warte das Ergebnis der KTU ab!"

Rauch ließ seinen Blick durch die milchige Luft wandern. „Wo hat der andere gestanden?"

„Gegenfrage: Wie weit fliegt so ein Pfeil und wie genau kann man zielen und treffen, wenn der andere eine Pistole in der Hand hält?"

„Was ist mit Fußspuren?" Rauch spürte jetzt die Kälte in seinen Füßen und begann unruhig auf und ab zu gehen.

Flensburg zeigte zur Seite. „Rommel gießt da vorne eine aus. Ob die vom Täter ist, wissen wir natürlich nicht. Aber dort könnte er gestanden haben, knapp fünf Meter von der Leiche entfernt, gleich neben einem Strauch." Er rieb seine Handflächen gegeneinander. „Der Rasen ist sehr hart. Da wird es nicht viel Spuren geben." Er schneuzte sich. „Jetzt in der Dunkelheit ist es sowieso schlecht. Morgen früh, wenn es hell ist..."

„Morgen früh werden wir hauptsächlich Spuren unserer Leute finden, die jetzt durch den Garten latschen!“ Rauch wußte, daß der aufwendige Polizeieinsatz jetzt nicht zu verhindern war.

„Dann muß eben jeder von uns seine Schuhe abgeben, damit wir unsere Spuren herausfiltern!“

Rauch wollte sich den Aufwand nicht vorstellen. „Hat der Arzt etwas zur Todeszeit gesagt?“

„Nein. Er hat nur den Tod amtlich festgestellt. Wir bringen die Leiche zur Obduktion in die Pathologie.“

„Wie lange kann eine Leiche dort direkt an der Straße liegen, bevor sie gefunden wird?“

„Bevor eine alte Frau ein kleines Stück Metall entdeckt“, grinste Flensburg.

Rauch überhörte die Bemerkung. Er kannte Flensburgs ketzerische Art. „Einen Schuß wird hier auch keiner gehört haben. Der Fahrzeuglärm! Und dann ist es weit bis zum nächsten Haus. Der Eingang der Sporthalle ist von der anderen Seite.“

„Vielleicht gab es ja keinen Schuß, und ein Pfeil macht keinen Lärm!“

„Haben wir den Namen des Toten?“

„Ja, Wilfried Sakatzke.“

„Wer muß verständigt werden?“

„Haben die Kollegen schon ermittelt“, antwortete Flensburg unwirsch. „Der Mann ist geschieden und lebte allein. Können wir uns morgen überlegen, wem wir die Nachricht überbringen.“ Er grinste breit. „Vielleicht machen wir seiner Ex-Frau damit eine Freude!“

„Dann sucht hier weiter!“ Rauch strich sich durch den schwarzen Schnauzer.

„Wonach? Sollen wir nach Indianern Ausschau halten?“

„Hier rennt doch keine Horde Indianer durch den Garten und schießt mit giftigen Pfeilen!“

„Woher weißt du denn, daß es ein giftiger Pfeil war?“ fragte Flensburg und rieb sich durch das Gesicht.

„Ich weiß gar nichts. Ich weiß nur, daß hier einer mit einer Pistole im Garten war und jetzt tot ist!“

„Vielleicht wollte er eine hauseigene Treibjagd machen. Aber hier gibt es keine Hirsche und Wildschweine!“

„Nein, aber hier gab es einen Mörder!“ Rauch vergrub beide Hände in den Manteltaschen. „Ich weiß nicht, wie man jemand mit einem Pfeil erschießen kann, der eine viel bessere Waffe in der Hand hält!“

„Bei Günter Jauch fällst du damit schon bei der Hundertmarkfrage durch", grinste Flensburg und drehte sich um.

3

„Dieses Haus an der Kolberger Straße hat etwas furchtbares an sich", flüsterte Kriminalhauptkommissar Gerhard Bleich. Er saß mit seinen Kollegen im Besprechungsraum des Polizeipräsidiums in Germburg, in der Dresdner Straße. „Damals die vielen Leichen in dem Haus..."

„Das hat gestern schon die alte Frau gesagt", warf Hauptkommissar Fred Rauch ein. „Es ist jetzt fast 20 Jahre her. Hallmann hat den Fall damals bearbeitet, und der ist schon ein halbes Jahr in Rente." Er sah in die Runde. „Was haben wir als Fakten?"

„Noch nicht viel." Bleich war ein ruhiger Mann und seit zwei Jahren Hauptkommissar. Er leitete das 4. Kommissariat, das Drogendezernat, und mußte jetzt seinen Kollegen Rauch im 3. Kommissariat unterstützen, der für die Ermittlung von Kapitalverbrechen zuständig war. „Flensburg ist noch mal mit einigen Kollegen draußen. Sie suchen im Garten nach weiteren Spuren. Vielleicht finden sie jetzt im Hellen etwas." Bleich war sehr korpulent. Er war schon immer dicklich gewesen. Nachdem vor fast fünf Jahren seine Frau gestorben war, lebte er sehr ungesund: Fettes Essen, viel Alkohol und keine Bewegung. Seine Kollegen meinten, er fräße und saufe den Kummer in sich hinein. Dabei sah er auch meistens sehr traurig aus. Über den dicken Tränensäkken waren seine Augen immer feucht.

Rauch nahm ein Foto in die Hand. „Ein schöner Schuhabdruck. Den haben wir auch in Gips. Aber solche Schuhe gibt es viele."

„Was sagen die Pathologen?" mischte sich Kriminalrat Horst Klingel ein.

„Ich habe vorhin noch mal mit dem zuständigen Arzt im Krankenhaus telefoniert", antwortete Rauch. „Er ist nach wie vor unsicher. Es könnte ein Indianergift sein..."

„Die werden doch wohl ein Gift analysieren können!" rief Klingel laut und energisch. Seine dumpfe Stimme klang drohend.

„Wie der Arzt sagte, hat es am Toten noch lange nach Eintritt der Leichenstarre Veränderungen gegeben..." Rauch strich sich durch die lockigen, pechschwarzen Haare und zuckte die Schultern. „Schalten wir das LKA ein! Sollen die in Hannover sich überlegen, ob sie einen Spezialisten herschicken oder wir schaffen die Leiche nach Hannover."

„So kommen wir nicht weiter!" rief Klingel laut. „Ich richte hiermit eine SOKO ein und nenne sie die SOKO GIFT!" Er freute sich wie ein kleines Kind, daß er endlich mal eine Sonderkommission aufstellen konnte. „Sie wird von Herrn Rauch geleitet. Ihm zur Seite stehen Herr Bleich und Herr Flensburg..." Er machte eine Pause und dachte nach. „Herr Rommel von der Kriminaltechnik ist auch dabei und ebenso der Kollege Rotteck." Er grübelte weiter. „Dann werde ich noch drei Herren von der Schutzpolizei bestimmen..."

„SOKO GIFT", wiederholte Rauch leise. „Kriegen wir das wirklich ohne das LKA hin?"

„Was wissen wir?" Der kleine, hagere Klingel sprang auf und baute sich vor Rauch auf. „Wer ist der Tote?"

„Der Mann heißt Wilfried Sakatzke..."

„Hieß Wilfried Katze oder so ähnlich!" wurde Klingel noch lauter.

„Der Mann hieß Wilfried Sakatzke", blieb Rauch ruhig. „Er ist geschieden oder war geschieden und lebte allein. Seine Eltern sind schon lange tot oder waren tot." Er grinste dem Kriminalrat in den Rücken, der vor dem Fenster auf und ab lief. „Sakatzke war 50 Jahre alt. Ein Bruder von ihm soll in Salzgitter leben..."

„Was ist mit dem Bruder? Was ist mit seiner Ex-Frau?" drehte Klingel sich um.

„Um seinen Bruder kümmern sich die Kollegen in Salzgitter, und seine Ex-Frau kommt heute Nachmittag zu uns. Sie bringt ihren 17-jährigen Sohn mit. Vorher bin ich mit Frau Sakatzke in der Pathologie. Sie wollte den Mann erst nicht identifizieren..."

„Aber dazu ist sie verpflichtet!" donnerte Klingel.

„Ist sie nicht", gab Rauch grob zurück. „Sie ist nämlich geschieden!"

„Wenn Sie da sind, machen Sie den Ärzten Druck!" war Klingel ungehalten. „Ich will ein Ergebnis haben!"

„Ich habe von einer Freundin oder Bekannten des Toten erfahren", sagte Bleich leise. „Eine Nachbarin des Toten weiß von einer Edeltraut Brunner..."

„Die soll auch sofort herkommen!" rief Klingel barsch. „Ich brauche Fakten. Heute Nachmittag unterbricht der Staatsanwalt seinen Urlaub und will erste Ergebnisse haben!"

4

Walter Brunner war ein großer, kräftiger Mann mit kurzen schwarzen Haaren und einem ernsten Gesicht. Seine dunklen Augen glühten tief in den Höhlen. Er hatte fast 20 Jahre als Heizungsmonteur gearbeitet. Jetzt war er arbeitslos und lebte mit der Kellnerin Katja Riethmann und deren unehelichen Sohn Marcel in seinem Haus, in Germburg, in der Hansenstraße. Seine Frau Edeltraut war mit den beiden Söhnen Heiko und Timo vor fast einem Jahr in eine Mietwohnung in der Bremer Straße gezogen.

„Da treibt sich der Sakatzke im Garten an der Kolberger Straße herum und wird mit einem Pfeil erschossen!" Walter Brunner warf die Tageszeitung auf den Küchentisch. Er griff seine Bierflasche und trank einen kräftigen Schluck. Langsam stellte er die fast leere Flasche auf den Tisch zurück und rieb seine feuchten Hände an der Schlafanzugjacke trocken. Er sah nicht die schwarzen Ränder an dem blassen Blumenmuster.

„Was regst du dich darüber auf?" fragte die blonde Katja Riethmann. „Geschieht deiner Ex recht. Erst brennt sie mit dem Sakatzke durch, nimmt deine Kinder mit und jetzt sitzt sie sicher zu Hause und heult sich die Augen aus." Sie lachte laut, und ihr Silberblick sah falsch aus.

„Verstehst du denn nicht?" sprang Brunner erregt auf. „Das war gestern abend an der Kolberger Straße. Genau an dem Garten bin ich über die Straße gegangen, weil ich Heiko beim Fußball zusehen wollte."

„Und jetzt glaubst du, daß dich einer mit dem Pfeil erschießen wollte", lachte Katja Riethmann noch lauter. „Warum? Mach dich doch nicht lächerlich!"

Brunner nahm wieder die Bierflasche und trank sie in einem Zug leer.

Sie drehte sich vor dem Herd um. „Du solltest mal wieder den Schlafanzug wechseln!"

„Was stört dich an meinem Schlafanzug?" fragte er erregt.

„Auf der Jacke sind einige Bierflecke und dreckig ist er auch!" Ihr Silberblick sah jetzt gefährlich aus, und er mußte sich abwenden. „Seit mindestens vier Wochen trägst du das Ding schon. Guck dir mal die Hose an!"

„Wenn dir mein Schlafanzug nicht paßt, kannst du gehen und nimm dein Gör gleich mit!“

„Ich habe dir schon einige Male gesagt, daß mich hier nichts hält. Ich kann mir auch eine Wohnung nehmen. Möchte wissen, wovon du dann leben willst. Du mußt das Haus abbezahlen und bist arbeitslos, freiwillig arbeitslos geworden, nur weil du deiner Alten nichts bezahlen willst!“

„Ich weiß, was ich tue!“ Er rieb seine feuchten Hände wieder an der Schlafanzugjacke trocken.

„Da bin ich nicht so sicher. Deine paar Kröten reichen doch hinten und vorne nicht. Wenn ich nichts verdienen würde, könntest du nicht mal den Hausabtrag leisten!“

„Dafür kriegt die Alte aber nichts!“ Er lachte laut und falsch.

„Sie wird sich das Geld für die Kinder bei der Stadt holen“, grinste Katja Riethmann und wendete in der Pfanne ein Stück Fleisch.

„Kann die Stadt meinetwegen bezahlen!“ lachte er noch lauter und trat vor den Kühlschrank.

„Die Stadt streckt das aber nur vor, weil du nicht bezahlst. Aber es sind deine Schulden! Wenn du mal wieder Arbeit hast, werden sie sich die Kohle zurückholen!“

„Aber nicht von mir!“ Er verschluckte sich beim Lachen. „Ich bin Walter Brunner, und von Walter Brunner kriegt keiner Kohle!“ Er nahm eine neue Flasche Bier aus dem Kühlschrank. „Und was hat das nun mit meinem Schlafanzug zu tun?“

„Du trägst ihn nachts und den ganzen Tag und das Woche für Woche...“

„Warum soll ich im Haus nicht in meinem Pyjama rumlaufen?“ Er öffnete die Flasche und nahm schnell einen kräftigen Schluck. „Wenn ich rausgehe, ziehe ich mich schon anders an!“

„Würde mich nicht wundern, wenn du auch noch im Schlafanzug einkaufen gehst!“ Sie lachte schrill und nahm die Pfanne vom Herd.

5

Hier war fast alles weiß. Die Fliesen auf dem Fußboden und auch die Fliesen an allen vier Wänden sahen weiß und steril aus. Die Tür zum Flur war aus massivem Holz und hellweiß gestrichen. Mitten in dem Raum stand ein Metallbett. Das Metall war immerhin grau. Dafür strahlte das Laken ein Superweiß aus, wie es wohl nur die besten

Waschmittel hervorzaubern können. An der linken Wand stand ein kleiner Schreibtisch, natürlich auch weiß. Und von der Decke fiel grell weißes Licht, blendete gleißend und war irgendwie unwirklich und tot. Es war ja auch der Raum für die Toten, in der Pathologie des Weserkrankenhauses in Germburg.

„Hat er ein markantes Zeichen, irgendwo am Arm oder am Bein?" fragte der große Mann in dem weißen Kittel und sah die Frau mit den blonden Locken ernst an.

„Wollen Sie nur Hände oder Beine zeigen?" fragte Hauptkommissar Fred Rauch unsicher und sah den Pathologen Dr. Günter Trankel ernst an. Er faßte Cornelia Sakatzke vorsichtig am Arm und hielt sie zurück, denn sie standen unweit vom Metallbett, auf dem sich das superweiße Laken nach oben wölbte.

„Wenn es nicht unbedingt sein muß, möchte ich das Gesicht nicht zeigen", antwortete Trankel und sprach wie immer schnell und undeutlich. Er setzte seine Brille ab. Da sah sein kantiges Gesicht plötzlich nackt aus.

„Ist es so schlimm?" fragte Rauch und verstand es nicht. Er war schon oft dabei gewesen, wenn Tote identifiziert werden mußten. Tote sehen nie schön aus, aber auch nicht häßlich oder wie Monster. Manchmal sind sie durch Wunden etwas entstellt.

„Das Gift hat sich nach dem Tod noch im ganzen Körper ausgebreitet", war Trankel kaum zu verstehen, weil er viele Silben verschluckte. „Das ist unüblich. Darum bin ich bei dem Gift auch so unsicher."

„Nun nehmen Sie schon das Laken hoch!" sagte Cornelia Sakatzke laut. „Ich werde nicht schreiend zusammenbrechen!" Ihre Sommersprossen im blassen Gesicht sahen im grellen Licht wie Leichenflecken aus.

„Also gut", hob Trankel links das Laken etwas aus.

Da war ein Kopf, aber kein richtiges Gesicht. Aufgeschwemmte Wangen, die Augen blutrot und überall rote Flecken, die über den Hals weiter nach unten liefen, über den ganzen Körper.

„Was ist das?" fragte Rauch entsetzt, denn so etwas hatte er noch nicht gesehen.

„Das Gift hat noch nach dem Tod Pigmente zerstört und verändert. Der ganze Körper ist voller roter Flecken und an vielen weichen Stellen aufgedunsen." Trankel sah Cornelia Sakatzke an. „Ist er das?"

„Ja!“ antwortete sie mechanisch und drehte sich zu Rauch. Zu erkennen war Wilfried Sakatzke nicht mehr, denn dort lag nicht der Mann, den sie mal geheiratet hatte, sondern ein blutrünstiges Tier.

Rauch nickte stumm und sah die Frau an. Ihre roten Lippen im blassen Gesicht sahen aus wie das Maul eines Tieres, das einen Menschen zerfleischt hatte, und dieser Mensch lag hier reglos unter einem weißen Laken.

6

Der Raum war nicht wohnlich und auch nicht steril, sondern einfach nur furchtbar und einsam. Niemand konnte sich vorstellen, wieviel in diesem Raum gelogen, aber auch zurecht gerückt worden war, und niemand hatte nur die leiseste Vorstellung, welche Tragödien hier ans Tageslicht gekommen waren, auf einfachen Metallstühlen und vor einem billigen Kunststofftisch. Nicht mal das Tageslicht konnte frei in diesen Raum dringen, denn vor dem Fenster war ein häßliches Metallgitter. Und die Wände waren noch nicht einmal richtig weiß.

„In welchem Verhältnis standen Sie zu Herrn Sakatzke?“ fragte Hauptkommissar Fred Rauch ruhig und sah erst die hübsche Frau und dann seinen Kollegen Hauptkommissar Gerhard Bleich an.

„Fragen Sie doch nicht so! Sie wissen es doch!“ Edeltraut Brunner rieb sich durch die rotgeweinten Augen. Ihre braunen Haare hingen ungekämmt bis auf die Schultern und wurden von einigen grauen Strähnen durchzogen. Ihre Wangen waren blaß und die Lippen blutleer.

Sie saßen sich an dem billigen Kunststofftisch gegenüber, auf dem ein Kassettenrecorder und ein Mikrofon standen.

„Haben Sie ihn geliebt?“

Sie nickte und zog ein Papiertaschentuch aus ihrer Hose. Unter ihrem engen, grünen Pullover wölbte sich eine üppige Oberweite.

„Aber Sie haben nicht zusammen gewohnt?“

„Nein...“ Ihre Stimme brach. Durch einen Tränenschleier glitt ihr Blick aus dem Fenster nach draußen, zwischen Metallstäben hindurch. Nur schemenhaft sah sie den nahen Kirchturm der St. Johanni Kirche.

„Wußten Sie, daß er eine Pistole hatte?“

„Er besaß keine Pistole!“ rief sie laut. „Er haßte Waffen!“ Sie hörte das monotone Geräusch des Kassettenrecorders und begann wieder zu schluchzen. Die Videokamera in der Ecke, direkt unter der weißgetünchten Zimmerdecke, hatte sie noch nicht entdeckt.

„Er wollte auf irgend jemand schießen", sagte Rauch bestimmt.

„Jemand hat ihn erschossen und ihm dann die Pistole in die Hand gedrückt." Edeltraut Brunner schneuzte sich die Nase und knüllte das Papiertaschentuch in ihrer zierlichen Faust.

„Tut mir leid, Frau Brunner, aber ich muß Sie auch nach Ihrem Mann fragen!"

Sie rieb sich durch die Augen und sah Rauch unsicher an. „War er es?" Ihre Stimme zitterte.

„Würden Sie es ihm zutrauen?"

Sie senkte den Blick und schwieg.

Rauch wartete geduldig und wiederholte seine Frage: „Trauen Sie Ihrem Mann einen Mord zu?"

„Wenn er getrunken hat, ist er unberechenbar", flüsterte sie kaum hörbar.

„Trinkt er viel?"

„Früher ging es. Aber seitdem er arbeitslos ist, soll es schlimmer geworden sein. Er hat mich neulich auf der Straße angepöbelt, total voll. Und er soll auch seine neue Freundin prügeln..."

„Worum geht es, wenn er Sie anpöbelt?"

„Worum wohl?" lachte sie auf. „Um die Kinder und um Geld!" Mit ihrem rechten Zeigefinger rieb sie über die rot lackierten Fingernägel ihrer linken Hand. Der Nagel des Daumens war eingerissen und sah aus wie eine blutende Wunde.

„Zahlt er Unterhalt?"

Sie schluchzte auf. „Anfangs wollte er nicht zahlen, weil er wollte, daß ich zu ihm zurückkomme. Er meinte, daß er nicht zahlen muß, weil ich ihn verlassen habe..."

„Warum haben Sie ihn verlassen?" fragte Bleich dazwischen.

„Muß ich darauf antworten?" Fast flehentlich ließ sie ihren tränenverschleierten Blick zwischen den beiden Kripobeamten wandern.

„Nein, darauf müssen Sie nicht antworten", sagte Rauch schnell und rang sich ein Lächeln ab. „Wie ging das dann mit dem Unterhalt weiter?"

„Ein ehemaliger Kollege von ihm hat mir erzählt, daß er dann weniger Stunden gearbeitet hat. Er ist Heizungsbauer und hat auf Stundenlohn gearbeitet. Als die Firma Leute entlassen mußte, hat er sich freiwillig gemeldet..."

„Wissen Sie das sicher?"

„Ich weiß nur, was seine Ex-Kollegen erzählen.“ Sie schneuzte sich wieder die Nase und kramte in ihrer Hosentasche nach einem anderen Taschentuch. „Irgendwie soll er wegen Stundenfälschung auch noch Zoff mit seinem Chef bekommen haben.“ Sie atmete tief durch und wischte sich wieder Tränen aus dem Gesicht. „Jedenfalls hatte er einige Monate weniger Geld, wegen der geringen Stunden. Darum bekommt er auch nur sehr wenig Arbeitslosengeld.“ Sie sah Bleich ernst an. „Wenn seine neue Freundin nicht als Kellnerin arbeiten würde, könnte er das Haus nicht halten. Ich habe dann keine Mark mehr gesehen...“

„Bekommen Sie Sozialhilfe?“ fragte Rauch.

„So einfach ist das nicht. Er mußte mich auszahlen, weil ich mir alles neu anschaffen mußte...“

„Wer hat die Auszahlung angeordnet?“

„Keiner! Sein Anwalt hat ihm dazu geraten. Wir haben eine notarielle Vereinbarung getroffen...“

„Dann haben Sie also etwas Geld bekommen“, stellte Rauch sachlich fest und war der Meinung, daß dieses Gespräch nichts mit dem Fall zu tun hatte.

„Es hat gerade so zum Anschaffen von Möbeln gereicht. Immerhin sind die beiden Kinder auch bei mir...“

„Um noch mal auf das Thema Sozialhilfe zu kommen“, war Bleich interessiert. „Wer regelt das?“

„Es gibt eine Unterhaltsvorschußkasse. Die ist bei der Stadt, beim Jugendamt. Da bin ich hin und sollte auch den mir zustehenden Unterhalt bekommen...“

„Was steht Ihnen zu?“

„Es gibt die Düsseldorfer Tabelle. Darin ist klar geregelt, wie viel Unterhalt pro Kind bezahlt werden muß. Das staffelt sich nach Alter des Kindes...“

„Und bezahlt die Unterhaltsvorschußkasse?“ bohrte Bleich weiter. Er sah wütend aus, aber seine Augen waren wieder feucht und traurig.

„Nein. Mein Mann ist auch an das Jugendamt herangetreten. Er will mindestens ein Kind bei sich haben: Heiko, unseren Ältesten. Dann soll die Kasse auch an ihn bezahlen...“

„Kein Wunder, daß die Städte und Gemeinden kein Geld mehr für Straßenbau, Schwimmbäder, Büchereien und so weiter haben!“ rief Bleich ungehalten. „Fast alle Trennungen führen zu Sozialfällen! Und das bezahlen wir Steuerzahler!“

„Muß ich mir das anhören?“ fragte Edeltraut Brunner erregt.

„Nein, das müssen Sie nicht!" antwortete Rauch laut und sah seinen Kollegen böse an. „Würdest du uns bitte mal allein lassen, Gerhard?"

Bleich nickte, stand wortlos auf und verließ den miesen Vernehmungsraum.

Rauch musterte die immer noch schluchzende Frau und begann leise und vorsichtig zu sprechen: „Tut mir leid, Frau Brunner. Ich entschuldige mich für meinen Kollegen. Er ist in Fragen der Sozialhilfe anderer Meinung."

Sie nickte stumm.

„Sie sprachen von Ihrem ältesten Sohn. Wie heißt er?"

„Heiko."

„Und wie alt ist Heiko?"

„Er ist 12 geworden."

„12", dehnte Rauch seine Stimme und sah die junge Frau ernst an. „Möchte er denn lieber bei seinem Vater leben?"

„Ich glaube schon", flüsterte sie und wischte sich durch die Augen.

„Und Ihr anderer Sohn heißt?"

„Timo. Er ist erst acht." Sie schluchzte laut. „Ich möchte aber nicht, daß die Brüder auseinander gerissen werden!"

„Kinder sind leider oft die Leidtragenden bei einer Trennung", sprach Rauch behutsam weiter und ließ die Frau nicht aus den Augen. „Sie erzählten von dieser Vorschußkasse..."

„Unterhaltsvorschußkasse", berichtigte sie.

Rauch nickte. „Wenn Sie von dort Geld bekommen, muß Ihr Mann irgendwann dafür aufkommen." Er strich sich über seinen Schnauzer. „Hat er Vermögen?"

„Er hat das Haus!" schoß es aus ihr heraus. „Und er hat die große Versicherung!"

„Eine Versicherung?" war Rauch interessiert.

„Es ist eine Kapital-Lebensversicherung. Sie könnte ausgezahlt werden..."

„Wer würde das Geld bekommen, wenn Ihr Mann verstirbt?"

„Ich, denke ich", war sie etwas unsicher.

„Sagen Sie mir bitte, bei welcher Gesellschaft diese Versicherung besteht!"

7

Die beiden Frauen waren sich im Flur noch begegnet und hatten wie immer kein Wort miteinander gesprochen.

„Solange er bei mir gewohnt hat, besaß er keine Waffe“, sagte Cornelia Sakatzke böse und rieb ihre Handflächen nervös gegeneinander. Sie war eine Stunde später gekommen, weil sie erst noch einkaufen wollte. „Wahrscheinlich hat ihn diese Brunner dazu verleitet, sich eine Pistole zu kaufen.“

„Legal konnte er keine Pistole kaufen“, erklärte Hauptkommissar Fred Rauch leise. „Ihr Mann hatte nämlich keinen Waffenschein.“

„Ex-Mann!“ keifte sie böse. Ihr Blick glitt durch die etwas beschlagene Scheibe nach draußen. Sie sah den nahen Kirchturm der St. Johanni Kirche und dachte daran, daß dort alles begonnen hatte, mit einem Ja-Wort.

„Wie auch immer: Wir haben beim Ordnungsamt nachgefragt. Ihr Ex-Mann hat nie eine Waffenbesitzkarte gehabt.“

„Wo kann man denn so eine Pistole kaufen, wenn man keine Besitzkarte hat?“ Sie war dezent geschminkt. Ihre geschwungenen Lippen hatte sie rot nachgezogen. In ihrem blassen Gesicht mit den vielen Sommersprossen darin sah die Farbe aber eher aus wie Blut.

Rauch zuckte die Schultern. „Da gibt es viele Möglichkeiten.“ Er lächelte die Frau an, obwohl er keine blonden Locken mochte. „Wir werden es herausbekommen!“ Er sprach es laut und bestimmt und glaubte es nicht.

„Mit wem hat er sich da getroffen? Wollte er jemanden umbringen?“ Ihre Stimme klang laut und energisch.

„Ich weiß es nicht! Aber auch das werden wir herausbekommen!“ Diesen Ausspruch glaubte Hauptkommissar Rauch und sah die junge Frau ernst an. „Wir wissen noch zu wenig von ihm.“ Er versuchte zu lächeln. „Wer war Wilfried Sakatzke?“

„Irgendwann mal mein Mann und eigentlich ein Idiot!“

„Sie hielten nicht viel von ihm?“ Rauch fand, daß die Rosalackierung ihrer Fingernägel nicht zu den schmalen und sehr kurzen Fingern paßte.

„Immerhin habe ich mich noch rechtzeitig scheiden lassen!“ Ihr Blick blieb starr, und Rauch spürte, daß sie keine Regung empfand.

„Was war er von Beruf?“

„Das wußte er wohl selbst auch nicht so genau.“

„Von irgendwas muß er aber gelebt haben“, wurde Rauch über die plumpen Antworten ungehalten. „Als Sie noch verheiratet waren, hat er Sie und Ihren Sohn doch ernährt!“

„Er kaufte irgendwo irgendwelchen Krimskrams und verhökerte alles wieder. Oft sah die Wohnung wie ein Lager für Plunder aus. Immer wieder heuerte Herr Rabenstein ihn an...“

„Der Pleite-Unternehmer Rabenstein?“

„Genau der! Da ging es um den Schund, den der vertrieb.“ Sie lachte laut. „Alles absoluter Plunder! Billige Teller und Vasen aus Korea. Und Wilfried hortete den Kram bei uns in der Wohnung. Kartonweise stand der Scheiß im Keller und sogar unter dem Bett. Er fuhr damit nach Bremen und suchte Kunden für den ganzen Mist!“ Sie sah Rauch ernst an. „Wenn bei Rabenstein nichts war, fand er schnell etwas anderes. Manchmal half er für einige Monate in einer Werbeagentur aus, wo er Texte schrieb. Oder er packte seine Gitarre ein und blieb einige Tage in Hamburg, wo er in irgendwelchen Musikstudios als Musiker arbeitete...“

„Er ging also keiner geregelten Arbeit nach“, war Rauch immer noch nicht zufrieden. „Was hat er denn in seiner Freizeit gemacht?“

„Für ihn war sein ganzes Leben Freizeit. Er war ja ungebunden. Manchmal klimperte er einen halben Tag lang auf der Gitarre herum, daß ich es oft nicht aushalten konnte. Oder er saß nächtelang und las Bücher über Ufos und Aliens. Montagabends glotzte er immer Akte X. Wenn es über ihn kam, schaltete er mitten in der Nacht ein uraltes Radio ein, das auf Mittelwelle oder Langwelle erbärmlich rauschte. Mit einem Mikrofon sprach er dann in das Rauschen hinein und rief die Verstorbenen...“

„Er machte was?“ fuhr Rauch erschrocken hoch.

„Kennen Sie das nicht?“ sagte sie ungläubig. „Das ist mittlerweile eine Wissenschaft. Da sprechen diese Verrückten mit den Toten. Wilfried hat angeblich oft Kontakt zu seinem Opa gehabt, der schon über 20 Jahre tot ist...“

„Wir haben ein altes Radio und auch ein großes Tonbandgerät in seiner Wohnung gefunden“, flüsterte Rauch und versuchte sich Gespräche mit Toten vorzustellen.

„Und jetzt sitzt er selbst da oben!“ Sie zeigte zur Zimmerdecke und grinste. „Mit wem er nun wohl spricht?“

„Was Sie über die Mysterien gesagt haben, ist uns auch aufgefallen. Da lagen viele Videokassetten von Akte X und ganze Berge Zeitungen über seltsame Phänomene. Meine Kollegen sichten das noch." Rauch konnte sich überhaupt kein Bild von dem Ermordeten machen. „Wie lange sind Sie schon geschieden?"

„Drei Jahre", antwortete sie schnell, ohne nachzudenken.

„Und welchen Beruf üben Sie aus?"

„Ich bin in einem Reisebüro, hier in Germburg."

„Fällt Ihnen noch etwas ein?" Rauch musterte die Frau, die ihm immer unsympathischer wurde.

„Ich denke, ich habe alles gesagt, obwohl..." Sie hielt inne und senkte den Blick.

„Obwohl was?"

„Obwohl ich Ihnen sagen sollte, daß er manchmal auch tagelang gesoffen hat. Dann war er unausstehlich und hielt sich für den Allergrößten!"

„Wie meinen Sie das?"

„Öfter las er mir aus der Bibel vor und tat strenggläubig. Gott hat noch Großes mit mir vor, sagte er dann." Sie lachte keß. „Das sehen wir jetzt! Gott hat ihn wohl vergessen!"

„Merkwürdiger Mensch", flüsterte Rauch und sah den großen, schlaksigen Jungen an. „Wie war denn dein Verhältnis zu deinem Vater?"

„Ich habe ihn schon lange nicht mehr gesehen", antwortete Lars Sakatzke und kratzte an einem eitrigen Pickel in seinem Akne-Gesicht.

„Frau Sakatzke, wer könnte ein Interesse daran haben, Ihren Ex-Mann zu ermorden?"

„Irgendein Dummer wird sich schon finden, die Arschlöcher nach und nach von der Erde zu vertilgen!" antwortete sie grob.

„Finden Sie es in Ordnung, wenn Sie vor Ihrem Sohn so über seinen Vater reden?"

„Es ist mein Sohn, und er hat schon lange keinen Vater mehr!" Sie sah Rauch böse an. „Er hat nämlich nie einen richtigen Vater gehabt!"

„Aber, Frau Sakatzke!" rief Rauch. „Er war Ihr Mann, und er ist der Vater Ihres Sohnes!"

„Wie in einem billigen Krimi!" giftete Cornelia Sakatzke. „Ich müßte es doch besser wissen! Aber nun weiß die Polizei es besser!"

„Wollen Sie damit andeuten, daß Wilfried Sakatzke nicht der leibliche Vater Ihres..." Er hielt erschrocken inne und konnte seinen Blick nicht von dem Jungen nehmen.

„Sprechen Sie es ruhig aus!" keifte sie. „Lars weiß schon lange, daß mit seinem Vater nicht alles in Ordnung war." Sie grinste Rauch an. „Lars ist alt genug!“ Sie zog eine Packung Zigaretten aus ihrer Handtasche. „Darf ich hier rauchen?“

„Ich kann es Ihnen nicht verbieten“, antwortete Rauch unwirsch, dem es nicht gefiel, wenn im Vernehmungsraum geraucht wurde. „Könnten Sie etwas deutlicher werden?“

„Kann ich!“ Sie entzündete eine Zigarette und steckte Packung und Feuerzeug in die Handtasche zurück. „Ich weiß nicht, ob Sie wissen, daß es Männer mit Problemen gibt, wo keine Probleme sind...“

„Werden Sie doch bitte deutlich!“

„Gerne“, grinste sie und blies eine milchige Rauchwolke in den Raum. „Es gibt Männer, die gar keine Männer sind, weil sie ein Problem mit sich herumschleppen, etwas von sich in eine andere Person zu stecken...“

Rauch raufte sich durch die lockigen Haare. „War er impotent?“

Sie zuckte die Schultern und zog an ihrer Zigarette. „Keine Ahnung“, grinste sie. „Ich bin kein Arzt. Angeblich gibt es ja keine Impotenz, sondern nur eine erektile Dysfunktion...“ Sie blies eine dicke Qualmwolke aus. „Er hatte seinen Schwanz nur zum Pinkeln!“

„Wie haben Sie damit gelebt?“ fragte Rauch unsicher und wußte nicht, ob er die Frau wirklich richtig verstanden hatte.

„Wie kann man als junge, gesunde Frau damit leben? Wie konnte ich damit leben?“ Sie grinste immer noch. „Wenn er sich mal ins Ehebett verirrt hatte, was Gott sei Dank kaum vorkam, habe ich ihm ein großes Glas Kognak ans Bett gebracht...“ Sie begann zu lachen, verschluckte sich am Qualm und mußte husten. „Dann hatte ich meine Ruhe!“ Sie sah Rauch an und suchte nach einem Aschenbecher. „Eine Frau ist eine Frau und kein Versuchskaninchen!“

Rauch zog einen Aschenbecher heran und schob ihn über den Tisch.

„Ich wollte aber auch kein hauseigenes Kloster aufmachen!“ Sie streifte die Asche ab. „Vielleicht noch mit dem Namen: Kloster der ahnungslosen Nonnen.“

Rauch blieb ernst. „Dann interessiert mich natürlich, wer der richtige Vater ist.“

„Das wollten damals schon alle wissen. Aber mittlerweile hat es jeder Depp gemerkt!“

„Da ich kein Depp bin, kann ich es noch nicht gemerkt haben!“

„Wissen Sie, ich habe nicht lange herumexperimentiert“, rauchte sie hastig. „Anfangs bin ich mit der Situation nicht fertig geworden, zumal ich immer gehofft habe, daß es sich noch bessert. Dann hat mein

Hausarzt mich zu einem Therapeuten geschickt. Ich war einige Monate fast jede Woche bei Dr. Glotter..." Gierig sog sie den Rauch in ihre Lungen. „Rolf sagte mir dann, daß mein Problem nur die fehlende Zärtlichkeit war..."

„Rolf?" wiederholte Rauch ungläubig, der den Psychiater Rolf Glotter kannte.

„Ja, Rolf", grinste sie. „Er hatte keine Frau und ich nur einen Mann, der kein Mann war..." Sie strich wieder Asche ab. „Ja, und dann wurde ich schwanger..."

„Hassen Sie Ihren Ex-Mann?" fragte Rauch ernst und laut.

„Soll ich mich hier verdächtig machen?"

„Sie brauchen nichts zu sagen, womit Sie sich selbst verdächtig machen!"

„Wilfried konnte auch verständnisvoll und lieb sein", setzte sie ein gekünsteltes Lächeln auf. „Wenn wir irgendwo eingeladen waren, und ich mal wieder einen Mann wollte..."

„Das würde ich gerne genauer wissen!"

„Ich weiß zwar nicht, was es bringt", grinste sie. „Aber Sie werden wohl ein richtiger Mann sein und können sich gar nicht in die Lage versetzen..."

„Ich versuche es!" lächelte Rauch.

„Also, es kam vor", rauchte sie ruhig und strich die Asche ab. „Da wollte ich einen Mann, und wir waren irgendwo. Wenn Wilfried merkte, daß ich ein Auge auf einen anderen geworfen hatte, stand er auf, verabschiedete sich freundlich und ging."

„Nach Hause?"

„Wenn er sicher sein konnte, daß der andere eine eigene Wohnung hatte, ging er nach Hause. Wenn er aber wußte, daß ich den anderen mit zu mir nehmen mußte, ging Wilfried in eine Kneipe und kam erst am nächsten Vormittag heim..."

Rauch konnte sich das Gesagte kaum vorstellen. So dumm konnte doch kein Ehemann sein! „Ich frage Sie noch mal: Haben Sie ihn gehaßt?"

„Warum sollte ich ihn gehaßt haben?"

„Aber Sie haben ihn doch mal geliebt", stöhnte Rauch.

„Die Polizei weiß es schon wieder besser!" Ihre Stimme klang noch böser.

„Frau Sakatzke, bitte führen Sie hier keine Show auf. Sie haben den Mann mal geheiratet!"

„Das ist das einzige, was stimmt!“ Sie rauchte und sog gierig an ihrer Zigarette. „Aber jetzt bin ich geschieden!“ Sie grinste. „Zum Glück, denn sonst wäre ich jetzt Witwe...“

8

Der Wind war stärker geworden. Er bog die Wipfel der hohen Kiefern hin und her, und ihre Stämme quietschten einen markigen Ton. Das blasse Mondlicht drang nur hin und wieder durch die Wolkenberge, die der rauhe Wind am Himmel von Westen heranschob. Die Sterne hatten in dieser Nacht nur wenig Licht, weil sie weit hinter den Wolken waren. Das Gesicht eines bärtigen Mannes wurde sichtbar. Als die Wolkenberge sich wieder zusammenschoben, war aus dem Gesicht ein dicker schwarzer Kloß geworden.

Die Frau kuschelte sich in ihren Anorak und drückte den Kragen noch näher an ihren Hals. Ihr Blick wanderte unaufhörlich über den Himmel, der heute sternenlos war und nur hin und wieder etwas vom Mond preisgab. Sie lauschte in die Stille und hörte immer wieder das Quietschen der Kiefern. Aber da waren auch entfernte Schreie einer Eule, und ein Kauz versuchte vergeblich einen Gesang. Die Frau kannte sie alle und wußte, wo sie waren. Die beiden Schleiereulen zogen ihre Runde in der Nähe des Teiches. Sie waren nur selten zu hören. Die Waldohreule war oben in einem der hohen Bäume und wartete auf Beute. Der Steinkauz saß wie immer auf dem Stumpf, der von der Ulme seit dem letzten Sturm geblieben war. Vorne im lockeren Laub raschelte es. Es waren die Tiere, denen die Dunkelheit gehörte. Die Frau saß lächelnd auf der kleinen Bank und lauschte nur dem vielfältigen Leben. Sie konnte es nur hören, denn ihre menschlichen Augen waren nicht für das Sehen in der Dunkelheit bestimmt. Viele Abende war sie hier und erfreute sich an dem wundervollen Leben. Hier war erst vor einigen Wochen ein junges Mädchen überfallen und vergewaltigt worden, weil es die Abkürzung durch diesen Park genommen hatte. Das war eben ein junges, leichtsinniges Mädchen gewesen, aber sie war schon älter und sicher keine lohnende Beute für gierige Männer. So dachte sie, und so redete sie es sich immer wieder ein.

Unweit hörte sie ein leises Plätschern. Es waren die Strudel der Weser, die dort gegen die Steine klatschten und den stolzen Fluß zu einem Bogen verführten.

In der Ferne schlug die Glocke der St. Johanni Kirche 23 Uhr, am Mittwochabend, dem 25. Oktober 2000.

Da sah sie die beiden roten Augen hinter dem Strauch. Erst bewegten sie sich noch zur Seite. Nun standen sie still und starrten nach vorne.

„Komm doch her“, flüsterte die Frau. „Du brauchst vor mir keine Angst zu haben!“ Sie wußte nicht, ob das Tier sie hörte und sprach etwas lauter: „Du bist auch eine der schrecklichen Geburten, und niemand will dich haben. Aber trotzdem bist du ein wertvolles Geschöpf...“

Die roten Augen kamen vorsichtig näher. Es raschelte nur leise. Die Frau saß reglos und wartete geduldig. Einen kurzen Moment warf der Mond etwas Licht durch einen Wolkenfetzen. Da konnte sie die feuerrote Katze sehen und hob den rechten Arm. Die Bewegung erschreckte das Tier, und es stob mit kräftigen Sätzen davon.

Der Mond verschwand hinter einer dicken, schwarzen Wolke. Rechts war wieder der Steinkauz zu hören. Sein kehliger Schrei verlor sich einsam in der Dunkelheit und ließ die vorbeiziehenden Fledermäuse ungerührt. Aber links war jetzt ein Rascheln zu hören, das nicht von einem durchkriechenden Tier stammen konnte. Die Ratten hatten sich an das nahe Ufer der Aller zurückgezogen, die hinter der Buchenhecke in die Weser mündete, denn hier war die Gefahr der oben schwebenden Schleiereulen zu groß für die Nager. Die Salamander raschelten nur leise, aber nicht so dumpf, als wenn schwere Schritte auf das liegende Laub traten. Und es waren Schritte. Sie kamen schnell und drohend näher.

Die Frau saß reglos und spürte keine Angst in sich. Es wußte niemand, daß sie hier auf der einsamen Parkbank saß, und es konnte sie in der Dunkelheit auch niemand sehen. Jetzt klang das Dröhnen des Bodens rauher und übertönte das Rascheln der Blätter. Ein Schritt. Noch ein Schritt. Dann war Stille. Nun begann die Frau zu zittern, und sie brauchte sich nicht zu fragen, ob es von der Kälte der Nacht kam. Wieder ein Schritt und ganz schnell noch einer. Es mußte also jemand wissen, daß sie hier war. Sollte sie weglaufen? Wohin? Jeder jugendliche Angreifer würde sie schon nach wenigen Schritten einholen und zu Boden werfen. Sie hielt den Atem an, bis sie kaum noch Luft bekam. Sie versuchte ruhig durch die Nase zu atmen, aber sie hatte Angst, daß man ihren feuchten Atem in der Nachtluft sehen könnte.

Es war, als hätten alle Tiere die Gefahr viel früher erkannt und schwiegen nun gebannt. Die Eulen waren sicher irgendwo da oben.

Aber sie schwiegen ebenfalls. Auch der listige Kauz wollte still sein. Und es raschelte auch kein Kriechtier mehr im Laub.

Wieder ein Schritt, und sie meinte, daß er schon ganz nah war. Es verging eine endlos lange Zeit, in der nichts geschah und nichts zu hören war. Sie atmete vorsichtig. Plötzlich juckte ihre linke Hand. Sie durfte sich jetzt nicht bewegen. Aber das Jucken wurde unerträglich. Sie dachte nach, wie sie sich vorsichtig kratzen konnte, denn nun juckte auch ihre rechte Wade. Ihre Gedanken rasten. Wäre dort ein normaler Mensch, der hier einfach durch den Park ging, würde er jetzt nicht Schritt für Schritt langsam näherkommen, sondern wäre längst vorbei gegangen ohne sie überhaupt zu bemerken. Sie wußte, daß die Bank nur wenige Meter vom Weg entfernt stand. Aber war dieser Unbekannte überhaupt auf dem Weg? Oder bewegten sich seine Schritte schon auf dem Laub, das auf dem Rasen lag?

Sie wollte keine Angst haben, weil sie immer gewußt hatte, daß es für sie keinen Grund mehr gab, Angst zu haben. Und doch kroch jetzt etwas Geheimnisvolles in ihr hoch. Sie wußte, daß es eine Angst war, die sie in dieser Weise nie gekannt hatte.

Aufspringen und weglaufen? Nein! Dazu war sie zu alt und zu schwach.

Weiter ruhig sitzen und warten? Vielleicht! Aber das hielt sie nicht mehr lange durch.

Darum fragte sie sich zum ersten Mal, warum sie nachts hier in den einsamen Park ging, der tagsüber von vielen Menschen besucht wurde, der aber nachts ein Ort war, wohin sich keine anderen Menschen verirrten; es sei denn, sie führten etwas Unnormales oder gar Schreckliches im Schilde. Aber sie führte doch nichts Unnormales oder Schreckliches im Schilde!

Oder doch? Nun wußte sie nicht mehr, warum sie überhaupt hier war. Es konnte doch kein Hobby sein, Eulen und Käuze bei ihren Schreien zuzuhören und zu hoffen, daß sie Beute gemacht hatten.

Jetzt wollte hier scheinbar jemand anderes seine Beute machen, denn es ging wieder einen Schritt vorwärts. Und dieser Schritt mit einem leichten Rascheln des Laubes und einem dumpfen Dröhnen auf dem feuchten Grund ließ sie erzittern.

Die Holzbank knarrte. Das mußte er gehört haben.

Ein weiterer Schritt. Dann gleich noch einer. Jetzt hörte sie auch ein Atmen, das gar nicht ruhig klang, sondern irgendwie sonderbar und nicht wie aus einer Welt, aus der die Menschen sind.

Alle eingeredete Ruhe war in Sekunden verschwunden und auch ihr Mut. Sie sprang auf und rannte los, nach rechts und immer weiter. Da hörte sie hinter sich die schnellen Schritte, denen sie nicht entkommen konnte, und bald schon spürte sie einen heißen Atem dicht hinter sich, als wollte er sich in ihren Hals brennen.

Sie lief, aber sie wurde immer langsamer. Sie wollte flüchten, aber ihre alten Beine gehorchten nicht mehr. Sie keuchte und rang nach Luft. Sie merkte, daß sie noch langsamer wurde. Ein Krampf schmerzte in ihrer rechten Wade. Aber der Abstand zwischen ihr und dem Verfolger hinter ihr verringerte sich nicht. Trieb er ein Spiel mit ihr? Was sollte noch geschehen? Fliehen und entrinnen konnte sie nicht. Der Krampf wollte sie aufschreien lassen. Also blieb sie einfach stehen und drehte sich um, denn sie wollte sehen, wer da hinter ihr lief.

Der Mond hatte sich immer noch hinter einer Wolke versteckt. Es war stockdunkel. Sie stand und zitterte. Mochte er vier Meter entfernt sein oder noch weniger? Sie hörte ihn atmen und sah schemenhaft etwas Dunkles vor sich. Aber sie hörte keinen Schritt. Er konnte jetzt doch den letzten Schritt machen und sie einfach niederschlagen.

Er tat es nicht.

Warum tat er es nicht?

„Wer bist du?“ flüsterte sie, aber so leise, daß sie es selbst nicht hören konnte.

Bange Sekunden verstrichen wie Stunden oder Tage. Es geschah nichts. Alle schwiegen. Sie. Das Fremde. Und auch die Tiere.

Dann erst schob sich der schwache Mond hinter der dunklen Wolke hervor, und sie konnte in ein Gesicht sehen. „Du!“ rief sie überrascht. Alle wirren Gedanken an den bösen Unbekannten und alle Phantasien über einen Frauenschänder waren verschwunden, denn sie hatte schon oft in dieses Gesicht geschaut. „Hast du gewußt, daß ich hier bin?“ Sie bemühte sich, einen Moment ruhig zu sein. Eine Antwort bekam sie nicht, sah aber die rechte Hand, die sich drohend nach oben reckte. Und in dieser Hand war etwas Schwarzes, noch schwärzer als diese einsame Nacht hier im Park.

Jetzt waren Angst und Panik mehr denn je da. Aber zu spät, denn sie sah die schnelle Bewegung und spürte einen heftigen Schlag an ihrer Stirn. Der Schmerz war höllisch und jagte durch ihren ganzen Körper. Aber da war auch etwas Friedliches, denn ein warmer Strom lief ruhig nach unten und benetzte ihr ganzes Gesicht.

Sie fiel kraftlos nach hinten, hörte die davon eilenden Schritte, vielleicht sogar ein hämisches Lachen, und schwebte haltlos auf den

Boden zu, bis sie hart aufschlug. Der Schmerz in ihrer Schulter tat sehr weh. Am Kopf war es nicht mehr so schlimm. Es brannte etwas, aber da lief auch sehr viel Lebendiges aus ihr heraus.

Das Blut verteilte sich auf ihrem ganzen Gesicht. Aber sie war nicht tot. Da war nur Blut, viel Blut.

9

Der Mann war sehr groß und hager. Er hatte sich mit beiden Händen auf dem Tisch aufgestützt. „Nach der Mordserie 1980 mal wieder ein Mord in Germburg“, lispelte er. „Der muß schnell aufgeklärt werden!“ Er ließ seinen Blick in die Runde gleiten und sah dann Hauptkommissar Fred Rauch ernst an. „Wie weit sind Sie?“

„Herr Staatsanwalt, es sind noch nicht mal zwei Tage vergangen! Wir haben einiges zusammen getragen, aber wir stehen am Anfang.“ Rauch lächelte den Staatsanwalt Hermann Rohlich an.

„Nehmen Sie jeden freien Mann und suchen Sie den Mörder! Ich möchte nicht so dastehen, wie vor 20 Jahren mein ehrenwerter Kollege Cleit!“ Er zog seine Krawatte zurecht. „Wer ist verdächtig?“

„Ja, wer ist verdächtig?“ wiederholte Kriminalrat Horst Klingel die Frage, und seine dumpfe Stimme klang wie fast immer drohend.

„Gehen wir mal logisch vor“, begann Rauch leise und ruhig zu erklären. „Ein gewisser Wilfried Sakatzke, der offiziell keine Waffe besitzt, begibt sich in den großen Garten an der Kolberger Straße...“

„Aber das wissen wir doch alles!“ wurde Klingel lauter. „Sakatzke trifft sich dort mit seinem Mörder. Beide sind bewaffnet! Einer mit einem Pfeil, Sakatzke sogar mit einer Pistole!“

Rauch warf seinem Chef einen verächtlichen Blick zu. „So war es aber nicht, Herr Kriminalrat!“

„Was kommt denn jetzt?“ Klingel sprang auf.

„Setzen Sie sich wieder!“ Rauch sah den Kriminaltechniker Uwe Rommel an. „Fahr die Rekonstruktion ab, Uwe!“

Rommel nickte und strich sich durch die kurzen blonden Haare. „Mach ich! Wir sind vorbereitet.“ Er stand auf, trat vor einen Gerätetisch und schaltete Fernsehgerät und Videorecorder ein. „Wir haben die Schußrichtung nachgestellt. Hier rechts sehen Sie den Kollegen Flensburg. Er stellt das Opfer Sakatzke dar...“

„Aber er steht falsch herum!“ rief Klingel unwirsch. „Er schaut ja auf die Straße!“

„Lassen Sie doch bitte Herrn Rommel erklären“, mahnte Staatsanwalt Rohlich.

„Wieso weiß ich nichts davon, wenn es neue Erkenntnisse gibt?“

„Sie erfahren es doch gerade“, erwiderte Rauch ruhig. „Mach bitte weiter, Uwe!“

Rommel zeigte auf einen Mann, von dem man nur den Rücken sehen konnte. „Das ist das Opfer. In der rechten Hand hält er eine Pistole. Er streckt den rechten Arm aus und zielt auf die Straße. Währenddessen steht dort am Gebüsch eine weitere Person. Sie schießt einen Pfeil ab, der das Opfer links in den Hals trifft.“ Ein roter Strich verlief über den Bildschirm und zeigte die Flugrichtung des Pfeils. „Der Laser lügt nicht. So flog der Pfeil.“ Er fuhr mit der rechten Hand über den Lichtstrahl. „Das Opfer konnte seinen Mörder nicht sehen, weil der hinter dem Strauch stand.“ Er schaltete die Geräte aus und trat an die Fotowand. „Wie Sie hier sehen, ist die Leichenstarre sehr schnell eingetreten. Während der Tote mit dem Bauch auf dem Sockel liegt, ist der rechte Arm noch ausgestreckt. Allerdings ist ihm die Pistole aus der Hand gefallen und auf dem Gehweg liegen geblieben.“

„Hat er noch geschossen?“ fragte Klingel leise und fast kleinlaut.

„Nein! Wir haben keine Hülse gefunden. Es handelt sich um eine seltene Waffe, eine Astra A-100. Sie wird auch Panther genannt. In das Magazin passen 15 Patronen, und es waren noch 15 Stück drin, neun Millimeter Para.“

„Was wissen wir über die Waffe?“ fragte Rohlich interessiert.

Rommel zeigte auf ein weiteres Foto. „Das ist die Panther. Mattschwarz. Liegt gut in der Hand. Hier können Sie es lesen: Astra Gernika Spain...“

„Eine spanische Waffe?“

„Ja“, nickte Rommel. „Die Firma Astra baut schon über hundert Jahre Pistolen und andere Waffen. 1993 brachte sie die Panther auf den Markt. Sie hat nur noch einen Entspannhebel. Eine manuelle Sicherung gibt es nicht. Dafür ist eine automatische Zündstiftsicherung eingebaut.“

„Wozu ist das gut?“ interessierte sich Rohlich.

„Dadurch kann die Pistole geladen und entspannt mit einer Patrone im Patronenlager benutzt werden, um sehr schnell schießen zu können.“

„Und warum hat der Tote nicht mehr abgedrückt?“

„Wir wissen noch nicht viel über das Gift. Auf jeden Fall hat es schnell gelähmt.“ Rommel drehte sich um und lächelte in die Runde.

„Aber viel interessanter ist die Tatsache, daß die Pistole noch gar nicht fertig geladen war. Es war noch keine Patrone im Patronenlager...“

„Und wie wollte er dann schießen?“

Rommel zuckte die Schultern und sah Rauch an.

„Wie wir von der Ex-Frau des Getöteten und auch von seiner jetzigen Bekannten erfahren haben, haßte Sakatzke Waffen und hatte scheinbar auch keine Ahnung davon.“ Rauch sah in die Runde. „Wollte er wirklich schießen?“

„Es streckt doch keiner den Arm zum Zielen aus, wenn die Waffe noch nicht schußbereit ist!“ rief Klingel.

„Wenn er aber keine Ahnung hatte? Offiziell besaß er die Waffe nicht. Im LKA wird untersucht, ob überhaupt schon mal mit der Pistole geschossen wurde.“

„Wie häufig ist die Waffe in Deutschland verbreitet?“ fragte Rohlich.

„Nach Aussage eines Waffenhändlers hat die Firma Astra schon früher erhebliche Marktanteile verloren. Mit der A-100 konnten sie wieder etwas aufholen, aber fast nur in Spanien. Es steht mit ziemlicher Wahrscheinlichkeit fest, daß diese A-100 Panther nicht in Deutschland gekauft wurde.“

„Sind Sie denn sicher, daß der Tote die Pistole in der Hand hatte?“

„Absolut! Es sind seine Fingerabdrücke dran!“

„Aber worauf wollte er schießen?“

„Wir können uns das nur so erklären, daß er jemanden auf der Straße oder auf dem Gehweg erschießen wollte.“ Rauch strich sich über den Schnauzer. „Er hatte sich recht gut versteckt. Genau dort fehlt ein Stück vom Zaun, und er konnte jemanden überraschen. Da legt sich Sakatzke auf die Lauer, um irgendwen zu erschießen. Als Todeszeit haben die Pathologen etwa 17 Uhr ermittelt. Es dämmerte also schon. Bevor er jedoch schießen konnte, trifft ihn ein Pfeil. Es ist nicht ganz klar, wie der Pfeil abgeschossen wurde. Die Spezialisten beim LKA und bei der KTU sind sich nicht sicher. Am wahrscheinlichsten ist ein Abschuß mit einem Bogen. Er könnte aber auch aus einem Blasrohr gekommen sein...“

„Rauch!“ donnerte Klingel. „Hier laufen doch keine Indianer mit Blasrohr herum!“

Staatsanwalt Rohlich lehnte sich auf dem Stuhl zurück und nestelte wieder an seiner Krawatte. „Fahren Sie fort, Herr Rauch!“

„Wie gesagt, der Pfeil ist noch in Hannover. Sie haben Probleme mit dem Gift. Das gleiche Dilemma haben die Pathologen. Ich habe den Toten bei der Identifizierung gesehen. Da war der Mord immerhin schon einige Stunden passiert.“ Er rieb sich durch die Augen und wollte gerne den Anblick vergessen. „Ich habe schon viel gesehen...“ Er schluckte. „Aber das war kein Mensch, der dort lag. Das war ein Monster!“ Er schüttelte sich. „Der ganze Körper voller roter Flecken. Überall aufgeschwemmt. Und die Augen!“ Er sah Klingel an. „Solche Augen haben die Monster in Gruselfilmen...“

„Nun reißen Sie sich aber zusammen, Herr Rauch!“ dröhnte Klingel. „Sagen Sie uns lieber etwas zum Gift!“

„Die südamerikanischen Indianer verwenden ein Gift, das Curare heißt. Aber Curare ist nicht gleich Curare.“ Rauch sah den Kriminaltechniker Rommel an. „Erläuterst du das bitte mal, Uwe!“

Rommel drehte sich zu einer Farbskizze, die neben den Fotos hing. „Curare ist üblicherweise eine hochgiftige Substanz, die durch eine so genannte Heißwasserextraktion und Eindicken des Extrakts hergestellt wird. Das Gift stammt meistens aus einer hölzernen Kletterpflanze, die eigentlich nur in Südamerika wächst. Es ist die Strychnos toxifera“, las er ab und zeigte auf eine abgebildete Pflanze. „Es gibt aber noch einige ähnliche Gewächse, die zur selben Gattung gehören.“ Er drehte sich wieder um und sah ernst in die Runde. „Der Pathologe hat mir erklärt, daß man Curare ruhig essen kann. Da ist es fast ungefährlich. Kommt das Zeug aber direkt in die Blutbahn, wirkt es äußerst schnell. Es kommt zur Lähmung, die meistens oben beginnt. Erst ist der Kopf gelähmt, dann die Arme und so weiter. Der Getroffene verliert die Kontrolle über seine Muskelbewegungen. Je nach Substanz und Dosierung tritt meistens schnell ein Stillstand der Atemmuskulatur auf.“ Er drehte sich wieder zur Farbtafel und zeigte auf eine chemische Darstellung. „Curare enthält die beiden Alkaloide Kurin und Kurarin. Kurin lähmt die Muskelfasern des Herzens, während Kurarin die Endigungen der motorischen Nerven in der willkürlichen Muskulatur lähmt.“

„Erspare uns die Chemie“, warf Oberkommissar Flensburg ein. „Heutzutage braucht man kein spezielles Gift, um jemand kalt zu machen!“ Er grinste breit über sein Lausbubengesicht.

„Heute hat die englische Regierung zugegeben, daß sie die Bevölkerung jahrelang über die Gefahren der Rinderseuche BSE belogen hat“, sagte Hauptkommissar Gerhard Bleich leise und traurig. „Niemand weiß, wie viele Menschen inzwischen infiziert wurden oder schon an der Creutzfeldt-Jacob-Krankheit gestorben sind.“ Er senkte seinen Blick. „Von Rinderwahn kommt Menschenwahn... und wir haben hier wohl einen Wahnsinnigen..." Er hatte wie immer feuchte Augen, als beweinte er die Opfer.

„Lassen Sie das!" mahnte Rohlich und warf Bleich einen bösen Blick zu. „Das hat nichts mit unserem Fall zu tun!" Er sah Rommel an. „Wie kommt man an das Gift?"

Der Kriminaltechniker drehte sich wieder um. „Ein mittelmäßiger Chemiker kann es selbst herstellen. Es wird medizinisch bei Wundstarrkrampf oder Tollwut als Gegenmittel benutzt. Oftmals benutzen Ärzte ein ähnliches Curare, um bei Operationen die Muskeln zu entkrampfen."

„Der Arzt sagt, daß der Getroffene noch einige Minuten gelebt haben könnte", erklärte Rauch. „Während die Muskeln gelähmt sind, und er sich nicht mehr bewegen kann, spürt er Schmerzen und könnte seinen Mörder sehr wohl gesehen haben, wenn der direkt vor seine Augen getreten ist."

„Was ist mit einem Motiv?" bohrte Rohlich weiter.

Rauch zuckte die Schultern. „Ein Motiv sehen wir nicht. Wir wissen ja auch nicht, wen der Tote umbringen wollte. Das ganze übliche Täter-Opfer-Verhalten paßt hier nicht!"

„Ich muß los", erhob sich Flensburg.

„Wir sind noch nicht fertig!" rief Rohlich ungehalten.

„Mag sein", zuckte Flensburg die Schultern. „Aber ich habe einen Termin im Rathaus, mit Bürgermeister und Stadtdirektor..."

„Ist schon in Ordnung", nickte Klingel und drehte sich zu Rohlich. „Herr Flensburg bekommt eine Ehrung. Er war es, der im Sommer die beiden Kinder aus der Aller gefischt hat."

„Zwei Kinder aus der Aller?" fragte Rohlich ungläubig. „Wo war denn das?"

„Ich war wie jedes Jahr in Verden zur Domweih. Da sperren die ja die ganze Innenstadt ab. Ich bin mit meiner Frau Richtung Aller gebummelt... Ist ja nicht weit. Da sehe ich zwei Jungen in einem Kanu. Sie kommen in die Strömung und kentern..."

„Und da sind Sie?" war Rohlich sprachlos.

„Da ist Herr Flensburg in die Aller gesprungen und hat beide Jungen an Land gebracht", erklärte Klingel stolz, als wäre er der Lebensretter. „Grüßen Sie den Bürgermeister von mir!"

Flensburg nickte und verließ den Raum.

„Wie sieht es im Umfeld des Opfers aus?" ergriff Rohlich wieder das Thema.

„Da gibt es einige interessante Details, die aber momentan keinen rechten Sinn ergeben.“ Rauch holte tief Luft. „Der Ermordete hat seine Frau und seinen Sohn verlassen und dann ein Verhältnis mit einer verheiraten Frau begonnen. Diese Edeltraut Brunner hat mit ihren beiden Söhnen ihren Mann verlassen und wohnt in einer eigenen Wohnung. Die Nachbarn sagen, daß der Sakatzke öfter bei der Frau Brunner übernachtet hat, aber er behielt seine eigene Wohnung. Frau Brunner wiederum hat ein finanzielles Problem mit ihrem Noch-Mann. Der ist arbeitslos und zahlt keinen Unterhalt. Aber er wohnt in einem großen, eigenen Haus. Mit ihm wohnt seine neue Lebenspartnerin und deren unehelicher Sohn. Er ist aber nicht der Vater von dem Jungen...“

Staatsanwalt Rohlich rieb sich durch das hagere Gesicht und legte seine Stirn in Falten. „Das ist ja ein heilloses Durcheinander!“ Er sah Rauch ernst an. „Was hat das mit dem Fall zu tun?“

„Keine Ahnung! Wie wir vom Jugendamt erfahren haben, laufen da schon erste Versuche, an das Geld von jenem Walter Brunner zu kommen, damit die Frau für sich und die beiden kleinen Kinder Unterhalt bekommt.“

„Der deutsche Sozialstaat frißt sich selbst auf“, flüsterte Bleich. Er sah wie immer traurig aus, und seine Augen waren feucht.

„Sollte das Haus versteigert werden?“ fragte Rohlich.

„Nein. Herr Brunner soll eine große Kapital-Lebensversicherung haben...“

„Das Motiv!“ sprang Klingel auf.

„Wo soll da ein Motiv sein?“ war Rohlich unsicher.

„Wenn wir spekulieren, könnte es sein“, begann Rauch leise. „Nehmen wir mal an, daß die Lebensversicherung im Todesfall des Herrn Brunner an seine Noch-Ehefrau ausbezahlt wird. Nehmen wir weiter an, daß die Gefahr bestand, daß Herr Brunner eine andere Begünstigte einsetzen wollte, seine jetzige Lebensgefährtin. Dann könnte jener Herr Sakatzke auf den Gedanken gekommen sein, Walter Brunner zu erschießen, damit seine Lebensgefährtin zu viel Geld kommt und vielleicht auch noch zu einem schuldenfreien Haus...“

„Mensch, Rauch! Das ist es! Sie haben es!“ Kriminalrat Klingel lief aufgeregt durch den Besprechungsraum.

„Wir haben gar nichts“, flüsterte Hauptkommissar Rauch. „Dazu müßten wir nämlich erst mal wissen, ob Herr Brunner zur Todeszeit in der Kolberger Straße war...“

„Das kriegen wir doch schnell raus! Wir fragen ihn!“

„Können wir machen“, erwiderte Rauch und fühlte sich traurig.

„Warum machen Sie es denn nicht?“ Der kleine Kriminalrat trat hinter den Hauptkommissar und legte ihm beide Hände auf die Schultern.

„Weil es nichts bringt“, flüsterte Rauch. Er roch einen herben Knoblauchatem und glaubte, sich übergeben zu müssen. „Es ist nämlich nicht das Opfer tot, sondern der mögliche Täter...“

10

Als Hauptkommissar Fred Rauch die Bierfahne entgegenströmte, wich er erschrocken einen Schritt zurück. „Sind Sie Walter Brunner?“

„Ja, warum?“

Rauch zog seinen Ausweis aus der Tasche. „Mein Name ist Rauch. Ich bin von der Kriminalpolizei.“

„Und was wollen Sie?“ fragte Brunner schlecht gelaunt. Er stand in einem schmuddeligen Schlafanzug in der Tür, obwohl es schon Nachmittag war.

„Wenn es geht, kurz hereinkommen.“ Rauch steckte den Ausweis wieder ein.

„Geht es um den toten Sakatzke?“

„Richtig!“ Rauch zwängte sich an Brunner vorbei. Ihm wurde von der Bierfahne schlecht, und er dachte daran, daß es sicher ein schweres Los war, ohne Arbeit dazustehen. Aber daß man dann schon am frühen Nachmittag Bier trinken mußte! „Habe ich Sie aus dem Bett geschmissen?“

„Glauben Sie etwa, ich liege den ganzen Tag im Bett, weil ich arbeitslos bin?“ Brunner knallte die Haustür zu.

„Ich glaube gar nichts. Ich sehe Sie nur im Schlafanzug!“ Rauch drehte sich um und lächelte.

„Soll ich hier etwa nackt rumlaufen?“

Eine schlanke, blonde Frau kam aus einer Seitentür und blieb dicht vor Rauch stehen. Sie lächelte freundlich. Aber ihr Silberblick im grell geschminkten Gesicht sah falsch aus.

„Guten Tag!“ Rauch atmete den süßen Duft eines Parfüms ein. „Ich bin von der Kripo. Mein Name ist Rauch!“

„Wegen dem toten Sakatzke?“ Ihr Lächeln verschwand, und ihre blauen Augen begannen zu funkeln. „Was haben wir damit zu tun?“

Rauch konnte ihren stechenden Silberblick nicht ertragen und drehte sich zur Seite. „Eigentlich nichts. Aber ich möchte mich kurz mit Ihnen darüber unterhalten."

„Gehen wir da ins Wohnzimmer!" Sie trat zur Seite und zeigte auf eine offene Tür.

„Danke!" Rauch ging langsam ins Wohnzimmer. Kalter Zigarettenqualm drang ihm entgegen. Auf dem Couchtisch standen einige Bierflaschen, fast alle leer.

„Setzen Sie sich!" Sie nahm eine Zigarettenschachtel vom Tisch und zog zwei Zigaretten heraus.

Rauch setzte sich in einen gelben, ziemlich zerschlissenen Sessel. „Darf ich Ihren Namen erfahren?"

„Ich heiße Katja Riethmann!" Sie gab Brunner eine Zigarette und setzte sich auch in einen Sessel.

„Katja Riethmann", dehnte Rauch seine Stimme und lächelte die junge Frau an. „Sie haben Ähnlichkeit mit der Schauspielerin. Aber die heißt Katja Riemann."

„Das sagt ihr jeder!" brummte Brunner unwirsch und zündete seine Zigarette an. Dann gab er seiner Lebensgefährtin Feuer.

„Machen wir es kurz", sagte Rauch, der schnell wieder aus dem Zigarettenqualm heraus wollte. „Kannten Sie Wilfried Sakatzke?"

„Klar kannte ich das Kamel! Immerhin ist er mit meiner Frau durchgebrannt!" Brunner ließ sich auf das alte, graue Sofa fallen und griff nach einer Bierflasche.

„Und Sie?" Rauch ließ seine Blicke durch das einfache Wohnzimmer wandern. Der einfache Kiefernschrank war an vielen Stellen zerkratzt. Die Glastür vor den Gläsern war weiß beschmiert. Die Gardine hing schief über der Fensterbank und war gelb vom Zigarettenqualm.

„Wie man sich halt so kennt. Seine Ex-Frau kenne ich besser. Mit ihm hatte ich nie zu tun." Sie sah den Hauptkommissar ernst an. „Wissen Sie, was komisch ist?"

„Nein!"

„Als der Mord geschah, war Walter auch gerade auf der Kolberger Straße..."

„Stimmt das?" tat Rauch überrascht und sah Brunner an.

„Ja. Mein ältester Sohn Heiko spielt Fußball. Da ich sonst kaum Kontakt zu ihm habe, gehe ich oft zum Fußballplatz, um ihn zu sehen. Jetzt trainieren die Kinder in der Sporthalle, und da war ich an dem Abend..."

„Wissen Sie noch die Uhrzeit?"

„Es war kurz nach fünf..." Brunner rieb seine Hände an der Schlafanzugjacke, mit den schwarzen Flecken neben den blassen Blumenmustern.

„Zu der Zeit wurde Sakatzke getötet", bestätigte Rauch. „Auf welcher Straßenseite waren Sie?"

„Ich bin an dem großen Garten quer über die Straße gegangen."

Rauch fixierte Brunner mit seinen geheimnisvollen, dunklen Augen. „Ist Ihnen etwas aufgefallen?"

„Nein!"

„Haben Sie etwas gehört?"

„Auch nicht!" Brunner trank einen großen Schluck Bier und mußte aufstoßen. „Wenn man da über die Straße will, muß man auf den Verkehr achten. Da rasen die Autos!"

Rauch nickte und stand langsam auf. „Wissen Sie noch, welche Schuhe Sie an dem Abend trugen?"

„Was soll denn die Frage?" wurde Brunner laut und stieß wieder auf.

„Wissen Sie es?" lächelte Rauch.

„Ganz normale braune Schuhe."

„Kann ich die mal sehen?"

Brunner sprang auf. „Was soll das jetzt? Wollt ihr mir was anhängen?"

„Keiner will Ihnen etwas anhängen. Ich möchte nur die Schuhe sehen!" Rauch lächelte immer noch.

Mit schnellen Schritten war Brunner aus dem Wohnzimmer. Im Flur knallte eine Tür.

Langsam drehte Rauch sich um und sah Katja Riethmann an. „Sie haben einen Sohn?"

„Sie sind bestens informiert!" keifte sie, und ihr Silberblick sah wieder gefährlich aus. „Was soll das?"

„Alles Routine. Für uns reine Routine! Das ist unser Job!" Er trat in den Flur.

„Den rechten oder linken?" Brunner hielt ihm zwei ungeputzte Schuhe hin.

Rauch nahm den rechten in die Hand und drehte ihn um. Sein Blick erfaßte das noch recht gute Profil. Er schloß die Augen und rief den Gipsabdruck und einige Fotos in seine Erinnerung. „Den nehme ich mit", sagte er tonlos.

„Und soll ich nun in Zukunft mit dem linken Fuß durch die Stadt hinken?"

Rauch überhörte die Frage und drehte sich zur Seite, um nicht noch einmal von einer Bierfahne getroffen zu werden. „Sie bekommen ihn morgen wieder! Brauchen Sie eine Quittung?“

„Nein! Die Polizei wird uns schon nicht bestehlen“, rang sich die junge Frau mühevoll ein Lächeln ab. Aber es wirkte nicht echt.

11

Es war nur ein Zischen zu hören. Dann sauste der Pfeil davon, hielt lange seine gerade Flugbahn bei und bohrte sich in die Scheibe mit den farbigen Ringen.

„Das sind jetzt 90 Meter“, erklärte Rolf Glotter und nahm den schweren Bogen etwas nach unten. „Wollen Sie auch mal?“ Er sah Oberkommissar Joachim Flensburg freundlich lächelnd an. „Gehen wir da links rüber. Das sind nur 50 Meter.“ Er war ein großer, schlanker Mann mit einem freundlichen, offenen Gesicht, einer Nickelbrille vor den hellen Augen, einer hohen Stirn und nur noch wenigen Haaren auf dem schmalen Kopf.

„Kann man hier einfach so schießen?“ war Flensburg unsicher.

„Warum nicht! Das Gelände ist dafür zugelassen. Links und rechts ist ein Zaun. Und da vorne...“ Glotter zeigte Richtung Scheibe. „Hinter dem Wall fließt die Aller. Bislang ist es erst einmal passiert, daß Paddler aus ihrem Boot gestiegen sind und dann über den Wall gestiefelt kamen.“

„Gefährlich“, versuchte sich Flensburg die Situation vorzustellen. „Sie schießen auf die Scheibe und plötzlich stehen da Menschen...“

„Dort ist keine Anlegestelle!“ rief Glotter wie zur Entschuldigung und lächelte Flensburg an. „Wir waren letzte Woche in Celle zu einem Wettkampf. Da sausen die Pfeile über einen Wanderweg...“

„Was?“

„Ja, der Weg wird zwar gesperrt, aber da rennen oft ahnungslose Menschen herum. Demnächst soll die Anlage gesperrt werden.“

„Schießen ist eben ein gefährlicher Sport“, grinste Flensburg. „Wir suchen dann die Leichen auf.“

„Alle Schießstände werden von den Schießstandsachverständigen überwacht“, erklärte Glotter und ging zur nächsten Bahn. „Trotzdem gibt es da gewaltige Ausreißer.“ Er blieb stehen und drehte sich zu Flensburg. „Ich schieße auch Kleinkaliber. Neulich waren wir zum

Rundenwettkampf in Hoya. Die schießen auf einem ganz neuen Schießstand in Hoyerhagen, unterirdisch."

„Unterirdisch?"

„Ja, die Bahn verläuft 50 Meter unter einem Sandhügel", antwortete Glotter und ging langsam weiter. „Aber da ist keine Lüftungsanlage drin. Schmauch und Blei werden nicht abgesaugt. Es kommt keine Frischluft rein, und es ist logischerweise feucht und hundekalt..."

„Ich sage ja immer, schießen ist ungesund. Es kann zum Tod führen!"

„Und der Schießstand ist mit Zuschüssen ganz neu gebaut worden!" Glotter faßte Flensburg am Arm. „Kommen Sie! Hier ist die 50-Meter-Bahn."

„Wie schnell fliegt so ein Pfeil?" fragte Flensburg interessiert und nahm Glotter den Bogen aus der Hand.

„Wenn die Polizei eben da vorne geblitzt hätte, gäbe es Punkte", grinste Glotter, der im Hauptberuf Psychiater war, mit einer eigenen Praxis in Germburg, im Händelweg. Und er war Trainer im Germburger Bogensportverein.

„Punkte gibt es immer bei mir, denn ich bin Flensburg", grinste der Oberkommissar zurück.

„Geben Sie den Bogen wieder her. Dort auf dem Tisch liegt ein anderer!"

Die beiden Männer traten vor den Tisch. Flensburg gab Glotter den Bogen zurück und nahm einen anderen in die Hand.

„Legen Sie ihn so in die Schulter", drehte Glotter den Oberkommissar etwas zur Seite. „Dann nehmen wir hier den Pfeil!" Er zog Flensburg noch etwas nach hinten und drehte dessen Schulter. „Und jetzt hier kräftig festhalten! Ganz locker stehen und nicht verkrampfen!"

„Und wie soll ich zielen?"

„Etwas höher und dann hier eine Visierung suchen. Stellen Sie sich den Pfeil mal als Kimme und Korn vor. Jetzt einfach mit der rechten Hand nach hinten ziehen. Noch mal anvisieren!"

Vor Flensburgs Augen verschwamm die runde Scheibe mit den Farbringen. Er dachte daran, daß er im Mittelalter als Bogenschütze schon vor der Schlacht verloren hätte. Aber er ließ den Pfeil nach vorne schnellen. Er sauste erst etwas nach oben und senkte sich dann, um in einen Maulwurfhügel zu stechen.

„Sie sind viel zu verkrampft", nahm Glotter dem Oberkommissar den Bogen aus der Hand. Wenn Sie es lernen wollen, kommen Sie einfach donnerstags zum Training!"

„Ich bin schon froh, wenn ich mich nicht mit meiner Dienstwaffe erschieße", grinste Flensburg. „Wie viele Mitglieder hat ihr Verein?"

„Insgesamt über 200. Aber davon schießen nur knapp 30 aktiv..."

„Kannten Sie einen Wilfried Sakatzke?"

„Natürlich kannte ich den. Ich habe von seinem merkwürdigen Tod erfahren", antwortete Glotter ruhig. „Er war bei uns im Verein..."

„Sakatzke war bei Ihnen im Verein?" fragte Flensburg überrascht.

„Die ganze Familie: Wilfried, Cornelia und Lars. Wilfried hat kaum geschossen. Aber Cornelia und Lars nehmen an den Landesmeisterschaften teil." Glotter sah Flensburg ernst an. „Wollen Sie mir hier eine Falle stellen?"

„Warum sollte ich?" fragte Flensburg und nahm vom Tisch einen Pfeil in die Hand.

„Sie wissen doch sicher von Cornelia und mir!"

„Sie hat es uns erzählt", flüsterte Flensburg etwas verlegen und drehte den Pfeil in seiner Hand. „Stimmt es denn, daß Sie der Vater von Lars sind?"

Glotter drehte sich um und ging einige Schritte Richtung Scheibe. „Es hat mir weh getan, daß Cornelia es verleugnet hat. Ich wollte immer, daß sie mit Lars zu mir zieht, und dann sollte die ganze Welt wissen, daß Lars unser Sohn ist..."

„Und jetzt?" Flensburg trat neben Glotter. „Nach dem Tod von Wilfried Sakatzke?" Er sah den Psychiater von der Seite an.

„Jetzt soll es jeder wissen, sagt auch Cornelia..." Mit schnellen Schritten ging er auf den Maulwurfhügel zu, um den Pfeil zu holen. „Aber es sind so viele Jahre vergangen, zu viele Jahre des Versteckspiels und der Heimlichtuereien..." Er bückte sich nach dem Pfeil. „Über 16 Jahre!" Langsam erhob er sich wieder und drehte sich zu Flensburg. „Als ich erfuhr, daß Wilfried tot ist, habe ich mich sogar gefreut", sagte er ernst und traurig. „Am nächsten Abend bin ich mit Cornelia und Lars groß ausgegangen. Wir waren im Königshof. Aber jetzt?" Er holte tief Luft. „Ich will mich auch nicht über Tote freuen, immerhin bin ich Arzt und habe mal den Eid des Hippokrates abgelegt..." Er ging langsam weiter. „Aber für Cornelia freue ich mich..."

„Kennen Sie einen Walter Brunner?" lief Flensburg hinter ihm her.

Glotter blieb stehen und drehte sich um. „Walter Brunner kenne ich nur vom Sehen. Aber seine Frau Edeltraut ist auch bei uns im Verein..."

12

Der Mann hatte eingefallene Wangen und tiefliegende, wäßrige Augen. Er sah müde und krank aus. Seine strähnigen, grauen Haare lagen wirr auf dem hageren Schädel.

Hauptkommissar Fred Rauch kannte den Mann und hatte ihn ganz anders in Erinnerung. Aber das war viele Jahre her, 20 Jahre.

„Was führt Sie nun zu mir?" fragte Fritz Rollbaum und richtete sich auf dem Ledersofa etwas auf.

„Ich habe mich an Sie erinnert", antwortete Rauch und fühlte ein schlechtes Gewissen in sich aufsteigen.

„Typisch!" wurde Rollbaum lauter. „Kaum passiert hier in Germburg ein Mord, denkt die Kripo sofort wieder an mich!" Er sah Rauch böse an. „Ich habe gebüßt, Herr Rauch, und ich habe alles verloren!" Er fuhr sich mit zitternder Hand durch die schütteren Haare. „Sie wissen es doch selbst: Damals war ich drahtig und sportlich. Heute bin ich kaputt!" Er sah Rauch traurig an.

„Ich wollte nur mit Ihnen reden", sagte Rauch schnell, wie zur Entschuldigung.

„Nach 20 Jahren?" lachte Rollbaum laut und rauh.

„Erzählen Sie von sich!"

„Was soll ich erzählen? Was gibt es zu erzählen? Sie kennen doch alles. Ich war damals wegen einer alten Rauschgiftsache erpreßbar. Und ich hatte meine Privatklinik. Ich mußte darin Dinge tun, die ich nicht tun wollte. Man hat mir die Klinik genommen. Ich habe fünf Jahre im Gefängnis gesessen. Und meine Approbation habe ich nie zurück bekommen. Meine Frau hat mich verlassen..." Er rieb sich durch sein von Falten durchzogenes und zerfurchtes Gesicht. „Oh ja, ich habe sie geliebt. Ich habe ihr Luxus geboten. Und als ich dann dafür im Knast war, ist sie fort." Er sah Rauch an, traurig, und doch huschte etwas wie ein Lächeln über sein Gesicht. „So ist es eben im Leben. Sie wohnt noch in Germburg, aber wir haben keinen Kontakt mehr." Seine Stimme brach.

„Ich habe gehört, Sie beschäftigen sich mit alten Inka-Kulturen."

„Stimmt!“ begannen Rollbaums Augen ein wenig zu strahlen. „Aber nicht nur die Inkas. Südamerika bietet viel mehr als nur die Inkas oder das Eldorado. Ich schreibe Dissertationen. Von irgend etwas muß ich schließlich leben.“

„Dann kennen Sie Curare!“

„Natürlich kenne ich Curare und auch noch viele andere Gifte. Ist ein interessantes Thema, vor allem für mich als promovierter Arzt.“ Er lächelte Rauch an. „Wissen Sie, worüber ich damals meine Doktorarbeit geschrieben habe?“

„Keine Ahnung.“

„Das Thema lautete: Die Wirkung einzelner Alkaloide auf Histamin.“

„Übersetzen Sie es für mich als Laien?“

„Histamin reguliert die lokale Durchblutung, die Magensaftsekretion und die Immunreaktionen. Also wichtig. Alkaloide verändern die Histaminfreisetzung...“

„Lassen Sie es“, lächelte Rauch. „Ich verstehe es sowieso nicht.“

„Sie haben nach Curare gefragt. Und im Curare sind einige Alkaloide: Kurin und Kurarin.“

„Jetzt verstehe ich es ein bißchen“, versuchte Rauch ruhig zu bleiben.

Rollbaum stand auf und trat an das breite Wohnzimmerfenster. Sein Blick glitt nach draußen in den Garten, wo die hohen Laubbäume schon sehr viel Laub abgeworfen hatten. „Sie kommen zu mir. Also zähle ich zwei und zwei zusammen!“ Er drehte sich um und sah Rauch fragend an. „Lassen Sie mich raten: Der Mord wurde mit einem Curare-Gift begangen!“

Rauch nickte und schluckte verlegen.

Rollbaum drehte sich wieder um und ließ seine Blicke verträumt durch den Garten schweifen. Hinter dem großen Ahorn führte ein schmaler Sandweg nach rechts. Einheimische kannten diesen Weg als Promille-Schleichweg Richtung Dörverden. Ein gelbrot gefärbtes Blatt segelte sehr langsam vom Ahorn. Er dachte daran, daß dieses Blatt schon vor einiger Zeit gestorben war und jetzt einfach zu Boden fiel. Und ihm war, als wenn auch er schon vor einiger Zeit gestorben war und jetzt nur noch zu Boden fallen mußte.

13

In der linken Hand hielt er etwas Weißes und in der rechten Hand etwas Braunes. Der Kriminaltechniker Uwe Rommel drückte den Gipsabdruck auf die Schuhsohle. Er lächelte Hauptkommissar Fred Rauch an. „Paßt haargenau!“

„Bist du sicher?“ war Rauch mißtrauisch.

„Sieh mal hier hinten am Hacken!“ Er zog den Gipsabdruck etwas hoch. „Der Mann muß einen merkwürdigen Gang haben. Er latscht die Hacken nach innen ab. Hat er X-Beine?“

„Keine Ahnung“, zuckte Rauch die Schultern. In seinem Kopf arbeitete es, und die Gedanken rasten.

„Ich kann den Abdruck und den Schuh in die KTU schicken. Aber was bringt es?“ Er legte den Gipsabdruck auf den Tisch. „Sie werden zur gleichen Erkenntnis kommen. Aber das beweist nur, daß der Besitzer dieses Schuhes mit ziemlicher Wahrscheinlichkeit im Garten war und zwar direkt an dem Strauch. Es beweist aber nicht, daß er von dort mit einem Pfeil geschossen hat...“

„Leider“, räusperte sich Rauch.

„Sagst du mir denn auch, welcher Mensch zu dem dreckigen Schuh gehört?“

„Es ist der, den wir schon als mögliches Opfer auserkoren hatten: Walter Brunner!“

„Dann war es wohl doch eine Abrechnung unter Rivalen!“ Rommel drehte sich um und glaubte es nicht.

14

Auf alten Holztischen und Schränkchen flackerten viele bunte Kerzen und gaben neben dem warmen Licht angenehme Düfte ab, die sich im holzgetäfelten Raum mischten. Eine Harfe malte eine geheimnisvolle Sphärenmusik, in die sich der helle, wehleidige Klang einer Sitar mischte.

„Ich war vorhin bei Ihrem Mann“, sagte Hauptkommissar Fred Rauch leise und paßte seine Stimme der Raumatmosphäre an.

„Er war mal mein Mann“, flüsterte die füllige Frau. „Das war mal.“ Sie sagte es ruhig und nicht wütend.

„Er sagte mir, daß Sie ihn verlassen haben." Er starrte auf die frische, blutrote Narbe auf ihrer Stirn, ganz nah an der linken Schläfe.

„Setzen Sie sich, bitte!" Clara Rollbaum zeigte auf ein breites Plüschsofa. „Ich habe ihn nicht böswillig verlassen. Ich bin nur gegangen, weil er alles zerstört hat." Sie setzte sich neben Rauch auf das Sofa und sah ihn von der Seite an. „Alles zerstört: Sein Leben und auch mein Leben! Aber ich bin ihm nicht mehr böse. Es war unser Schicksal." Sie lächelte geheimnisvoll.

„Ich habe Sie seit damals nicht mehr gesehen, wenigstens nicht bewußt!" Rauch versuchte zu lächeln. „Sie waren damals eine sehr attraktive Frau..." Er bemerkte seinen Ausrutscher und fügte schnell hinzu: „Sie sind auch heute noch eine schöne Frau..."

„Schmeicheln Sie mir nicht", fiel sie ihm freundlich ins Wort. „Das haben Sie nicht nötig, und das habe ich nicht nötig! Ich bin heute nicht mehr schön, aber..." Sie machte eine lange Pause und strahlte Rauch an. „Heute stehe ich auch nicht mehr auf äußerliche Werte. Heute sind es andere, viel schönere..."

Rauch schluckte verlegen. „Sie haben eine neuere Verletzung an der Stirn. Sind Sie gestürzt?"

„So könnte man es sehen", versuchte sie zu lächeln. „Warum fragen Sie das?"

„Reine Polizeiroutine! Ein bißchen sieht es so aus, als hätte da jemand zugeschlagen..."

„Wer sollte mich alte Frau schlagen?" war sie etwas verlegen.

„Sie sind eine intelligente und lebenserfahrene Frau. Wenn es hier so etwas wie Körperverletzung gibt, hätten Sie es längst angezeigt!"

„Wer könnte meinen Körper verletzen, wenn er sowieso nur vergänglich ist und letztendlich nicht mir gehört?" lächelte sie, und in ihrem verhärmten Gesicht wurden die Lachfalten zu häßlichen Furchen.

Rauch ließ seine Blicke durch das große Wohnzimmer schweifen. Überall standen Blumen. Einige blühten, andere wirkten vertrocknet. Der ganze Raum strahlte durch die flackernden Kerzen mit ihren Düften und die ruhige Musik etwas Totes aus. Dazu paßten die lebendigen Blumen nicht. Die Möbel waren nicht modern: Plüschsessel, Plüschsofa, ein einfacher Holztisch, ein großes Bücherregal, ein Glasschrank mit großen Weingläsern darin und seltsame Bilder an den Wänden. Ein großes Foto zeigte eine breite Brücke, auf der ein nacktes Kind stand. Ein fast schwarzes Gemälde zeigte nur einen alten Baumstamm, aus dem ein Gewehr ragte. Ein anderes Bild zeigte eine häßliche, rote Katze mit roten Augen.

Rauch drehte sich wieder zu der Frau, und sein Blick blieb lange auf der häßlichen, roten Narbe haften. Er war sich sicher, daß so eine Wunde nicht bei einem Sturz entstehen konnte. Irgend jemand hatte mit einem harten Gegenstand auf die Frau eingeschlagen. Aber er konnte sie nicht dazu zwingen, das anzuzeigen. Sie lebte. Darum konnte er nicht ermitteln. „Sie haben seltsame Bilder an der Wand", begann er leise zu sprechen und lauschte einen Moment der schwebenden Musik.

„Wieso seltsam?" fragte sie freundlich zurück.

Er zeigte auf die rote Katze. „Ich habe schon viele Katzen gesehen, und viele Kinder haben Fotos von niedlichen Kätzchen. Aber Sie haben da ein furchtbar häßliches Exemplar an der Wand."

„Was ist häßlich? Was ist schön?" Ihre Gedanken schienen in eine andere Zeit und in eine andere Welt zu reisen. „Wer kann das schon sagen?" Sie sah Rauch ernst an. „Haben Sie schon mal eine Feuerkatze gesehen?"

„Eine Feuerkatze", wiederholte er leise. „So einem Biest möchte ich nicht begegnen. Sehen Sie nur die furchtbaren Augen." Er schüttelte sich angewidert. „Rote Augen! Rotes Fell!"

„Jeder empfindet anders", blieb sie ruhig.

„Sie empfinden sicher auch einiges anders!" wurde er lauter. „Oder empfinden Sie nichts, wenn Ihnen jemand einen Schlag auf den Kopf versetzt?"

„Es war nur ein Quälgeist." Sie lächelte breit und zeigte ihre gelben Zähne. Vorsichtig fuhr ihre Hand über die Narbe. „Es erinnert mich an Cat Stevens."

„Cat Stevens?" wiederholte Rauch. „Das war doch mal ein Sänger, der später zum Islam übergetreten ist.

„Morning has broken", summte sie leise, und ihr Gesang paßte nicht zur ruhigen Musik, die aus den Lautsprechern kam.

„Ich habe an der Tür ein Messingschild gesehen", sprach Rauch ruhig. „Da steht Chlerita. Das Wort habe ich nie vorher gehört oder gelesen? Würden Sie mir sagen, was sich dahinter verbirgt?"

„Ich dachte immer, die Polizei ist allwissend", lächelte sie. „Aber Sie haben vielleicht schon mal von einer Levitation gehört?"

„Auch das nicht! Muß man das kennen?"

„Man sollte es kennen. Es ist die Erkenntnis von einer höheren Macht und der Kunst zu schweben." Ihre Augen begannen zu leuchten. „Schon George Harrison soll geschwebt sein..."

„Ich bleibe lieber bei den Menschen, die mit beiden Beinen fest auf dem Boden stehen!“ Aus dem Hintergrund drangen dumpfe Bongotrommeln, wurden schnell lauter und wild, bis von der zarten Harfe nichts mehr zu hören war. „Sie sind doch eine intelligente Frau, und jetzt können Sie plötzlich schweben?“

„Was hat das eine mit dem anderen zu tun?“ fragte sie böse, und ihre Augen funkelten. „Wir alle haben unsere Körper und doch sind sie vergänglich. Darum leben wir unser vergängliches Leben, bis wir nur noch einen Astralkörper haben. Das ist mein Ziel, und das sollte auch Ihr Ziel sein!“ Ihr Blick schien Rauch zu durchdringen. „Ich frage Sie, Herr Kommissar, warum ist es so falsch, wenn man geistige Erfahrungen machen will?“

„Geistige Erfahrungen“, murmelte Rauch und verstand es nicht. Er konnte sich nicht konzentrieren, denn die Trommeln machten ihn verrückt.

„Ja“, nickte sie. „Haben Sie überhaupt schon mal etwas von Astralreisen gehört?“

„Ich kann mich dunkel erinnern. Verläßt da nicht ein Mensch seinen Körper und schwebt als Seele davon?“

„So ähnlich“, lächelte sie. „Daran glaubten die Menschen schon früher. Die Griechen nannten es Psyche. Das Wort verwenden wir ja heute auch noch. Aber auch die Indianer und Kelten kannten den Zustand. Selbst die Juden sprachen davon und nannten es Neshamah. Im Mittelalter befaßten sich die Scholastiker damit. Sie nannten ihre Geheimnisse Anima divina oder Anima humana.“

„Und wie kommen Sie dann nach so einer Reise in Ihren Körper zurück“, fragte Rauch belustigt und dachte einen Moment daran, daß ein Astralreisender auch in einem anderen Körper aufwachen könnte. Er verkniff sich ein Grinsen.

„Eine Silberschnur verbindet Körper und Geist, auch bei Ihnen.“

„Aber ich schwebe nicht!“ kämpfte Rauch gegen das irre Getrommel an und sah zur Seite. Auf einer Anrichte stand ein Foto. Es zeigte einen Mann mit zerzausten, grauen Haaren und einem wirren, grauen Vollbart. Die blassen Augen sahen traurig aus. „Darf ich fragen, wer das ist?“

„Warum nicht? Aber Sie werden ihn nicht kennen.“ Um ihre Lippen spielte ein geheimnisvolles Lächeln. „Der Mann heißt Demetri Georgiou. Er ist Grieche.“

„Ein Freund von Ihnen?“

„Sie sind indiskret, Herr Kommissar! Aber warum soll ich es nicht zugeben? Er war mal ein sehr guter Freund von mir." Sie lächelte verlegen. „Ist leider etwas abgekühlt. Er sieht nicht gerade attraktiv aus. Aber in meinem Alter und mit meinem Aussehen kann ich nicht wählerisch sein."

„Wohnt er hier in Germburg?"

„Ja", nickte sie.

„Was arbeitetet er?"

„Er fährt Taxi." Ihr Blick verlor sich auf einer dicken, roten Kerze, und sie träumte einen Moment. „Warum waren Sie bei Fritz?" wechselte sie das Thema.

„Anfangs war es nur eine Idee von mir", antwortete Rauch wie zur Entschuldigung. „Aber ich ermittle in einem Mordfall. Der Tote wurde wahrscheinlich mit dem Indianergift Curare umgebracht."

Entsetzt schlug sie beide Hände vor ihr Gesicht. „Oh Fritz, du kommst nie aus diesem Teufelskreis heraus!"

„Meinen Sie das ernst?" fragte Rauch etwas erschrocken.

„Warum sollte ich Ihnen etwas vormachen? Ich habe ihn mal geliebt. Auch wenn er alles zerstört hat, war er doch mal mein Mann!" Sie lächelte vielsagend. „Wie wurde der Mord begangen?"

„Lesen Sie denn keine Zeitung?"

„Nein, aus der Welt bin ich längst geflohen." Sie lauschte dem zarten Dröhnen der Bongotrommeln, das immer leiser wurde. Und dann war da wieder die Harfe, als wäre sie nie fort gewesen.

„Mit einem Pfeil wurde der Ermordete erschossen, mit einem giftigen Pfeil", antwortete Rauch leise und fühlte sich plötzlich unwohl.

„Mit einem Pfeil", pfiff sie durch die Zähne. „Warum macht sich jemand die Mühe, einen anderen mit einem vergifteten Pfeil zu töten? Mit jedem Colt und auch mit einem Messer geht es schneller und einfacher."

Rauch schwieg und zuckte die Schultern. Die Sitar begann zu weinen.

„Da will Ihnen und uns jemand etwas aufzeigen", gab sie sich selbst die Antwort und sah Rauch ernst an. „Kennen Sie Hiob?"

„Mal von gehört. Ist einer aus der Bibel."

„Es ist nicht irgendeiner aus der Bibel. Es ist das ärmste Schwein von allen!" Sie holte tief Luft. „Er war der Mann, den Gott von allen am schwersten gestraft hat." Sie stand auf und trat vor ein Bücherregal. Ohne lange zu suchen zog sie die Bibel heraus, schlug sie auf und wurde schnell fündig. „Hier steht es", lächelte sie Rauch an. „Hiob,

Kapitel sechs, Vers vier: Denn die Pfeile des Allmächtigen stecken in mir; derselben Gift muß mein Geist trinken, und die Schrecknisse Gottes sind auf mich gerichtet!"

„Tut mir leid, das verstehe ich nicht, und ich sehe auch keinen Sinn darin!" Rauch erhob sich. Er hatte keine Lust, mit einer Person zu reden, die ihr Leben irgendwelchen Phantastereien opfern wollte oder schon geopfert hatte.

„Warten Sie!" rief sie schnell. „Kann es sein, daß Ihr Mörder ein Weltverbesserer ist oder auch das Gegenteil?"

„Keine Ahnung! Ich halte mich an die Fakten!"

„Die große deutsche Dichterin Annette von Droste-Hülshoff hat mal ein wunderbares Gedicht über Weltverbesserer verfaßt..."

„Den Namen jener Dame habe ich schon mal gehört", erwiderte Rauch kleinlaut.

„Wie schön! Aber Sie haben die Frau noch nie verhaften können", lachte Clara Rollbaum. Ihr ehemals schönes, jetzt verhärmtes Faltengesicht verzog sich dabei zu einer häßlichen Fratze.

„Warum sollte ich sie verhaften?"

„Sie ist auch schon seit 1848 tot."

„Zu spät für irgendwelche Ermittlungen!"

„Richtig! Und obendrein eines natürlichen Todes auf Schloß Meersburg am Bodensee gestorben." Sie lächelte wieder.

„Und was soll eine tote Dichterin mit einem Mord zu tun haben?"

„Vielleicht nichts", lächelte sie vielsagend. „Vielleicht aber auch sehr viel. Immerhin schreibt Annette von Droste-Hülshoff in ihrem Gedicht An die Weltverbesserer von giftigen Pfeilen."

„Ich brauche keine Bibel und auch keine deutschen Dichter!" warf Rauch wütend und ungehalten ein. „Ich suche einen Mörder!"

„Da sind Sie bei mir an der falschen Adresse!" Sie sah Rauch ernst an. „Warum sollte ich eine Mörderin sein? Warum sollte ich mutwillig etwas zerstören, das mir gar nicht gehört?" Sie lächelte, und ihre gelben Zähne paßten nicht zu den blassen Lippen. „Ich kann kein Leben geben. Also darf ich auch keins zerstören."

„Wenn alle so denken würden, wäre ich arbeitslos", murmelte Rauch und wußte gar nicht genau, was er sagte.

„Genauso wie ich Sie hier nicht als Ermittler eines Mordes sehen will, wollen Sie nicht an ein Gift glauben, das es vielleicht nicht gibt!"

„Ich verstehe Sie nicht!" rief Rauch ungehalten.

„Sie verstehen mich sehr gut. Für Sie zählen nur Fakten. Wenn ein Gift einen Menschen tötet, müssen Sie das Gift und den Mörder finden. Dabei kommen Sie gar nicht auf die Idee, daß dieses Gift gar nicht wirklich existiert..."

„Wir können alles ermitteln und beweisen!"

„Sie können gar nichts beweisen! Ich habe Ihnen von Hiob erzählt und auch von den Weltverbesserern. Aber Sie haben nichts verstanden, weil Sie nichts verstehen wollen. Sie sind nur eine Marionette und werden in Ihrem Beruf dafür gebraucht und mißbraucht! Haben Sie mal von einem Friedenszug gehört?"

„Friedenszug", wiederholte er und schüttelte den Kopf. Jetzt war ihm klar, daß diese Frau in dieses Zimmer mit Kerzen, Düften und Sphärenmusik paßte, daß es ihre Welt war, fernab aller Realität.

„Für Sie zählen nur Fakten und Beweise. Sie würden nicht an rote Augen und ein rotes Fell glauben!" Sie sah das Bild mit der roten Katze an, und er folgte ihrem Blick. „Sie glauben nur, was Sie sehen! Wenn Sie hoffentlich bald so weit sind, daß Sie an ein Ritual glauben, dürfen Sie gerne wiederkommen."

Er starrte auf die vielen Kerzen, vor sich, links und rechts, überall, und er atmete den süßen Duft ein. Plötzlich wurde ihm davon übel. Er stand schnell auf und rannte aus dem Zimmer.

Aber der Duft ließ sich nicht abschütteln. Er war wie eine atomare Wolke und zerstörte allen Sauerstoff auf der Erde, damit die Menschen nicht mehr atmen konnten. Darum glaubte er nun, daß er erbärmlich ersticken mußte. Er quälte sich durch den Flur. Aber die Haustür schien noch weit entfernt und unerreichbar für ihn. Da wünschte er sich, daß es nach diesem Tod wenigstens eine Wiedergeburt für ihn gab, vielleicht als nacktes Kind auf einer Brücke oder auch als rote Feuerkatze.

2. Amanitin?

1

Er hatte einen schnellen Tod geplant und sich tagelang eingeredet, daß er schnell und sauber töten konnte, ohne Spuren zu hinterlassen. Doch dann kam alles ganz anders und unerwartet, denn er brauchte sein Opfer gar nicht mehr anzurufen. Trotzdem gab es einen schnellen Tod.

Er hielt sein Handy fest in der Hand und wußte jedes Wort, das er sagen wollte, denn er hatte seine Wörter in den letzten Stunden fast hundertmal vor sich hingesagt. Was sollte der andere noch tun? Sich gleich selbst umbringen oder zum Treffpunkt kommen, um dort einfach umgebracht zu werden? Die Vorfreude ließ ihn laut lachen. Dabei achtete er nicht auf die blonde Kellnerin, die sich am Nebentisch umdrehte. Er griff zuerst sein volles Bierglas und trank einen großen Schluck. Als er auf seinem Handy die richtigen Zahlen tippen wollte, fühlte er einen beißenden Geschmack in seinem Mund und dann auch höllisch im Rachen. Er würgte. In seinem Kopf wurde es kalt und leer. Er kniff die Augen zu und spürte das Brennen in seinem Hals. Die giftige Flüssigkeit fraß sich schnell tiefer in seinen Körper. Zuerst fiel ihm das Handy aus der Hand; dann fiel er kraftlos nach vorne und sackte auf den Tisch.

Es war wieder später Nachmittag. Und es war auch wieder ein Dienstag. Draußen begann die Dämmerung, am Dienstagnachmittag, dem 31. Oktober 2000, einem milden Herbsttag.

2

„Der Mann hieß Robert Rabenstein", sagte Oberkommissar Joachim Flensburg und stellte ein Schild mit der Nummer drei auf.

„Warum bist du überhaupt hier?" fragte Hauptkommissar Fred Rauch unwirsch und ließ seine Blicke durch das kleine Restaurant wandern, das Am Kobel hieß und in Germburg beschaulich am Marktplatz lag.

„Wir sind angerufen worden. Die Leute konnten den Mann nicht zum Reden bewegen, weil er wie tot auf dem Tisch lag. Also hat die Kellnerin in ihrer Angst einen richtigen Arzt gerufen, und der hat dann festgestellt, daß der Mann wirklich tot war."

„Wieso richtiger Arzt? Gibt es auch falsche?"

„Das wirst du nebenan sehen!“ grinste Flensburg und klebte eine vier an die dunkelbraune Übergardine.

„Komm bitte auf den Punkt!“ war Rauch ungehalten.

„Erst das Komma und dann der Punkt“, grinste Flensburg. „Der Arzt stellte sofort Symptome einer Vergiftung fest. Er hat das Bierglas sichergestellt und die Polizei informiert...“

„Gift“, murmelte Rauch gedankenverloren. „Bitte sag mir, daß wir hier nicht schon wieder einen Giftmord haben!“

„Warum sollte ich dich anlügen?“ Flensburg plazierte die Nummer fünf auf dem Tisch.

Rauch drehte sich in dem Restaurant um. Es war gemütlich eingerichtet und sauber. Vor dem großen Holztresen standen einige Hocker. Über dem Tresen hingen an einem Baldachin Gläser und Flaschen. Eine bunte Blumengirlande spannte sich zwischen einige Hängestrahler. Um die schwarzen Holztische standen rotbespannte Stühle. Die Wände zeigten viele Bilder von Fußballmannschaften. Über dem Fenster wölbte sich eine dicke, grüne Gardine. An den Tischen saß jetzt niemand. Polizisten hatten die wenigen Gäste und die Kellnerin in einen Nebenraum geführt. „Wieder Gift“, murmelte er und drehte sich zu seinem Kollegen. „Du sagtest den Namen Rabenstein. Ist es der...?“

„Ja, es ist der Rabenstein, an den du denkst“, antwortete Flensburg. „Nun ist die Pleite endgültig.“ Er bückte sich und stellte die Nummer sechs auf einen Blumentopf, der auf der Fensterbank stand.

„Was ist mit Spuren?“

„Scheinbar nicht viel. Das Bierglas haben wir erst mal zu uns ins Präsidium geschafft. Rommel hilft den Kollegen bei der Ermittlung eines Autodiebstahls. Wenn er fertig ist, kommt er mit zwei Leuten vorbei. Bis dahin sperren wir hier alles ab. Und ich überprüfe, ob ich das Zählen nicht verlernt habe. Darum stelle ich die hübschen Schildchen auf...“

„Gut“, nickte Rauch. „Sind noch Leute hier, die den Tod gesehen haben?“

„Drei Gäste und die Kellnerin! Sind nebenan! Obermeister Helmke ist bei ihnen.“

„Bleib du hier und warte auf Rommel. Ich spreche mal mit den möglichen Zeugen und nehme die Personalien auf!“

„Personalien hat Helmke schon!“

Rauch nickte und ging in den Gesellschaftsraum. Erschrocken blieb er in der Tür stehen. „Na, das ist ja eine Überraschung!“ rief er.

„War ja nicht anders zu erwarten, daß Sie meine Anwesenheit wundert", lächelte Clara Rollbaum und stand auf.

„Es überrascht mich schon!" Rauch reichte ihr die Hand und sah wieder die häßliche Narbe an ihrer Stirn. „Bleiben Sie ruhig sitzen!" Er sah zur Seite. „Guten Tag, Herr Rollbaum!" Er gab dem ehemaligen Arzt die Hand. „Trautes Familientreffen?"

„Werden Sie bitte nicht zynisch", erwiderte Rollbaum grob und fuhr sich erregt durch die schütteren Haare. „Ich darf mich doch wohl mit meiner Frau treffen, wo und wann ich will!"

„Ex-Frau!" rief sie dazwischen. „So viel Zeit muß sein!"

Der Gesellschaftsraum war einfach und trotzdem geschmackvoll eingerichtet. Lange Holztische waren im Quadrat aufgestellt. Außen herum standen einfache Armlehnenstühle, einige schon etwas zerkratzt, aber alle mit rotgemustertem Stoff gepolstert. Auf den Tischen lagen bestickte Tischdecken. Einige Male wurde das Arrangement durch ein Blumengebinde aufgelockert. Vor der langen Fensterfront spannte sich eine milchweiße Gardine mit einem dunkelroten Store darüber.

„Ich habe ja auch nichts dagegen", versuchte Rauch Ruhe in das Gespräch zu bringen. „Es ist nur seltsam, daß Sie beide ausgerechnet hier sind, wo ein zweiter Giftmord passiert."

„War es denn ein Giftmord?" fragte Rollbaum, und seine müden Augen zuckten. „War es überhaupt ein Mord?"

„Im Moment sieht es so aus." Rauch ging auf die blonde Kellnerin zu. „Und bei Ihnen hätte ich auch nicht gedacht, daß wir uns so schnell wieder sehen, und dann noch unter solchen Umständen." Er lächelte und reichte Katja Riethmann die Hand. „Hier arbeiten Sie also?"

„Ja, irgendwie muß ich doch zu etwas Geld kommen", flüsterte sie traurig und schämte sich einen Moment für ihren Beruf. „Ich bringe anderen Menschen Essen und Trinken, damit Walter zu Hause hocken kann!" In ihrer Stimme klang Wut.

„Frau Riethmann, es sieht so aus, als wenn das Gift im Bier war. Das untersuchen unsere Spezialisten. Scheinbar sind Sie hier im Moment die einzige Bedienung. Also müßten Sie dem Toten das Bier gebracht haben..."

„Natürlich habe ich ihm das Bier gebracht", keifte sie und zündete sich eine Zigarette an. Ihr Silberblick traf Rauch, der sich schnell abwandte.

„Was macht Sie so sicher, daß es ein Giftmord war?" fragte Rollbaum erneut.

„Haben Sie damit ein Problem?“ wurde Rauch lauter und sah den ehemaligen Arzt fragend an.

„Warum soll ich damit ein Problem haben? Meine Frau, äh... meine Ex-Frau, hat mich angerufen, weil sie mit mir reden wollte, und da haben wir uns hier getroffen. Ich habe kein Bier bestellt, sondern Kaffee getrunken. Wir beide haben Kaffee getrunken...“ Er lächelte seine Ex-Frau an.

„Ich habe meinen Ex-Mann um ein Gespräch gebeten, denn es hat mir keine Ruhe gelassen, was Sie mir erzählt haben“, erklärte Clara Rollbaum ruhig.

Rauch drehte sich zur Seite und sah einen kleinen, korpulenten Mann an. „Guten Tag. Mein Name ist Rauch, Hauptkommissar. Wer sind Sie, bitte?“

„Das habe ich doch alles schon dem da gesagt!“ schimpfte der Kleine und massierte seine rote Nase. Er zeigte auf den uniformierten Polizeiobermeister Volker Helmke.

„Mein Kollege Helmke hat die Personalien“, blieb Rauch ruhig. „Aber ich möchte mit Ihnen sprechen und würde Sie dazu gerne mit Namen anreden!“

„Erwin Krasske. Ich bin hier öfter, wenn ich nachmittags...“

„Herr Krasske ist Stammgast. Er kommt nachmittags und abends“, erklärte Katja Riethmann.

'Vielleicht sieht er in ihr auch die hübsche Schauspielerin Katja Riemann und besäuft sich in ihrer Nähe!' dachte Rauch etwas belustigt. „Frau Riethmann, zeigen Sie mir bitte nebenan, wo die einzelnen Personen gesessen haben!“ Er drehte sich um. „Wenn Sie mir bitte alle folgen würden!“ Rauch trat wieder in den Gastraum und sah links einige Kollegen der Spurensicherung.

Der Kriminaltechniker Uwe Rommel trug einen weißen Polizeioverall und drehte sich kurz um. „Hallo, Fred!“

„Hallo, Uwe! Habt ihr was?“

„Fingerabdrücke ohne Ende. Aber die werden wohl alle vom Opfer sein!“ Eine starke Halogenlampe warf Streiflicht auf den Tisch. Rommel strich mit einem feinen, schwarzen Pinsel Ruß auf den Tisch.

„So, Frau Riethmann!“ drehte sich Rauch zur Kellnerin. „Wer war wo?“

„Dort saß Herr Rabenstein!“ Sie zeigte auf den Tisch, wo die Kriminaltechniker gerade Spuren sicherten.

„Darum suchen wir auch gerade hier nach Spuren!“ rief Oberkommissar Flensburg, der unter dem Tisch saß.

„Kannten Sie Herrn Rabenstein?“ fragte Rauch interessiert.

„Wer kannte den nicht!“ antwortete sie böse. „Überall Schulden über Schulden! Bevor der Pleite ging, hat er hier noch groß seinen vierzigsten Geburtstag gefeiert, mit Bürgermeister, Presse, Parteibonzen und all dem Volk! Der ganze Nebenraum war voll!“ Sie zeigte auf den Gesellschaftsraum, aus dem sie gerade gekommen war. „Über 50 Leute. Alles vom Feinsten: Champagner, Kaviar und dann keine müde Mark. Mein Chef hängt mit fast 9.000 Mark drin. Das Geld sieht er nie!“

„Jetzt schon gar nicht“, bemerkte Rauch trocken.

Es blitzte. Der kleine, dicke Kriminalobermeister Arno Rotteck machte ein Foto von der Fensterbank.

„Erst der große Angeber, dann pleite und dann tot...“

„Also, da saß Herr Rabenstein“, zeigte Rauch nach vorne und sah Fritz Rollbaum an. „Wo saßen Sie?“

„Clara und ich saßen gleich daneben. Da!“

Rommel legte eine Folie über die eingestrichenen Spuren und zog sie vorsichtig wieder ab. „Gib mal bitte ein Blatt!“ Sein blonder Kollege Matthias Sauter reichte ihm ein neues Spurenblatt, und Rommel drückte die Folie darauf. „Das ist Nummer fünf!“

„Braucht ihr noch Fotos?“ fragte Flensburg und kroch unter dem Tisch hervor.

„Nein, du kannst die Nummern einsammeln!“ rief Rotteck.

„Damit ich die Zahlen nicht verlerne!“ grinste Flensburg und stand auf.

„Gut, ich stelle fest, daß Sie beide direkt am Nebentisch saßen“, sagte Rauch leise und sah Clara Rollbaum an.

„Und ich stand vor dem Tisch, weil Herr Rollbaum ein Stück Kuchen bestellen wollte“, warf Katja Riethmann ein.

„Ist Ihnen etwas an Herrn Rabenstein aufgefallen?“

„Ja, er war aufgeschlossener als sonst. Ich durfte ihm das Bier ja auch nur bringen, weil er vorher bezahlt hat. Da hat er zu mir gesagt: Sag deinem Chef, daß er nächste Woche seine Kohle kriegt, mit Zinsen!“

„Das hat er gesagt?“ fragte Rauch mißtrauisch.

Katja Riethmann nickte. „Und als ich hier wegen dem Kuchen am Tisch stand, hat er plötzlich laut gelacht und hatte ein Handy in der Hand...“

„Hat er telefoniert?“

„Nein! Ich habe nicht so genau hingesehen, aber er wollte wohl erst wählen!“

„Und dann?“

„Er hat einen Schluck Bier getrunken...“ Katja Riethmann schlug die Hände vor ihr Gesicht. „Ich habe nur ein Geräusch gehört. Als ich zur Seite sah, lag das Handy auf dem Tisch. Und dann ist er einfach nach vorne gefallen...“

„Haben Sie das auch so gesehen?“ fragte Rauch und sah abwechselnd Clara und Fritz Rollbaum an.

„Ich habe sein merkwürdiges Lachen gehört“, antwortete Rollbaum. „Hingesehen habe ich erst, als er vornüber auf dem Tisch hing.“

„Haben Sie versucht, ihm zu helfen?“

„Natürlich!“ Rollbaum wurde lauter. „Auch wenn ich keine Zulassung mehr habe, bin ich doch immer noch Arzt...“

„Ich konnte von der rechten Seite nichts sehen“, sagte Clara Rollbaum. „Erst als Fritz aufsprang, habe ich es auch gesehen...“

„Herr Rollbaum, Sie haben vorhin zweimal gefragt, warum ich es für einen Giftmord halte. Sie selbst haben den Toten doch zuerst gesehen!“

„Da war er noch nicht tot. Er war nur gelähmt. Welches Gift sollte so schnell wirken? Bedenken Sie, daß er ein mögliches Gift getrunken hat. Über den Verdauungstrakt dauert so etwas Stunden...“

„Woran denken Sie?“ bohrte Rauch weiter.

„Herzinfarkt, allerdings hervorgerufen durch Herzglykoside.“

„Und was ist das?“

„Herr Rauch, ich habe wenig Lust, Ihnen hier einen medizinischen Vortrag zu halten.“ Er lächelte gequält. „Vielleicht nur so viel: Es handelt sich um Bestandteile aus Drogen oder auch aus üblichen Pflanzen. Maiglöckchen zum Beispiel. Es tritt ein positiver, inotroper Effekt auf, so daß die Kontraktionskraft erhöht wird...“

„Und davon stirbt man?“

„Nicht unbedingt, aber wenn man bereits ein geschwächtes Herz hat.“

„Und wo waren Sie?“ drehte sich Rauch zum dicken Krasske.

„Ich sitze immer an der Theke“, zeigte der Rotnasige zur Seite. „Und jetzt brauche ich einen Schnaps und ein Bier!“

3

Hier war fast alles weiß. Die Fliesen auf dem Fußboden, und auch die Fliesen an allen vier Wänden sahen weiß und steril aus. Die Tür zum Flur war aus massivem Holz und hellweiß gestrichen. Mitten in dem Raum stand ein Metallbett. Das Metall war immerhin grau. Dafür strahlte das Laken ein Superweiß aus, wie es wohl nur die besten Waschmittel hervorzaubern können. An der linken Wand stand ein kleiner Schreibtisch, natürlich auch weiß. Und von der Decke fiel grell weißes Licht, blendete gleißend und war irgendwie unwirklich und tot. Es war ja auch der Raum für die Toten, in der Pathologie des Weser-krankenhauses in Germburg.

„Es ist wie beim ersten Mal, und ich möchte das Laken eigentlich nicht anheben“, sprach der Pathologe Dr. Günter Trankel wie immer schnell und undeutlich. Er sah die kleine, schlanke Frau mit den sehr kurzen, schwarzen Haaren an.

„Es muß sein“, sagte Hauptkommissar Fred Rauch leise und hielt Elvira Rabenstein am Arm fest.

Vorsichtig schlug Trankel das superweiße Laken etwas zurück. Mit einem gellenden Aufschrei fiel die Frau kraftlos zurück, und Rauch hatte Mühe, sie aufzufangen. Dabei konnte er den Blick nicht von dem aufgeschwemmten Gesicht und den blutroten Augen der Leiche nehmen. Vor sich sah er die häßliche Katze auf dem Gemälde bei Clara Rollbaum und dann wieder den vor ihm liegenden Mann.

„Das ist nicht Robert“, flüsterte die Frau und krallte sich bei Rauch in den Mantelärmel.

„Er ist es“, nickte Rauch dem Pathologen zu. „Wir haben ihn schließlich alle gekannt, mehr oder weniger...“

Trankel schlug das Laken wieder vor und ging an den Schreibtisch. Er nahm den Telefonhörer ab und wählte eine Nummer. „Schwester Ilse, wir haben hier einen Schwächeanfall.“ Er legte den Hörer wieder auf die Gabel und trat dicht vor Elvira Rabenstein. „Wir kümmern uns um Sie.“

Rauch hatte inzwischen Mühe, die kraftlose Frau weiter zu halten.

Eine Schwester schob einen Rollstuhl in den sterilen Raum, faßte die Frau mit gekonnten Griffen unter die Achseln und setzte sie in den Stuhl. Schnell schob sie Elvira Rabenstein aus diesem unwirklichen Raum, der ja auch hauptsächlich für Tote gedacht war.

„Ich habe noch eine Frage", drehte Rauch sich zu Trankel. „Wieso hat dieser Tote auch die roten Flecken und das furchtbar entstellte Gesicht?"

„Ich weiß es nicht", zuckte Trankel die Schultern. „Es sind mit Sicherheit verschiedene Gifte, aber sie haben etwas gemeinsam." Er sah Rauch traurig an. „Ich bin auch hier überfordert. Der Tote muß zu Ihren Spezialisten nach Hannover."

„Werde ich veranlassen. Noch eine Frage, Doktor: Am Tatort war ein Arzt oder besser gesagt, ein ehemaliger Arzt. Er glaubte nicht an Giftmord, sondern sprach über etwas anderes..."

„Worüber?" war Trankel interessiert.

„Wenn ich es nur behalten hätte", grübelte Rauch. „Aber ich kann mir diese Fremdwörter nicht merken. Es war so ähnlich wie Glyzerin..."

„Glyzerin ist ein dreiwertiger Alkohol", sagte Trankel leise. „Das kann es wohl kaum sein!"

„Das Wort war auch anders", zermarterte Rauch sein Gehirn. „Glykä... Glyko..." Er holte tief Luft. „Ich weiß es nicht mehr."

„Glykämie ist der normale Zuckergehalt im Blut. Glykoside sind pflanzliche Stoffe, die in Alkohol oder Zucker spaltbar sind..."

„Wir haben es gleich!" rief Rauch aufgeregt. „Er sprach von einem Herzinfarkt und dann von einem Herz... und dieses Glykosid..."

„Herzglykoside", setzte Trankel seine Brille ab und dachte nach. „Das gibt es. Hat was mit Drogen zu tun." Er setzte seine Brille wieder auf und sah Rauch ernst an. „Das halte ich hier für ausgeschlossen. Das hätten wir bei der Obduktion festgestellt, weil in einem solchen Fall ein hoher Zuckeranteil und Genine nachweisbar sind..." Er wandte sich unsicher ab. „Ich vermerke das auf meinem Bericht für die Kollegen in Hannover, sicherheitshalber... ventrikuläre Extrasystolen..."

4

„Was haben wir?" fragte Hauptkommissar Fred Rauch und sah im Besprechungszimmer in die Runde.

„Wir haben einen zweiten Mord in nur einer Woche!" donnerte Kriminalrat Horst Klingel. „Das reicht doch wohl, und das gefällt mir nicht!"

„Uns gefällt es auch nicht!"

„Wir können nur froh sein, daß in Brandenburg der Sexualstraftäter Schmökel geflohen ist und die Presse sich auf den Fall stürzt!"

„Wie kann man den auch allein mit einem Pfleger auf die Reise schicken?" fragte Hauptkommissar Gerhard Bleich leise und versuchte sich die Situation vorzustellen. „Wegen versuchtem Mord und mehrfachem sexuellen Mißbrauch von Kindern sollte er 14 Jahre in einer geschlossenen Anstalt in Neuruppin absitzen. Dann gewährt ihm so ein Psychiater eine Fahrt zur Mutter nach Strausberg..."

„Das ist nicht unser Fall!" donnerte Klingel und sah Bleich böse an. „Wir haben hier immerhin den zweiten Mord!"

„Von uns kann aber keiner etwas dafür!" gab Rauch böse zurück.

„Rauch! Sie wissen genau so gut wie ich, daß der erste Mörder noch nicht gefaßt ist. Hätten Sie ihn, gäbe es jetzt keinen zweiten Mord!"

„Herr Kriminalrat, bei allem Respekt! Wie können Sie behaupten, daß es derselbe Täter war?"

„Glauben Sie etwa, daß es in Germburg zwei Mörder gibt?"

„Darauf werde ich nicht antworten! Wir besprechen jetzt die Fakten!" Er warf seinem Chef einen bösen Blick zu und schlug eine Akte auf. „Ich habe hier alles schon ein wenig chronologisch geordnet. So gehen wir auch vor und haken Punkt für Punkt ab."

„Gibt es denn Anhaltspunkte dafür, daß beide Fälle zusammenhängen?" fragte Klingel versöhnlicher.

„Es gibt Parallelen und Verbindungen, die interessant sind. Fangen wir mal ganz banal mit dem Fußball an. Wir sind uns im ersten Mordfall nicht sicher, ob Walter Brunner Opfer sein sollte oder Täter war. Immerhin war er nach eigener Aussage in der Nähe des Tatortes, weil er seinem Sohn Heiko in der Sporthalle beim Fußballspielen zuschauen wollte. Wie wohl jeder in der Zeitung gelesen hat, ist Julian Rabenstein, der Sohn des zweiten Opfers in der gleichen Germburger Fußballmannschaft und jetzt in die Niedersachsenauswahl berufen worden."

„Ist das ein Zusammenhang?" fragte Klingel.

Rauch zuckte die Schultern. „Nach Aussage der Witwe Elvira Rabenstein war ihr Mann am gleichen Abend in der Sporthalle wie auch Walter Brunner. Und Rabenstein muß den gleichen Weg genommen haben, ist also auch über die Kolberger Straße gelaufen."

„Wer wollte eigentlich wen töten?" fragte Bleich dazwischen.

„Das wissen wir noch nicht", antwortete Rauch und sah Bleich an. „Aber auch für dein Lieblingsthema gibt es eine Parallele. Über Rabenstein wurde ja immer viel geschrieben. Er war der Vorzeigeunternehmer von Germburg und Umgebung. Groß angelegter Vertrieb von Geschenkartikeln, Niederlassungen im Osten, in Frankreich, in Holland und Einkaufsfirmen in Korea und Taiwan. Plötzlich geht der Pleite. Ich möchte mich jetzt nicht an den Spekulationen beteiligen, ob da irgendwelche Schmiergelder im Spiel waren oder gar Politiker zu viel Kohle verlangt haben. Fakt ist, daß die Familie Rabenstein über Nacht vor dem Nichts stand." Er sah in die Runde. „So bescheuert ist doch kein Unternehmer! Er mag mit seinem Laden Pleite gehen, aber doch nicht über Nacht Haus und Hof verlieren. Wofür gibt es denn Gesellschaften?"

„Ich weiß, daß die Familie Rabenstein kurzfristig ihre Villa räumen mußte und in eine Sozialwohnung zog", ergänzte Bleich. „Und du hast schon Recht, daß ich mich mit so einem Sozialstaat nicht anfreunden kann. Da verdient einer Millionen, verliert alles und muß plötzlich vom Steuerzahler ernährt werden!" Er holte tief Luft. „So sehe ich das ja auch bei allen Scheidungsfällen. Da wohnt ein Ehepaar lustig und zufrieden zusammen, setzt Kinder in die Welt und alles ist in Butter. Wenn sie sich dann trennen, paßt das alles nicht mehr. Der Mann kommt in eine schlechtere Steuerklasse, nämlich eins und zahlt gleich einige hundert Mark mehr Steuern. Dafür wird der Frau meistens die gesamte Steuer erlassen, weil sie in Steuerklasse zwei kommt. Sind die Kinder noch klein, kann die Frau nicht oder nur wenig arbeiten gehen und ist auf den Unterhalt des Mannes angewiesen. Der kann aber nicht so viel Unterhalt bezahlen, weil er aufgrund der hohen Steuern kaum noch genug Geld hat und meistens unter den Selbstbehalt sinkt. Also holt sich die Mutter das Geld von der Unterhaltsvorschußkasse. Da sie selbst aber auch leben muß und dafür der Kindesunterhalt nicht ausreicht, rennt sie auch noch zum Sozialamt. Der Mann hat dann irgendwann keine Lust mehr zum Arbeiten, weil sein Schuldenberg bei Vater Staat immer größer wird und er sofort zur Kasse gebeten wird, wenn er mal mehr Geld hat. Die Frau stürzt meistens noch ihre Eltern mit ins Unglück, weil die zunächst für den Unterhalt aufkommen müssen..."

„Was ist daran falsch, und was hat das mit diesem Fall zu tun?" fragte Klingel unwirsch.

„Mit dem Fall wahrscheinlich nichts", antwortete Bleich. „Aber es könnte durchaus ein Motiv daraus werden! Immerhin versinken die Kommunen in einem immer größeren Schuldenberg, weil sie fast alles Geld für die Sozialhilfe brauchen und auch für die Unterstützung der armen Ausländer in unserem ach so reichen Land! Dafür müssen dann die ohnehin Verdienenden und Steuerzahler auch noch in ihrer Freizeit die Schulhöfe und Schwimmbäder herrichten und in Ordnung halten..."

„Herr Bleich, lassen Sie bitte solche Erklärungen!" unterbrach ihn Klingel grob und sah Rauch an. „Fahren Sie fort, Herr Rauch. Hier ist nämlich die Kripo Germburg und nicht der Kummerkasten der Nation!"

Rauch nickte und grinste Bleich an. „Fahren wir mal mit dem ersten Opfer fort. Wie seine Ex-Frau sagte und wie wir uns auch in seiner Wohnung überzeugen konnten, war er ein Phantast, der mit Toten sprach, okkultes Zeug sammelte und irgendwo neben sich stand. Als ich mehr aus Neugier den ehemaligen Arzt Rollbaum aufgesucht hatte und von ihm erfuhr, daß seine Frau getrennt von ihm lebt, bin ich auch zu ihr gefahren. Da finde ich den ganzen Krempel auch: Kerzen, komische Musik und Menschen, die angeblich schweben. An der Tür steht Chlerita. Ich habe das anfangs für ein Kunstwort gehalten, aber trotzdem mal am Wochenende im Internet nachgeschaut. Und siehe da!" Er strahlte in die Runde. „Chlerita gibt es wirklich! Ich habe es mir rausgeschrieben, denn das kann ja keiner alles behalten! Hat schon mal jemand von der Palmblatt-Bibliothek gehört?"

„Ich habe mal ein Buch darüber gelesen, und ich weiß nicht, ob ich es glauben soll", antwortete Oberkommissar Joachim Flensburg.

„Spannen Sie uns nicht auf die Folter!" rief Klingel.

„Also gut", begann Rauch zu lesen. „Diese Bibliothek gibt es in Indien. Da wird von einer mystischen Gestalt berichtet, die Bhrigu hieß und vor rund 7.000 Jahren lebte. Der wiederum bezog sein Wissen aus einer noch älteren Akasha-Chronik."

„Herr Rauch, wir müssen zwei Morde im Jahr 2000 aufklären, und Sie suchen im alten Indien!" war Klingel ungehalten.

„Wollen Sie es nun hören oder nicht?"

„Natürlich wollen wir alles wissen, was den Fall betrifft! Aber fassen Sie sich kurz mit Erklärungen aus Indien und so weiter!"

„Auf diesen Palmblättern sind alle menschlichen Schicksale aufgeschrieben, auch unsere!"

„Rauch! Vor 7.000 Jahren hat ein Inder mein heutiges Schicksal auf ein Palmblatt geschrieben!" lachte Klingel laut. „Sind Sie Kriminalbeamter oder ein abgedrehter Forscher?"

„Herr Kriminalrat, ich werde darauf nicht antworten!" rief Rauch böse. „Es soll dort überall in Indien diese Bibliotheken geben. Jede wird von einem Vashista geleitet. Jeder von uns kann da hinfahren und sein Schicksal selbst nachlesen. Es soll Verbindungen zum Sanskrit geben, jener geheimnisvollen, heiligen Schriftenüberlieferung. In einem Sanskrit-Text..." Er hielt inne und lächelte verlegen in die Runde. „Ich hoffe, ich spreche das richtig aus: Bhavishya Mahapurana. In diesem Teil kann man von einem Shalewahin lesen. Das soll der von einer Jungfrau geborene Sohn Gottes sein..."

„Und ich dachte immer, das wäre Jesus!" warf der Kriminaltechniker Uwe Rommel ein.

Rauch überhörte den Zwischenruf. „Jedenfalls gab es einen Gegenpol: Die furchtbare Göttin Chlerita, die alles Wissen und alle Verbesserungen auf dieser Erde mit einem höllischen Gift auslöschen wollte."

„Und wo liegt nun das Geheimnis deiner Götter", fragte Flensburg und konnte sich ein Grinsen nicht verkneifen.

„Wir haben zwei Giftmorde, und ausgerechnet eine Göttin Chlerita will alles Wissen und alle Verbesserungen auf der Erde mit einem Höllengift auslöschen!"

„Wenn du jetzt noch sagst, daß sie ihr Werk schon begonnen hat, gehe ich raus", grinste Flensburg noch breiter.

„Ich habe anfangs auch anders gedacht", grinste Rauch zurück. „Aber es hat mich schon stutzig gemacht, wie Frau Rollbaum gesprochen hat, so ruhig und abgeklärt und trotzdem irgendwie gefährlich und drohend." Er sah ernst in die Runde. „Ich werde den Verdacht nicht los, daß sie sich für diese furchtbare Göttin Chlerita hält..."

„Und Sie meinen wirklich, daß diese Frau von dem Gedanken besessen ist, alles Böse aus dieser Welt zu tilgen?" fragte Klingel ungläubig.

„Wer weiß! Vielleicht beginnt sie bei Menschen, die mit einer Waffe einen anderen erschießen wollen", dachte Rauch laut nach. „Es war schon seltsam, wie sie ganz schnell auf diese wirren Gedanken gekommen ist. Ich habe bei ihr von einem giftigen Pfeil gesprochen, und sie hatte sofort die Bibel in der Hand und hat auf Anhieb die richtige Stelle bei Hiob gefunden..."

„Was heißt, die richtige Stelle?" fragte Klingel und hatte Mühe, sich alles zu merken.

„Ich war auch beim Pastor unserer Kirchengemeinde. Der hatte Schwierigkeiten, die Stelle zu finden. Er hat es schließlich mit einer CD-ROM geschafft. Im Computer fand er dann die Stelle. Und ich habe mal in alten Gedichtbänden geschmökert. Es gibt tatsächlich ein Gedicht von Annette von Droste-Hülshoff, das sich an die Weltverbesserer wendet. Auch darin ist von giftigen Pfeilen und anderen Giften die Rede..."

„Suchen wir jetzt unsere Mörder im alten Indien, in der Bibel und in alten Balladen?" wurde Klingel wieder lauter, und seine dumpfe Stimme klang drohend.

„Lassen wir das", sagte Rauch etwas enttäuscht. „Kommen wir zu greifbaren Fakten. Beginnen wir noch einmal beim ersten Mord. Wir dürfen folgende Möglichkeit nicht außer Acht lassen: Sakatzke wurde von einem giftigen Pfeil getroffen, war vom Curare gelähmt, lebte aber noch. Während er reglos und hilflos da lag, legte ihm jemand die Pistole in die Hand..."

„Das ist fast unmöglich!" rief Rommel. „Die Fingerabdrücke sind eindeutig. Wenn er gelähmt war, konnte er die Waffe nicht mehr fest umfassen!"

„Wer weiß?" warf Flensburg ein. „Wir wissen zu wenig über die Wirkung des Giftes. Sakatzkes Ex-Frau Cornelia und auch seine Freundin Edeltraut Brunner behaupten unabhängig voneinander, daß er Waffen haßte."

„Meine Herren!" rief Klingel erbost. „Ich muß spätestens morgen eine Pressekonferenz geben. Da kann ich nicht mit irgendwelchen Spekulationen kommen. Die Zeitungsfritzen nehmen mich auseinander, wenn ich keine klaren Antworten habe." Er sah Rauch an. „Hatte der Tote nun die Pistole in der Hand oder nicht?"

„Er hatte sie zumindest kurzzeitig in der Hand."

„Mit der Antwort kann ich nichts anfangen!"

„Damit zur Frage, wer mit einem Pfeil schießen kann", blieb Rauch ruhig. „Was hast du herausgefunden, Joe?"

„Ich war beim Germburger Bogensportverein", berichtete Flensburg. „Und ich habe den Trainer kennen gelernt. Das ist der Psychiater Rolf Glotter..."

„Der Freund von der Sakatzke und der Vater ihres Sohnes!" warf Rauch überrascht ein.

„Wie er mir erklärte, gibt es beim Bogenschießen verschiedene Disziplinen. Das wird Fita genannt. Beim Feldbogenschießen wird auf verschiedenen Entfernungen geschossen. Ganz aktiv sind hier in Germburg Frau Cornelia Sakatzke und auch ihr Sohn Lars. Aber auch die Frau Brunner gehört zum Verein. Sie schießt zwar nicht so gut, aber immerhin. Sakatzke war auch im Verein. Dort haben die Brunner und der Sakatzke sich kennengelernt."

„Da sehe ich einen eklatanten Widerspruch!“ rief Bleich. „Beide Frauen, die Ex-Frau Cornelia Sakatzke und auch die neue Freundin, Edeltraut Brunner, haben zu Protokoll gegeben, daß Wilfried Sakatzke Waffen haßte!“ Er rieb sich durch die großen, feuchten Augen. „Wie kann der in einem Bogensportverein sein, wenn er Waffen haßt?“

„Hast du da auch mit Pfeil und Bogen geschossen?“ fragte Rauch.

„Einen Schuß auf 50 Meter“, antwortete Flensburg leise.

„Und liegt da jetzt für uns eine Leiche?“ lachte Rommel laut.

„Bleiben Sie doch bitte sachlich!“ mahnte Klingel energisch und schlug mit der flachen Hand auf den Tisch.

„Dabei erscheint mir noch etwas anderes bemerkenswert“, ergriff Rauch wieder das Wort. „Frau Sakatzke hat uns klar zu verstehen gegeben, daß ihr Ex-Mann andere Interessen hatte und wohl impotent war.“ Er grinste in die Runde. „Was hat dann die Frau Brunner an dem Sakatzke gefunden?“

„Muß uns das hier interessieren?“ fragte Klingel.

„Vielleicht nur am Rande. Ich habe Frau Brunner darauf angesprochen. Erst hat sie ausweichend geantwortet. Dann war aber schon zu spüren, daß sie unter der lieblosen Situation gelitten hat.“

„Sie war also nicht zufrieden?“, bohrte Klingel interessiert weiter.

„Damit ist wohl keine Frau zufrieden. Und ehrlich gesagt, verstehe ich das auch nicht. Zum einen kann ich mir nicht vorstellen, daß es junge Männer mit so einem Problem gibt und zum anderen frage ich mich, warum sie dann mit einer Frau eine Beziehung anfangen...“

„Und du meinst, Frau Brunner könnte den Sakatzke ermordet haben, weil er sie nicht gevögelt hat!“ lachte Flensburg laut und übermütig.

Rauch winkte ab und sah den Kriminaltechniker Rommel an. „Uwe! Zeig doch bitte mal die Fußspur!“

Rommel erhob sich und trat vor einige aufgehängte Fotos. „Hier sehen wir die Fußspur, wie wir sie nach dem ersten Mord im Garten gefunden haben. Daneben haben wir den gleichen Abdruck noch mal. Er gehört zum Schuh des Walter Brunner...“

„Und wie erklärt er das?“ war Klingel aufgeregt.

„Wir haben ihn noch nicht danach befragt“, antwortete Rauch ruhig.

„Mensch, Rauch! Da haben wir eine phantastische Spur! Und Sie unternehmen nichts!“

„Herr Kriminalrat, der Herr Brunner sagt doch selbst, daß er dort war. Er sagt allerdings, daß er über die Straße gelaufen ist. Warum soll er davor nicht durch den Park gegangen sein?“ Er sah Klingel ernst an. „Für diesen Schuhabdruck kriegen wir keinen Haftbefehl! Außerdem müßte er für eine Vernehmung hier ins Präsidium kommen...“

„Kann er doch auch! Oder kann er nicht laufen?“

„Laufen kann er schon. Aber er müßte dazu seinen Schlafanzug ausziehen“, grinste Rauch und sah wieder den Kriminaltechniker Rommel an. „Mach bitte weiter, Uwe! Was hast du an Ermittlungsergebnissen aus dem zweiten Mordfall?“

Rommel drehte sich wieder zu den Fotos. „Hier sehen Sie den Tatort. Der Tote ist nach vorne gestürzt. Am Bierglas und auf dem Tisch haben wir nur seine Fingerabdrücke und die der Kellnerin gefunden.“

„Also hat kein anderer das Bierglas angefaßt?“ fragte Klingel unsicher.

„Jedenfalls nicht mehr, als das Glas auf dem Tisch stand.“ Rommel drehte sich um. „Wie Sie hier rechts sehen, liegt das Handy etwas weiter. Mag sein, daß er telefonieren wollte, aber wir wissen nicht, mit wem. Es wurde keine Nummer mehr gewählt. Das letzte Gespräch führte er gut eine Stunde vor seinem Tod, mit seinem Anwalt Heinz Meckolt, hier aus Germburg. Wir konnten noch nicht überprüfen, worum es da ging. Ich denke, es hängt mit der Pleite zusammen, denn an den Tagen davor hat er oft mit Meckolt telefoniert.“

„Also keine guten Spuren“, war Klingel enttäuscht. Er sah Rauch an. „Was ist mit dem Gift?“

„Das ist eine etwas merkwürdige Sache“, begann Rauch ruhig zu erklären. „Im Bier wurde eine hohe Konzentration eines Pilzgiftes festgestellt.“ Er blätterte in seiner Akte. „Ich muß das ablesen, weil ich kein Chemiker und kein Arzt bin. Die reden nur Latein, als wenn sie kein deutsch können!“ Er holte tief Luft. „Das Gift ist ein Amanitin und stammt von einem Amanita phalloides. Das ist der Knollenblätterpilz...“

„Wir sehen hier den Grünen Knollenblätterpilz“, zeigte Rommel auf ein Foto. „Er gilt als der gefährlichste Giftpilz in unserer Heimat. Schon oft haben ihn Menschen mit einem Champignon verwechselt. Das endet meistens tödlich. Es gibt auch noch einen Weißen Knollenblätterpilz. Hier sehen Sie die Aufstellung. Der Pilz enthält Amatoxine und Phallotoxine. Ich erspare uns jetzt mal die Einzelheiten der verschiedenen Gifte. Es muß also jemand aus so einem Knollenblätterpilz das Gift gewonnen haben. Das ist nicht ganz einfach, aber möglich...“

„Dann ins Bier und zack!“ rief Klingel. „Teuflisch!“

„So einfach ist es aber nicht", blätterte Rauch weiter in seiner Akte. „Danke, Uwe! Kannst dich wieder setzen!" Er sah den Kriminalrat ernst an. „Wenn man das Gift dieses Pilzes in den Körper bekommt, stirbt man nicht so schnell. Erst nach einigen Stunden bekommt man Magenkrämpfe und es kann über 40 Stunden dauern, bis durch Leberversagen der Tod eintritt."

„Dann hatte er das Gift also schon im Körper!" rief Klingel laut.

„Falsch!" war Rauch noch lauter. „Dann hätte er sich in Krämpfen winden müssen und wäre laut Aussage des Pathologen die letzten Stunden wahrscheinlich bewußtlos gewesen. Auf jeden Fall hätte er nicht mehr in einer Kneipe sitzen können, weil seine Sinne gar nicht mehr mitgemacht hätten. Er hätte nichts mehr gesehen und auch nicht mehr gesprochen..."

„Und wie erklären sich das die Ärzte?"

„Sie erklären es sich gar nicht und haben die Leiche auch nach Hannover geschickt. Dort liegt schon der tote Sakatzke..."

„Haben wir denn hier im Germburger Weserkrankenhaus nur Flaschen?"

Rauch überhörte die Frage. „Auch dieser Tote hat sich nach dem Eintritt der Leichenstarre erheblich verändert, was nach Ansicht der Ärzte unlogisch und unnormal ist. Er sieht aus wie ein Monster, genau wie Sakatzke. Das Gesicht ist aufgebläht. Die Augen sind rot und voller Blut. Und am ganzen Körper diese roten Flecken..."

„Dann sollen die Schlauberger nicht nach verschiedenen Giften suchen!" rief Klingel, als hätte er die Lösung gefunden. „Ist doch klar! Das gleiche Gift!"

„Auf die Idee sind die Ärzte auch schon gekommen", erwiderte Rauch ruhig. „Aber sie analysieren die Gifte, und da sind sie verschieden." Er sah Klingel kurz an. „Es gibt noch etwas Seltsames: Noch am Tatort hat der angeblich zufällig anwesende Dr. Rollbaum von einer Vergiftung durch Herzglykoside gesprochen. Ich habe mir das Wort gar nicht gemerkt und konnte es nur mühsam mit Hilfe des Pathologen in mein Gedächtnis zurückrufen..."

„Herz was?" sprang Klingel erregt auf.

„Herzglykoside. So ein Glykosid kommt in Drogen vor. Rollbaum sprach von Maiglöckchen. Der Pathologe hat noch einige Kollegen angerufen und in schlauen Büchern nachgeschlagen. Er kennt keinen Fall aus der Schulmedizin, wo es einen Todesfall durch so ein Glykosid gegeben hat. Aber er hat in seinem Bericht für die Jungs in Hannover einiges vermerkt, damit die auch noch mal nachschauen." Er rieb sich traurig durch das Gesicht und strich sich dann nachdenklich über den Schnauzer. „Der Rollbaum hat da so mit Fremdwörtern um sich geworfen. Das habe ich nicht verstanden und auch nicht behalten. Nächstes Mal nehme ich ein Aufnahmegerät mit."

„Wie kommt der Rollbaum auf seine Idee?" fragte Bleich.

„Ich weiß es nicht. Rollbaum hat Medizin studiert und war jahrelang Arzt. Warum liefert er so eine abenteuerliche Version? Warum fragte er zweimal nach, ob es wirklich ein Giftmord war, wenn er durch die Hintertür doch von einem Giftmord spricht?" Er holte tief Luft. „Dabei fällt natürlich auf, daß er einen Giftmord für unmöglich hielt, weil von der Giftaufnahme bis zum Tod normalerweise Stunden vergehen müßten. So sagen es ja auch die Spezialisten aus Hannover. Noch seltsamer ist dabei, daß das Gift nicht vollständig im Bier gelöst war. Es war innen an das Glas gerieben..." Er blätterte weiter. „Das erscheint den Herren in der KTU als völlig unmöglich, denn das Giftpulver ist weiß. Jeder hätte es sehen können..." Er sah in die Runde. „Wir haben alle anderen Gläser untersucht. Fehlanzeige! Nur dieses eine Glas war eingerieben. Woher wüßte ein Mörder, welches Glas Frau Riethmann dem Herrn Rabenstein bringt? Und woher wüßte er überhaupt, ob der Herr Rabenstein in das Lokal kommt?" Er raufte sich mit beiden Händen durch die schwarzen Locken. „Warum bringt seine Ex-Frau so seltsame Fakten ins Spiel? Mir geht es nicht aus dem Sinn, was sie gesagt hat. Sie erzählte mir von irgendwelchen Giften, die es so gar nicht gibt. Und sie sprach von einem Ritual..."

„Herr Rauch, Sie sind Hauptkommissar der Kriminalpolizei und nicht der Ermittler bei Akte X!" donnerte Klingel laut, und in seiner Stimme klang eine Drohung. „Halten Sie sich an die Fakten! Was haben wir? Was haben Sie?"

„Wir sind ratlos! Die Ärzte sind ratlos! Schon mit dem ersten Gift haben wir Schwierigkeiten und auch mit der Tatausführung. Immerhin suchen wir einen guten Schützen, der mit Pfeil und Bogen umgehen kann und obendrein Kenntnisse der Indianergifte hat und diese auch besorgen kann. Beim zweiten Gift kennen wir es, wissen aber nicht, warum es sofort gewirkt hat. Und auch hier suchen wir einen Fachmann, der das Gift aus dem Pilz gewinnen kann und..."

„Meine Herren, ich habe keine Zeit und auch keine Lust, hier zu spekulieren!" rief Kriminalrat Klingel wütend. Er trommelte mit den Fingern nervös auf die Tischplatte.

„Gift gibt es nicht nur bei uns“, flüsterte Bleich. „Im Ärmelkanal ist gestern ein italienischer Frachter mit Giftfässern gesunken. Macht sich jemand Gedanken über die Chemie, die dort ins Meer fließt?“

„Der Frachter interessiert mich nicht!“ rief Klingel erregt. „Für morgen ist eine Pressekonferenz angesetzt. Was soll ich den Medien sagen?“

„Sagen Sie ihnen, daß wir zwei Leichen haben, daß beide durch Gift gestorben sind und daß beide tot sind“, grinste Oberkommissar Flensburg in die Runde.

5

„Wer denkt sich solche Kennwörter aus?“ murmelte Lars Sakatzke vor sich hin und tippte geschwind auf die Tasten.

„Kommst du wirklich rein?“ fragte Cornelia Sakatzke ungläubig. Sie stand hinter ihrem Sohn, der vor seinem Computer saß und gebannt auf den Bildschirm starrte.

„Ich komme überall rein“, ließ sich der Junge nicht beirren. „Stand doch vorgestern in der Zeitung, daß es Hackern gelungen ist, bei Microsoft in die geheimen Quelldateien für Computerprogramme einzudringen.“ Er drehte sich kurz zu seiner Mutter um. „Jetzt können die Hacker die Programme selbst verändern und verscherbeln...“

„Und die können nichts zurückverfolgen?“ fragte sie immer noch ungläubig und zog gierig an ihrer Zigarette. Auf dem Bildschirm tanzten Buchstaben und Zahlen, tauchten plötzlich aus dem Nichts auf dem schwarzen Grund auf und verschwanden ebenso schnell wieder. Sie konnte nicht so schnell gucken, wie die Zeichen immer nur sehr kurz zu sehen waren. Und sie konnte auch nicht so schnell gucken, wie ihr Sohn schrieb.

„Darum baue ich ja Umwege ein“, drehte Lars Sakatzke sich wieder kurz zur Seite, ohne das Schreiben zu unterbrechen. Eine dichte Qualmwolke traf ihn ins Gesicht, und er wandte sich schnell wieder nach vorne zum Bildschirm. „Wenn du glaubst, ich mache das für dich, hast du dich aber geirrt!“ Seine sonst leise Stimme klang laut und rauh.

„Nein, Lars! Du machst es für uns“, legte sie ihm eine Hand auf die Schulter.

„Auch nicht für uns!“ blieb er laut und unversöhnlich. „Ich mache es für Papa. Das bin ich ihm schuldig. Ich will wissen, welches Schwein ihn ermordet hat!“

Sie schwieg und rauchte hastig.

In Germburg war es 16:00 Uhr, am Mittwoch, dem 1. November 2000. Die von Lars Sakatzke eingetippten Daten und Kennwörter liefen online nach Tokio. Dort war es jetzt Nacht, 2:00 Uhr. Der Großrechner der Australian National Bank hatte selbständig eine Nummer in San Francisco angewählt, ein Zweigbüro der Washington Post. Dort war es jetzt morgens, 7:00 Uhr. Die Redakteure der Nachtschicht und die Drucker gingen nach Hause. Susan Sheridan begann immer gegen 9:00 Uhr, also erst in zwei Stunden. Dafür war ihr Rechner schon schwer beschäftigt. Er hatte eine Standleitung nach Rom hergestellt. Dort war es auch 16:00 Uhr. Die Techniker der Alitalia machten übliche Wartungsarbeiten an einer Boing 767-200. Ihr Chef, Sergio Troscono, war in der Cafeteria. Sein Computer hatte eine Online-Leitung zur Polizeiinspektion in Germburg hergestellt und lud die Ermittlungsdaten der SOKO GIFT herunter, um sie nach San Francisco zur Washington Post zu senden. Dort wollte aber niemand über die zwei Morde in Germburg schreiben. Also liefen die Daten weiter nach Tokio, wo sie im Großrechner der Australian National Bank gespeichert wurden. In genau 35 Minuten würde der Computer in Tokio automatisch die Emailadresse der Germburger Nachrichten anwählen und unaufgefordert alle Daten und Bilder an die Zeitungsredaktion senden. Als zweiter Empfänger war die Emailadresse „lars-sakatzke@t-online.de“ vorgesehen.

6

„Wir haben alle drei hier“, sagte Kriminaloberkommissar Theo Waltberg mit seiner lauten und klaren Stimme. „Weil es hauptsächlich um Rabenstein geht, möchte ich, daß du mit dabei bist und zuhörst.“ Waltberg war groß und kräftig und hatte ein volles Gesicht mit roten Pausbacken und helle, grüne Augen.

„Was versprecht ihr euch davon?“ fragte Hauptkommissar Fred Rauch.

„In erster Linie geht es um die seltsame Pleite. Es stellt doch kein Geschäftsmann einen Insolvenzantrag, wenn er über Nacht nicht nur seine Firma, sondern auch den letzten Pfennig seines Privatvermögens verliert."

„Meinst du, daß dort ein Motiv für den Mord liegt?"

„Das weiß ich nicht!" Waltberg leitete das 5. Kommissariat für Wirtschaftskriminalität. „Ehrlich gesagt, interessiert mich das Mordmotiv nicht so sehr!"

Rauch erhob sich hinter seinem Schreibtisch. „Theo! Wenn du hier ermittelst, habt ihr doch was in der Hand!" Er trat vor das Fenster und sah gedankenverloren nach draußen. Sein Blick verlor sich in der Dämmerung, die am Mittwoch, dem 1. November 2000, schon früh eingesetzt hatte.

„Es gibt mehr als nur einen Anfangsverdacht! Darum haben wir alle drei vorgeladen! Ich denke mal, daß der Rabenstein in die Pleite getrieben wurde, daß es ein abgekartetes Spiel war."

„Wer könnte die treibende Kraft gewesen sein?" drehte Rauch sich wieder um und sah Waltberg ernst an. „Rabenstein wollte noch jemand anrufen..."

„Komm, gehen wir!" drehte sich Waltberg zur Tür. „Gärtner haben wir ins Vernehmungszimmer eins verfrachtet. Zappel wartet im Vernehmungszimmer zwei." Er ging langsam los. „Meckolt sitzt im Büro bei Klingel. Und da fangen wir an!"

„Wenn wir bloß diese Platznot nicht hätten!" schimpfte Rauch und folgte seinem Kollegen. „Wir haben nur zwei Vernehmungsräume. Bei drei Verhören muß einer in eines unserer Büros!"

„Warst du schon mal im Präsidium in Nienburg?" drehte Waltberg sich zur Seite und sah Rauch fragend an.

„Ich habe mal davon gehört."

„Da hat die Polizei das ehemalige Gebäude der Sparkasse übernommen. Du weißt doch, wie das ist. Die Banken bauen sich schöne, neue Paläste. Und unsere Kollegen dort sind in den alten Kasten gezogen. Aus der Schalterhalle haben die einige Büros gemacht. Die anderen Räume sind Butzen. Im Keller sind die Arrestzellen in alte Nischen eingebaut worden. Die Nebenräume sind auch eng und haben nur kleine Fenster. Da geht es uns hier noch gut..."

Waltberg und Rauch erreichten das Büro des Kriminalrats Horst Klingel und traten ein. Ein großer Mann in einem schwarzen Anzug saß dem kleinen, hageren Kriminalrat gegenüber.

„Ich nehme an, Sie kennen sich", sagte Klingel laut. „Das ist Hauptkommissar Rauch. Er ermittelt im Mordfall Rabenstein..."

„Ich kenne Herrn Meckolt", gab Rauch dem Rechtsanwalt die Hand und zog sich einen Stuhl heran.

„Herr Rabenstein war mein Mandant", begann Meckolt mit seiner melodischen Stimme zu sprechen. „Unsere Beziehung begann allerdings erst kurz vor der Insolvenz." Sein Blick ruhte auf der breiten Schrankwand, in der viele Ordner standen. Er versuchte, die Beschriftungen auf den Ordnerrücken zu lesen. Aber er konnte nicht viel davon erkennen.

Waltberg setzte sich neben Klingel und sah den Rechtsanwalt ernst an. „Ich weiß, daß Sie normalerweise nicht darüber sprechen brauchen, aber wir ermitteln in einem Mordfall..."

„Was macht Sie so sicher, daß der Mord mit der Insolvenz zu tun hat?" Meckolt rieb über die furnierte Schreibtischplatte.

„Uns macht nichts sicher", antwortete Rauch. „Aber der Verdacht liegt nahe."

„Wenn ich sehe, wen Sie heute alles vorgeladen habe, zähle ich nur zwei und zwei zusammen", lächelte Meckolt vielsagend. „Ich habe den fetten Herrn Gärtner von der Sparkasse gesehen und auch den schleimigen Versicherungsvertreter Zappel."

„Und was schließen Sie aus dieser Konstellation?" grinste Waltberg.

„Nun, ich schließe daraus erst mal nichts", setzte Meckolt ein noch breiteres Lächeln auf und zog eine Dose Zigarillos aus der Anzugjakke. „Darf man hier rauchen?"

„Wenn es Ihre Aussagefreudigkeit erhöht!" dröhnte Klingel. „Ich kann ja nachher lüften!" Er thronte hinter seinem mächtigen Schreibtisch und hatte den Drehstuhl sehr hoch gedreht, um nicht zu klein und verloren hinter dem Schreibtisch zu wirken.

„Herr Rabenstein ist tot", begann Meckolt leise und zündete sich ein Zigarillo an. „Darum sehe ich keine Veranlassung, Ihnen nicht das zu sagen, was mir Herr Rabenstein anvertraut hat."

„In welcher Form erstreckte sich Ihre Tätigkeit für Herrn Rabenstein?" fragte Rauch interessiert. Er sah zum Fenster und bedauerte die blütenweiße Gardine, die nun schon bald durch den Qualm viel von ihrer unschuldigen Farbe verlieren würde.

„Das können Sie sich doch sicher denken", blies Meckolt eine dikke Rauchwolke in den Büroraum. „Die Insolvenz der Firma Rabenstein und die persönliche Misere des Herrn Rabenstein kamen völlig überraschend. Das ging nicht mit rechten Dingen zu." Er rauchte ruhig.

„Aber wenn die Herren Gärtner und Zappel schon hier sind, wissen Sie einiges... oder alles..."

„Was ist denn alles?" bohrte Waltberg nach.

„Herr Rabenstein war ein wagemutiger Geschäftsmann", begann Meckolt rauchend zu erklären. „Sonst hätte er es auch nicht so weit gebracht..."

„Oder wäre schon eher in die Pleite gerutscht!" warf Rauch ein.

„Er hat vor etwa zwei Jahren eine Produktionsstätte in Seoul übernommen. Vorher hatte diese Billigfabrik einer Produktionsfirma für Plastikspielzeug gehört. Rabenstein ließ dort Vasen und Teller herstellen..."

„Was waren das für Teller und Vasen?" fragte Waltberg und nahm eine Büroklammer vom Schreibtisch. Er bog sie auseinander.

„Billigware als Geschenkartikel. Nippes, den irgendwelche Urlauber kaufen, nur weil vorne ein Bild von der Germburger Kirche drauf ist."

„Sie sagen, er hat die Firma in Korea übernommen!"

„War etwas abenteuerlich", rauchte Meckolt. „Ich hatte damals noch keinen Kontakt zu Herrn Rabenstein, sonst hätte ich ihm abgeraten..."

„Könnten Sie etwas genauer werden!" war Klingel ungeduldig und rückte sein Telefon zurecht.

„Wenn Sie mich nicht unterbrechen, will ich es Ihnen gerne erzählen. Aber..." Er sah Waltberg ernst an. „Aber ich kann Ihnen nur das erzählen, was mir Herr Rabenstein erzählt hat. Inwieweit das wahr ist, vermag ich nicht zu beurteilen. Es klingt jedoch schlüssig, und ich denke, Herr Rabenstein würde mich nicht beauftragt haben, wenn er mir nur Lügen auftischt..."

„Womit hat er Sie beauftragt?" fiel ihm Klingel grob ins Wort.

„Sie unterbrechen mich schon wieder!" Meckolt rauchte nachdenklich und drückte den Zigarillo im Aschenbecher aus. Ein verbrannter Geruch breitete sich im Büro aus. „Also, es war wohl so: Rabenstein suchte händeringend eine billige Produktionsfirma im Osten, denn hier konnte er seine Geschenkartikel nicht so preiswert herstellen lassen. Solche Immobilien werden in Insiderkreisen heimlich gehandelt. Er bekam von Herrn Gärtner von der hiesigen Sparkasse den Tipp, daß dort in Seoul ein Werk billig zu haben war, weil es angeblich pleite war. Rabenstein flog nach Seoul und sah sich das Werk an. Er machte vor Ort alles perfekt und übernahm einen gewissen Harris als Werksleiter. Das soll ein Engländer sein, der schon viele Jahre in

Korea lebt. Als er zurück kam, mußte er nur noch den Kauf abwickeln. Das übernahm die Sparkasse." Er blickte in die Runde. „Ich brauche Ihnen nicht zu sagen, daß daran alle reichlich verdienten, vor allem die Bank. Die Sparkasse hatte das Geschäft eingefädelt und wickelte es auch ab. Herr Gärtner soll verbotenerweise noch eine satte Provision kassiert haben."

„Was wurde aus der Fabrik?" hielt es Klingel nicht auf seinem Stuhl.

„Das Problem war die Flugangst von Herrn Rabenstein. Er hatte schon Angst, nach Mallorca zu fliegen, und nach Korea sitzt man viele Stunden mehr im Flieger."

„Lassen Sie mich raten!" lächelte Rauch. „Rabenstein ist nie wieder nach Seoul geflogen, und die haben dort mit ihm Dudelsack gespielt..."

„Nicht ganz richtig. Rabenstein wunderte sich nach etwa einem Jahr über die nicht termingerechten Lieferungen und vor allem über die unterschiedliche Qualität, wenn man bei dem Plunder überhaupt von Qualität sprechen kann! Er nahm allen Mut zusammen und setzte sich ins Flugzeug. Völlig überraschend kam er in Seoul an und staunte nicht schlecht. In der Fabrikhalle lagerte der Werksmeister Harris alten Militärschrott und kassierte dafür von irgendwelchen abtrünnigen Militärs ordentlich Geld. Angeblich hatte er Kontakt zu einem hohen amerikanischen Offizier, der dort ausgediente Armeefahrzeuge zwischenlagerte, um sie dann meistbietend an arme Studenten zu verkaufen."

„Es wurde also kein Plastikkram mehr produziert", mutmaßte Waltberg und bog die Büroklammer zum wiederholten Mal auseinander.

„Richtig!" nickte Meckolt. „Dieser Harris hatte seine Verbindungen spielen lassen und noch billigere Produktionsstätten in Korea und auch in Thailand aufgetan. Dort produzierte man den Plunder." Er holte tief Luft und rückte seine blau gepunktete Krawatte zurecht. „Rabenstein kam zurück und hatte nur den Gedanken, die Firma zu verkaufen. Das dauerte fast ein Jahr. Die Sparkasse und auch diverse Makler versuchten sich vergeblich. Klar, daß die Lieferungen aus Fernost ausblieben. Rabenstein hatte dort eine teure Immobilie, für die er sein Haus belastet hatte und ebenso andere Einrichtungen schließen und verkaufen mußte. Dann kam die Sparkasse wieder ins Spiel. Herr Gärtner brachte Rabenstein mit dem Versicherungskaufmann Zappel zusammen. Eine britische Gesellschaft, die BIH, bot sich an, den ganzen Kram zu kaufen, natürlich zu einem geringen Preis..."

„Was ist die BIH?" fragte Rauch.

„BIH steht für British Investment Holding..."

„Könnte auch Englische Geldwaschanlage heißen", warf Waltberg ein und stach sich mit der Büroklammer in den Daumen.

Meckolt nickte. „Rabenstein hatte keine Wahl, denn komischerweise machte genau zu dem Zeitpunkt die Sparkasse Probleme. Sie wollte zusätzliche Sicherheiten für die Villa der Familie Rabenstein."

„Diese englische Gesellschaft kaufte also die Firma in Korea?" fragte Klingel nach und setzte sich wieder.

„Ja, aber sie bezahlte nicht mit Geld", erklärte Meckolt und sah belustigt, wie Waltberg etwas Blut von seinem Daumen lutschte.

„Sie bezahlte nicht mit Geld?" glaubte Rauch sich verhört zu haben.

„Nein, sie brachten ihre hauseigenen Investment-Fonds ein und übertrugen sie der Sparkasse. Das wickelten die Herren Gärtner und Zappel ab. Herr Zappel war ein Außendienstmitarbeiter der BIH und verkauft heute noch ahnungslosen Kunden Sparverträge, die in irgendwelchen Fonds angelegt sind..."

„Verstehe ich das richtig?" war Rauch unsicher. „Da verscherbelt ein Versicherungsheini Fonds, und ahnungslose Menschen legen so ihr sauer verdientes Geld an? Sie kaufen Fonds, die sie nicht kennen und deren Wert sie nicht im entferntesten beeinflussen können?"

„So ist es", nickte Meckolt und zog wieder seine Zigarillodose aus der Tasche. „Einen rauche ich noch, damit ich Ihnen auch den Rest der Schweinerei erzählen kann." Er nahm ein Zigarillo aus der Dose und entzündete ihn. „Der Rest ist schnell erzählt. Gerade als Herr Rabenstein seinen ganzen Besitz, vor allem sein Haus mit fragwürdigen Fonds abdeckte, wurde die BIH verkauft. Irgendeine schottische Investmentbank übernahm die BIH und setzte den Wert der BIH-Fonds auf null." Er steckte die Zigarillodose in die Anzugjacke zurück und blies eine dicke Rauchwolke aus. „Damit war Herr Rabenstein über Nacht pleite. Die Sparkasse forderte neue Sicherheiten für seine Villa." Er blies noch eine milchige Rauchwolke in den Büroraum. „Wie mir Herr Rabenstein versicherte und auch bereit war, an Eides statt auszusagen, hatte Herr Zappel schon seine Kündigung von der BIH, als er den Vertrag machte. Damals befand sich die BIH schon in Liquidation, was Herr Zappel aufgrund seiner detaillierten Kündigung wußte..."

„Zappel machte also einen Vertrag mit Fonds, die da schon fast nichts mehr wert waren!“ brummte Klingel und suchte nach einem Motiv.

„So ist es“, rauchte Meckolt ruhig weiter. „Und auch Herr Gärtner wußte das, denn so eine Entwicklung spricht sich in Insiderkreisen schnell herum.“

„Noch eine Frage, Herr Meckolt“, ergriff Rauch wieder das Wort. „Kannten Sie Wilfried Sakatzke?“

„Natürlich kannte ich den Schweinehund!“ wurde Meckolt unruhig und zog gierig an seinem Zigarillo. „Ich habe seine Scheidung für ihn durchgezogen. Es war viel Aufwand für mich. Aber er hat meine Rechnungen einfach ignoriert und nicht bezahlt!“

„Und warum nicht?“

„Er hat mich verleumdet, denn im Beisein der Richterin hat er eine ungeheuerliche Behauptung aufgestellt!“

„Könnten Sie das näher erläutern?“

„So etwas habe ich in meiner ganzen Laufbahn noch nicht erlebt!“ Er rauchte noch gieriger und blies immer wieder dicke Rauchwolken ins Büro. „Und wahrscheinlich hat das noch kein Anwalt erlebt!“ Er holte tief Luft und atmete unruhig. „Während der Scheidung vor der Amtsrichterin stand Sakatzke plötzlich auf und sagte, daß er die Ehe gerne fortgesetzt hätte, aber daß seine Frau ihn betrogen hatte...“ Er zog wieder am Zigarillo. „Die Richterin fragte, ob er den Namen des Mannes kenne, mit dem ihn seine Frau betrogen hatte, und er sagte... er sagte meinen Namen...“

„Und, war es so?“ mußte sich Rauch ein Lachen verkneifen.

„Ich kannte Cornelia Sakatzke, weil sie früher in meiner Nachbarschaft gewohnt hat. Ich habe heute noch ein gutes Verhältnis zu ihr. Aber ich hatte nichts mit ihr!“ Er sah Rauch fast flehentlich an.

„Dann habe ich noch eine Frage: Kennen Sie Walter Brunner?“

„Walter Brunner“, ließ Meckolt den Namen auf seiner Zunge zergehen. „Brunner ist die rechte Hand von Herrn Zappel. Er erledigt für ihn die Drecksarbeit...“

„Was für Drecksarbeit gibt es bei einem Versicherungskaufmann?“ fragte Waltberg dazwischen.

„Normalerweise gibt es bei Versicherungen keine Drecksarbeit. Wenn aber einer so unseriöse Versicherungen und Fonds verkauft, muß er wohl jemand haben, der mal die fehlende Zahlung eintreibt. Brunner ist ein kräftiger und brutaler Mann. Mir sind einige Fälle bekannt, wo er handgreiflich geworden ist, damit der arme Schlucker seine Prämie bezahlt, denn nur dann bekommt Herr Zappel seinen Anteil vom Kuchen..."

„Allmählich verstehe ich", sagte Waltberg leise. „Sie hatten von Herrn Rabenstein den Auftrag, eine Klage gegen die Sparkasse und gegen Herrn Zappel vorzubereiten."

„Weniger gegen die Sparkasse. Es ging vorrangig um die Herren Gärtner und Zappel!" Meckolt sah Waltberg ernst an. „Bin gespannt, was die beiden zu sagen haben!"

„Ich auch", stand Waltberg auf. „Komm, Fred. Wir gehen ein Zimmer weiter. „Sie können gehen, Herr Meckolt. Und vielen Dank. Wir brauchen noch eine Unterschrift unter dem Protokoll. Wenn Sie übermorgen noch einmal vorbeikommen könnten!"

„Gerne! Und jetzt schalten Sie bitte den Recorder ab!"

Klingel drückte auf die Stopptaste und schob den Kassettenrecorder auf seinem Schreibtisch zur Seite.

Rauch und Waltberg gaben Meckolt die Hand und verließen das Büro, um schon kurz danach im Vernehmungsraum eins zu sein.

„Wie lange muß ich denn hier auf die Herren der Kripo warten?" war Bernd Gärtner ungehalten und wütend. Er lief aufgeregt durch den Raum.

„In Ihrer Bank muß man manchmal auch sehr lange warten, wenn man was von Ihnen will", grinste Rauch frech. „Setzen Sie sich bitte, Herr Gärtner!" Er drückte auf die Aufnahmetaste des Kassettenrecorders, der auf dem einfachen Tisch stand.

„Nehmen Sie alles auf?"

„Ja! Genau so, wie Sie immer jedes Detail mitschreiben, wenn man von Ihnen mal 1000 Mark haben will!" Rauch setzte sich und wartete, bis auch Waltberg und Gärtner saßen.

„Ich weiß gar nicht, was Sie von mir wollen!" Der kleine und sehr dicke Bernd Gärtner rieb seine schweißnassen Hände. „Sie laden mich vor wie einen Mörder!" Seine wulstigen Lippen bebten.

„Und sind Sie denn ein Mörder?" fand es Rauch belustigend, den Banker mal in seiner Gewalt zu haben. Nur ungern erinnerte er sich, als er vor knapp einem Jahr dem Kundenberater der Sparkasse, Bernd Gärtner, in einem klimatisierten Büro gegenüber gesessen hatte, weil er einen Kleinkredit für einen neuen Gebrauchtwagen benötigte.

„Ich verbitte mir solche Fragen!" rief Gärtner, und seine schrille, hohe Stimme schmerzte in den Ohren. „Kommt jetzt die Retourkutsche wegen Ihrem Auto, Herr Rauch?"

„Hier kommt keine Retourkutsche, Herr Gärtner! Hier kommt die klare Frage an Sie, warum Sie Herrn Rabenstein in die Pleite getrieben haben!“

„Ich verstehe wohl nicht richtig!“ schrie Gärtner und sprang auf.

„Läßt du mich das bitte machen!“ blieb Waltberg ruhig und warf Rauch einen bösen Blick zu. „Setzen Sie sich bitte wieder, Herr Gärtner!“

„Kommt jetzt die Derrick-Masche?“ Gärtner ließ sich schwer atmend auf den Stuhl fallen und rieb sich über das üppige Doppelkinn.

„Hier kommt keine Masche“, erwiderte Waltberg ruhig. „Sagen Sie mir bitte nur, warum Herrn Rabenstein keine Alternative blieb!“

„Welche Alternative hat ein Unternehmer, wenn sein ganzes Geld aus wertlosen Fondsanteilen besteht?“

„Aber Sie haben doch die ganzen Geschäfte eingefädelt, mit dem Kauf in Seoul, mit dem Verkauf und so weiter...“

„Ich bin Banker und kein Moralist!“ Gärtners große, runde, blasse und glasige Augen blickten wie tot in die Runde. „Ihr Metier ist die Wahrheit und mein Job ist das Geld!“ Seine großen, abstehenden Ohren wurden rot. „Sie können sich keine Gefühle leisten und ich auch nicht!“ Er sah Waltberg böse an, und nun glühten auch seine dicken Wangen. „Rabenstein war mit seinen waghalsigen Geschäften schon am Ende, als er im fernen Korea eine ganze Fabrik kaufte. Das war doch die Katze im Sack!“ Er lachte laut und schrill. „Er konnte sie nicht beaufsichtigen und auch die ganze Produktion nicht überprüfen.“ Seine glasigen Augen sahen Waltberg an. „Meinen Sie, die Schlitzaugen machen nicht ihre eigenen Geschäfte, wenn der Geldgeber weit weg ist?“

„Für Sie als Bank ist also alles ganz legal abgelaufen?“ wurde Waltberg lauter.

„Was soll bei uns nicht legal sein? Wir sind unseren Kunden, unserer Aufsichtsbehörde und dem Landkreis Rechenschaft schuldig. Und da gibt es keinen dunklen Punkt! Wenn ich...“

„Wenn Sie privat eine Provision kassieren!“ rief Rauch böse dazwischen.

„Ich bekomme mein Gehalt von der Sparkasse. Private Provisionen sind verboten, und ich nehme auch keine an.“ Er sah Rauch böse an. „Wenn Sie etwas anderes behaupten wollen, Herr Rauch, müssen Sie schon gute Beweise haben! Sonst lassen Sie solche Unterstellungen!“ Um seine wulstigen Lippen spielte ein Lächeln. „Oder haben Sie einen Beweis, daß ich bestechlich bin?“

Rauch schwieg bedrückt und sah auf den Kassettenrecorder, wo sich die Spulen gleichmäßig und ruhig drehten.

„Wir haben Hinweise, daß Sie für Herrn Rabenstein den Kauf einer Fabrik in Korea eingefädelt haben", blieb Waltberg ruhig.

„Hinweise!" lachte Gärtner schrill. Jetzt glühte auch seine große, fleischige Nase. „Sie haben keinen Zeugen!" Er grinste. „Herr Rabenstein ist nämlich tot."

„Jetzt reicht es!" schlug Rauch wütend mit der Faust auf den Tisch. „Der einzige, der Ihnen gefährlich werden konnte, ist tot! Ermordet!"

„Wenn Sie daraus ein Motiv oder gar einen Mordverdacht stricken wollen, ziehen Sie sich aber warm an!" wurde Gärtner lauter und rieb an seinem Doppelkinn.

„Wollen Sie uns drohen?" blieb Rauch laut und ärgerlich.

„Ich will gar nichts", flüsterte Gärtner gefährlich und ließ seine Blicke durch das einfach und fast steril eingerichtete Vernehmungszimmer gleiten.

„Sie kannten doch sicher Herrn Sakatzke", wechselte Waltberg das Thema.

„Den Ermordeten?" dehnte Gärtner seine Stimme. „Ja, den kannte ich."

„Und was denken Sie über ihn?" fragte Rauch unfreundlich.

„Man soll über Tote nicht schlecht reden, aber Herr Sakatzke hat uns nur Probleme gemacht..."

„Wie kann er so einer tollen Bank Probleme machen?"

„Sie bekommen es ja sowieso heraus!" Er schluckte, und seine großen Ohren glühten noch mehr. „Er wollte mich fertigmachen! Wenn Sie bei uns im Haus ermitteln, werden Sie Briefe finden..." Er stöhnte. „Darum sage ich es Ihnen jetzt gleich, denn ich bin unschuldig!"

„Es hat doch niemand gesagt, daß Sie schuldig sind", belustigte es Rauch.

„Da schickt der Sakatzke seine Frau zu mir, weil die Familie einen Kredit braucht. Es war im Sommer. Während ich ihre Kontoauszüge lese, macht die ihre Bluse auf und hat... nichts drunter..." Er atmete schwer. „Es ist nichts geschehen, und ich hatte mich in der Gewalt, obwohl..."

„Obwohl was?"

„Sie hat schöne Titten!"

„Und weiter?"

„Plötzlich kommt mein Chef ins Büro und sieht..."

„Und sieht was?"

„Nun ja", schluckte Gärtner und senkte seinen glasigen Blick. „Ich hatte meine Hände..." Er keuchte. „Haben Sie schon mal solche Titten gesehen?" Er sah Rauch an und zeigte mit beiden gekrümmten Händen die Größe. „Können Sie sich vorstellen, in welcher Lage ich mich befand?"

„Hat Frau Sakatzke den Kredit bekommen?" fragte Waltberg.

„Ja, weil mein Chef keinen Ärger im Hause haben wollte, und ich... habe... Ich bin abgemahnt worden..."

„War es damit erledigt?" fragte Rauch grob.

„Nein! Der Sakatzke hat danach nichts ausgelassen, bei uns am Schalter nach dem... geilen Gärtner zu fragen... Er wollte den geilen Bankbeamten Gärtner sprechen, der allen Frauen an die Brust faßt!" Seine Stimme brach.

„Kannten Sie Walter Brunner?" bohrte Rauch weiter.

„Walter Brunner ist auch ein Schwein. Er war immer wieder bei uns am Schalter und wollte nur mich sprechen..."

„Das ist doch positiv!"

„Es ging um seine Frau, seine Ex-Frau. Sie war..."

„Sie war was?"

„Darüber möchte ich nicht sprechen!" Gärtner sprang auf. „Kann ich jetzt gehen?"

„Nein! Sagen Sie uns erst, was mit Edeltraut Brunner war!"

„Muß ich das?"

„Ja, Sie müssen, wenn Sie nicht verdächtig sein wollen!"

„Es war nachts im Weserpark. Ich saß auf einer Bank und konnte ein Pärchen sehen, das es hinter einem Holunderstrauch trieb. Er bumste, und sie schrie vor Glück. Da habe ich meine Hose geöffnet und... Da kam Frau Brunner vorbei und sah mich." Seine Stimme stockte. „Sie hat gelacht und gesagt, daß sie am nächsten Tag in die Bank kommen wollte..."

„Was hat Walter Brunner damit zu tun?" wollte Rauch die ganze Wahrheit wissen.

„Er war doch der Mann hinter dem Strauch... mit... Frau Riethmann..."

„Katja Riethmann?" fragte Rauch ungläubig.

Gärtner nickte und rieb sich über sein Doppelkinn. „Das ist es ja", flüsterte er. „Der Brunner vögelt die Riethmann, und seine Frau kommt vorbei..." Er stöhnte wieder.

„Kennen Sie Katja Riethmann?"

„Sie war meine Nachbarin, und ich hatte immer gedacht..."

„Sie hatten ein Auge auf sie geworfen!" wurde Rauch noch grober, dem die Situation des in die Enge getriebenen Bankers Bernd Gärtner jetzt sichtlich Spaß machte. „Sind Sie verheiratet, Herr Gärtner?"

„Nein", flüsterte der Angesprochene. „Aber ich..."

„Eine letzte Frage!" unterbrach ihn Rauch. „Kennen Sie die Eheleute Rollbaum?" Er stellte sich einen Moment die traurige Situation des dicken, schwammigen Bankers Bernd Gärtner vor, der vielleicht noch nie mit einer Frau im Bett gewesen war, und dessen Liebesleben sich nur in seiner Phantasie abspielte.

„Sie sind keine Eheleute mehr", antwortete Gärtner, und seine schrille Stimme klang fast schluchzend. „Er kehrt immer noch den wichtigen Arzt heraus, obwohl er längst keiner mehr ist und sie..."

„Und sie?" war Rauch neugierig und dachte an die vielen Frauen und Mädchen, die ihm schöne Stunden und Nächte beschert hatten. Er fühlte sich dem vielleicht reichen Bankbeamten um ein Vielfaches überlegen.

„Ich kenne Clara gut. Wir treffen uns oft, weil sie die gleichen Ansichten hat..." Er sah Rauch mit seinem glasigen Blick fast bittend an. „Glauben Sie auch daran, daß nach dem Tod alles in einer anderen Dimension weitergeht?"

„Wir unterhalten uns heute über Ihre Geschäfte und nicht über mystischen Kram!" war Rauch ungehalten.

„Manchmal muß ich darüber auch lachen", setzte der Banker ein Grinsen in seinem schwammigen Gesicht auf.

„Gehen wir ein Zimmer weiter", stand Waltberg auf. „Komm, Fred! Sie bleiben noch hier, Herr Gärtner!" Er drückte auf die Stopptaste des Kassettenrecorders und sah den Banker noch breiter grinsen. „Finden Sie es lustig bei uns?"

„Nicht unbedingt, aber mir ist gerade etwas eingefallen...", begann Gärtner zu lachen.

„Was?"

„Wissen Sie, warum ein BH demokratisch ist?" Seine Stimme überschlug sich in hohen Tönen.

„Was soll das jetzt?" wandte sich Rauch ab und konnte den schrill lachenden Gärtner nicht ansehen.

„Ein BH läßt die Kleinen gut aussehen und dastehen", gab Gärtner selbst die Antwort. „Ebenso stützt er die großen und hält auch die Massen zusammen..."

„Schön, wenn wenigstens Sie darüber lachen können", winkte Rauch ab.

„Reinhard Mey hat mal ein Lied gesungen: Der Mörder ist immer der Gärtner." Der Banker konnte sich vor Lachen nicht mehr halten und hielt sich den dicken Bauch. „Ich bin zwar der Gärtner, aber nicht der Mörder!"

„Bleiben Sie noch hier und lachen Sie ruhig!" rief Waltberg und war schon aus dem Raum. „Es soll hin und wieder gesund sein!"

Mit schnellen Schritten eilten die beiden Kriminalbeamten über den Flur und traten in das Verhörzimmer zwei.

„Finden Sie es in Ordnung, daß ich hier so lange warten muß?" lispelte Horst-Uwe Zappel. „Ich bin ein vielbeschäftigter Mann und habe meine Zeit nicht auf der Straße gefunden!"

„Setzen Sie sich da an den Tisch!" sagte Rauch grob und ließ sich auf einen Stuhl fallen. Er drückte die Aufnahmetaste des Kassettenrecorders.

„Was wollen Sie überhaupt von mir?" wurde Zappel unsicher.

„Sie arbeiten für die British Investment Holding", sagte Waltberg und setzte sich.

„Die BIH gibt es nicht mehr", verhaspelte sich Zappel unsicher und setzte sich vorsichtig an den Tisch.

„Sprechen Sie laut und deutlich!" rief Rauch weiter laut und grob. „Und dann da in das Mikrofon!"

„Also gut, die BIH ist von einer anderen Firma übernommen worden", blieb Waltberg ruhig und sah den kleinen, schmächtigen Mann an, der unruhig auf dem Stuhl hin und her rutschte.

„Von der Scottish Amicable Investment", erklärte Zappel leise.

„Namen sind hier Schall und Rauch!" rief Waltberg. „Die heißen heute so und morgen anders. Dann wird der Wert der Fonds auf null gesetzt..."

„Man muß nur rechtzeitig verkaufen und neue Fonds kaufen", tat Zappel schlau.

„Und wer sagt mir, wann ich kaufen oder verkaufen muß?"

„Dazu müssen Sie schon ein wenig Grundwissen haben und Zugang zu Insiderkreisen", lispelte Zappel.

„Hatte Herr Rabenstein das Wissen?" wurde Waltberg lauter.

„Der doch nicht!" fühlte sich Zappel groß. „Der kannte doch nur seinen Plastikmüll!"

„Obwohl Sie wußten, daß Herr Rabenstein keine Ahnung von Fondsgeschäften hatte, drehten Sie ihm irgendwelche Fonds an!“ schlug Rauch mit der Faust auf den Tisch.

„Ich drehe keine Fonds an“, zitterte Zappel und rutschte noch unruhiger auf dem Stuhl hin und her.

„Wir werden Ihnen beweisen, daß Sie bereits eine Kündigung von der BIH hatten, als Sie Herrn Rabenstein die Fonds unterschoben!“

„Das hat doch mit meiner Kündigung nichts zu tun“, verhaspelte sich Zappel hilflos. „Fonds werden übernommen oder...“

„Oder was?“ sprang Rauch erregt auf. „Wurden die BIH-Fonds übernommen?“

„Nicht direkt, aber es gibt immer Wege...“

„Für Herrn Rabenstein gab es keine Wege!“ Rauch lief aufgeregt um den billigen Kunststofftisch herum.

„Geschäfte mit Fonds können gut gehen, bergen aber auch ein Risiko...“

„Wissen Sie, was Sie sind?“ Rauch baute sich drohend vor dem zitternden Zappel auf. „Sie sind ein ganz mieser Geschäftsmann!“

„So dürfen Sie nicht mit mir reden“, lispelte Zappel und konnte nicht aufsehen. „Fangen Sie lieber den Mörder Schmökel in Brandenburg. Zum sechsten Mal ist er ausgebrochen. Er wird sich wieder an Kindern vergehen und sie vielleicht auch umbringen...“

Rauch ging nicht auf eine Diskussion über einen erneut geflohenen Sexualstraftäter in Neuruppin ein. Er spürte, daß Zappel nicht so aalglatt und gerissen war, wie der Banker Bernd Gärtner und faßte den kleinen Mann grob an die Schultern. „Ich rede so, wie ich denke! Wir haben einen Toten, Herr Zappel! Und dieser Tote wollte eine Strafanzeige gegen Sie und Herrn Gärtner machen. Aber vorher hat ihn jemand kaltblütig aus dem Weg geräumt!“ Er ließ den kleinen Mann los. „Erzählen Sie ein bißchen über sich!“

„Was soll ich erzählen“, hielt Zappel seinen Blick gesenkt, und seine hohe Stimme zitterte.

„Sind Sie verheiratet?“

„Ja, aber ich lebe getrennt...“

„Kinder?“

„Zwei Söhne...“

„Wie oft sehen Sie Ihre Söhne?“

„Mark, der Ältere, spielt Fußball, und ich fahre mit ihm immer dienstagabends zum Training...“ Zappel war kaum zu verstehen.

„Für welche Versicherung sind Sie tätig?“

„Für keine bestimmte", flüsterte Zappel und wirkte verloren.

„Sie vermitteln also nur!" Rauch setzte sich wieder. „Wenn ich zu Ihnen komme und beispielsweise eine Haftpflichtversicherung brauche, suchen Sie mir irgendeine bei irgendeiner Gesellschaft heraus!"

Zappel nickte und schwieg.

„Was wissen Sie über die Plastikfabrik in Korea?"

„Nicht viel", schluckte Zappel und rang nach Luft. „Das hat alles Herr Gärtner gemacht..."

„Was hat Herr Gärtner gemacht?" bohrte Waltberg nach und grinste Rauch an.

„Er war doch da... mit Geoff Harris..."

„Nun wird es langsam Licht!" hielt es Rauch nicht mehr auf dem Stuhl. „Sie kennen diesen Mister Harris?"

„Ja, ich habe ihn mal getroffen..."

„Wo?"

„Das war hier in Germburg, als er bei Herrn Gärtner zu Besuch war..."

„Weiter!"

„Dieser Harris war hier, und Sie sind mit ihm und Gärtner wo gewesen?"

„Wir haben einen Kneipenbummel gemacht und..."

„Und was?"

„Wir waren dann auch im Kolibri..."

„Im Puff!" pfiff Waltberg durch die Zähne. „Wie hat Gärtner den Engländer kennengelernt?"

„Er war doch immer im Urlaub in Thailand", war Zappel kaum noch zu verstehen.

„Sextourismus?"

Zappel nickte und rieb seine feuchten Hände. „Hier hatte er nicht... so richtig Erfolg..."

„Da in Thailand hatte er auch nur Erfolg, weil er bezahlt hat!" grinste Rauch und stellte sich den dicken Banker Bernd Gärtner mit einer rassigen Asiatin im Bett vor. Das Bild verschwamm vor seinen Augen, als ein fetter Mann hilflos auf einer schlanken Frau lag und keuchte. „Wenn er aber in Thailand war, wie kam er dann an die Fabrik in Südkorea?"

„Es war nicht so einfach für Herrn Gärtner. Bei ihm in der Bank lachten die jungen Mädchen und auch andere Kollegen, wenn er im Urlaub nach Thailand flog..." Zappel strich sich durch den grauen Kinnbart. „Da hat er einfach eine Reise nach Korea gebucht, weil er dort die Sehenswürdigkeiten..." Er konnte nicht weiter sprechen und rieb seine feuchten Hände an der Hose trocken.

„Und von dort ist er dann weiter geflogen, nach Thailand!" grinste Rauch breit und fuhr sich mit der rechten Hand durch die schwarzen Locken.

„Ja, das konnte dann hier aus dem Reisebüro keiner erzählen, weil er die Weiterreise dort buchte..."

„Bei Reisebüro fällt mir etwas ein", rieb sich Rauch über seinen schwarzen Schnauzer. „Frau Sakatzke arbeitet doch in einem Reisebüro..."

„Sie ist ja auch die Quasseltante!" rief Zappel. „Für sie ist jeder Mann, der nach Thailand fliegt, ein Sexmonster!"

„Und dann hat er dort in Korea den Engländer kennengelernt!" stellte Waltberg nüchtern fest.

„In einer Bar in Seoul", nickte Zappel hilflos und wollte nur raus aus diesem sterilen Vernehmungsbüro, weg von dem billigen Kunststofftisch und weg von den einfachen Metallstühlen.

7

„Das Vieh hat rote Augen", flüsterte Oberkommissar Joachim Flensburg in das Handy, und in seiner Stimme klang Entsetzen.

„Und ein rotes Fell?" fragte Hauptkommissar Rauch am anderen Ende.

„Ja, ein rotes Fell. So ein Tier habe ich noch nie gesehen. Lebt wohl nur nachts und in der Dunkelheit."

In der Ferne schlug die Glocke der St. Johanni Kirche 23 Uhr, am Mittwochabend, dem 1. November 2000.

Hauptkommissar Rauch hatte die Aktion noch für den selben Abend angeordnet. Er war sich sicher, daß sowohl Clara, wie auch Fritz Rollbaum, mehr in die Mordfälle verstrickt waren, als sie zugeben wollten. Da beide Fred Rauch kannten, konnte er sie nicht observieren. Also hatte der Kriminalobermeister Arno Rotteck vor der Wohnung von Fritz Rollbaum gewartet und Oberkommissar Joachim Flensburg vor der Wohnung von Clara Rollbaum.

In der Wohnung von Fritz Rollbaum brannte Licht. Er war also wohl zu Hause, und Rotteck wartete auf der anderen Straßenseite in seinem Golf.

Clara Rollbaum hatte am späten Abend ihre Wohnung verlassen und war in den nahen Weserpark gegangen. Flensburg hatte sein Auto verlassen und war ihr in sicherem Abstand gefolgt.

Rauch war in seinem Opel Astra in die Weserstraße gefahren und wartete geduldig. Er konnte mit beiden Kollegen schnell per Handy in Verbindung treten.

Clara Rollbaum saß wie fast jeden Abend auf der Parkbank und summte vor sich hin: „I've being followed by a moon shadow, moon shadow, moon shadow..." Und sie dachte daran, daß sie von einem Mondschatten verfolgt wurde. Sie konnte Flensburg nicht sehen, der sich hinter einem Holunderstrauch versteckt hielt. Sie sah nur die roten Augen, die vorsichtig näher kamen. „Komm nur, du Gottesgeschöpf", flüsterte sie. „Ich tue dir nichts. Ich will dich nur streicheln und dir zeigen, daß auch du nicht allein auf dieser Welt bist..." Sie zuckte zusammen. Links kamen dumpfe Schritte schnell näher. Die roten Augen wandten sich kurz zur Seite. Schnell stob die Feuerkatze davon.

Ein heller Mond und viele Sterne standen am Himmel. Nicht weit entfernt schrie eine Eule. Der markige Laut drang bis in die Weserstraße und ließ Rauch einen Moment erstarren.

„Ich muß abschalten", flüsterte Flensburg in das Handy. „Das rote Mistviech ist weg. Aber da kommt einer des Weges. Ruf mich nicht an. Ich melde mich bei dir." Er schaltete aus.

Rauch beendete das Gespräch und dachte nach. Sollte er auch in den Park gehen? Sollte er Clara Rollbaum direkt fragen, was sie dort im Park machte? Und was war das für ein Tier, das dort im Park war und häßlich auf einem Bild verewigt in ihrem Wohnzimmer an der Wand hing? Das Klingelgeräusch seines Handys riß ihn aus den Gedanken. „Rauch", meldete er sich und dachte, daß Flensburg schon anrief.

„Klingel hier!" donnerte es aus dem Handy. Rauch zuckte zusammen und hielt das Handy etwas weiter zur Seite. „Herr Rauch, ich bekomme gerade einen Anruf vom Chefredakteur der Germburger Nachrichten..."

„Von Kurt Bitter?"

„Ja, von Herrn Bitter! Ich weiß, daß Sie ihn gut kennen! Aber es ist unverantwortlich, ihm alles vorab zu geben! Ich habe die Pressekonferenz für morgen angesetzt!"

„Herr Kriminalrat, bitte sagen Sie mir erst mal, worum es überhaupt geht", versuchte Rauch ruhig zu bleiben.

„Ich soll ruhig bleiben!“ donnerte Klingel drohend. „Sie geben Ihrem Freund Bitter alle Details, damit ich morgen wie ein Idiot da stehe!“

„Ich habe mit der Zeitung überhaupt nicht gesprochen, auch nicht mit Herrn Bitter privat. Ich habe nichts rausgegeben.“ Rauch war wütend, denn es war wichtiger zu erfahren, was jetzt unweit von ihm im Park geschah.

„Er hat die Fotos von beiden Tatorten! Er hat die Ergebnisse der Pathologen! Er hat die Details zu den Giften! Er hat sogar den Schuhabdruck von dem Brunner! Genau das gleiche wie wir!“ Klingels Stimme überschlug sich. „Er hat die komplette Ermittlungsakte!“

„Und wo hat er das her?“ fragte Rauch unruhig.

„Von einer australischen Bank in Tokio!“

„Tokio“, pfiff Rauch durch die Zähne. „Und woher hat eine Bank in Japan unsere Ermittlungsergebnisse?“

„Das weiß ich doch nicht! Ich kann da nicht anrufen, weil ich kein japanisch kann! Ich weiß auch nicht, ob da jetzt Tag oder Nacht ist!“

„Bitte beruhigen Sie sich doch, Herr Klingel. Von uns hat keiner alle Daten per Internet nach Japan geschickt. Fragen Sie Herrn Rommel, ob es möglich ist, daß jemand aus Tokio in unseren Computer rein kann. Rommel ist ein Computerfreak. Der kennt sich damit aus...“

„Ich wollte Sie ja auch nur bitten...“ Klingel hielt inne. „Herr Bitter war so anständig, mich zu fragen, was er davon drucken darf. Dafür hat er mich zu Hause angerufen. Und ich wollte Sie bitten, Herrn Bitter zu sagen, daß er bis nach der Pressekonferenz warten soll, und wir dann gemeinsam abstimmen, was in die Zeitung kann...“

„Ich rufe ihn an“, sagte Rauch knapp und dachte daran, daß der Kriminalrat auch die Zeitung um Zurückhaltung hätte bitten können. „Ich muß jetzt auflegen. Wir beschatten Frau Rollbaum!“ Er beendete das Gespräch und saß unruhig im Auto. Was passierte jetzt dort im Park? Er stieg aus dem Auto und begann unruhig auf und ab zu gehen. Gerne hätte er gewußt, wie die Ermittlungsergebnisse nach Japan gekommen waren. Viel mehr interessierte ihn aber das Geschehen im Park. Was machte die Frau dort? Und er dachte daran, daß er unbedingt seinen Freund Kurt Bitter anrufen mußte. Aber er durfte jetzt die Handyleitung nicht blockieren. Bald schon würde Flensburg anrufen.

Dann hörte er einen Schuß und gleich danach noch einen. Er riß seine Pistole aus dem Halfter und begann zu laufen, über die kleine Brücke und in den Weserpark hinein.

8

„Er könnte noch leben!“ schrie Hauptkommissar Rauch außer sich vor Wut. „Sicher hat er versucht, mich anzurufen!“ Er sah Klingel böse an, der unruhig hin und her lief. „Aber wir müssen ja darüber telefonieren, ob jemand unsere Ermittlungsergebnisse einer Bank in Japan geschickt hat!“

„Herr Rauch, wollen Sie damit sagen, daß ich schuld am Tod von Herrn Flensburg bin?“ fragte Klingel grob und sah Rauch im grellen Licht der aufgestellten Scheinwerfer böse an. „Beantworten Sie mir lieber die Frage, wie Sie als Einsatzleiter einen Kollegen ohne Schutzweste in diesen Park schicken konnten!“ Er drehte sich um und zog seinen Mantelkragen hoch, denn es war kalt an diesem Spätabend im Weserpark in Germburg.

Ein Klingeln ertönte ins Rauchs Manteltasche. Er zog sein Handy heraus und meldete sich.

„Hallo, Fred!“ war Kurt Bitter freundlich. „Ich dachte, wenn du mich schon nicht anrufst, melde ich mich bei dir. Wir sitzen nämlich über der Ausgabe von morgen, und ich habe...“

„Ich weiß“, unterbrach ihn Rauch. „Mein Chef hat es mir schon gesagt. Du hast unsere Unterlagen aus Japan bekommen?“ Er überlegte nicht lange, warum Oberkommissar Flensburg keine Schutzweste getragen hatte, denn er selbst trug auch keine. Welcher Kriminalbeamte zieht eine schwere und hinderliche Schutzweste an, wenn er zum normalen Dienst geht und nicht im gefährdeten Einsatz ist?

„Hat sich wohl ein Hacker in euren Rechner geloggt“, lachte Bitter. „Aber ich will wie immer fair sein und dich fragen, was ich davon drucken kann.“

„Bitte druckt davon nichts“, flüsterte Rauch traurig. „Setz dich ins Auto und bring deinen Fotografen mit. Wir haben den dritten Toten. Diesmal hat es meinen Kollegen Flensburg erwischt...“

„Was?“

„Wir sind hier im Weserpark. Ich warte auf dich.“ Er schaltete die Verbindung aus und wählte eine Nummer. Kriminalobermeister Rotteck meldet sich. „Rauch hier! Wie sieht es bei dir aus?“

„Alles normal“, antwortete Rotteck ruhig.

„Ist Rollbaum zu Hause?“

„Sieht so aus. Im Haus ist alles dunkel. Vielleicht schläft er...“

„Oder er ist gar nicht da“, mutmaßte Rauch. „Du kannst da abbrechen. Komm in den Weserpark!“

„Was soll ich im Weserpark?“

„Komm bitte her!“ Rauch drückte das Gespräch weg.

Scheinwerfer erhellten die gespenstische Szene. Polizisten liefen aufgeregt umher. Der ganze Park war abgesperrt. Rauch trat neben den Kriminaltechniker Uwe Rommel. „Gibt es was?“ fragte er leise.

Rommel kniete neben Joachim Flensburg, der auf dem Rücken lag und in der rechten Hand die Pistole fest umkrampft hielt. „Er hat seine Waffe nicht fallen gelassen. Er hat dort Richtung Bank gezielt“, zeigte er nach hinten.

„Dort hat die Rollbaum gesessen“, sagte Rauch tonlos.

„Woher weißt du das?“

„Joe hat mich noch angerufen. Da saß die Rollbaum dort auf der Bank. Sie konnte ihn hier hinter dem Strauch nicht sehen...“

„Was hat Joe noch gesagt?“

„Er hat eine häßliche Katze gesehen...“

„Eine häßliche Katze?“

„Ja, rotes Fell und rote Augen...“

„Gibt es so ein Tier überhaupt?“ sah Rommel auf.

„Auf einem Bild habe ich das Vieh auch schon gesehen“, antwortete Rauch leise. „Hat Joe noch geschossen?“

„Ich glaube nicht. Aber das werden wir feststellen. Du hast gesagt, daß du zwei Schüsse gehört hast!“

„Ja, zwei Schüsse.“

„Wir haben zwei Hülsen“, sagte Rommel und zeigte Richtung Bank. „Sie lagen da am Weg...“

Rauch ging einige Schritte zurück. „Hier?“

„Noch etwas weiter. Neben der Nummer zwei.“

Rauch drehte sich um. „Hier hat der Schütze gestanden, einen Meter vor der Bank, also einen Meter vor Clara Rollbaum und knapp fünf Meter vor Joe.“

Rommel nickte. „Eine Patrone hat ihn nicht getroffen. Sie steckte dort im Baum.“ Er zeigte auf eine Platane. „Die andere ist aus seinem Körper nicht wieder ausgetreten. Die Pathologen werden sie bei der Obduktion finden. Kaliber 7,65.“

Kriminalrat Klingel trat neben Hauptkommissar Rauch und faßte ihn vorsichtig am Arm. „Herr Rauch, wollen Sie nach Hause?“

„Was soll ich jetzt zu Hause? Glauben Sie, daß ich schlafen kann?“ Rauch drehte sich zur Seite. „Nein, Herr Kriminalrat! Ich fahre jetzt nicht nach Hause! Ich fahre jetzt zu der Frau, die den Mörder gesehen hat oder selbst die Mörderin ist!“

„Aber nicht allein!“

„Doch! Ganz allein!“

9

Hauptkommissar Fred Rauch war mit schnellen Schritten durch den Flur geeilt und hatte sich im Wohnzimmer in einen Sessel gesetzt.

„Ist das jetzt die Höflichkeit der Polizei?“ fragte Clara Rollbaum und stand in einem dunkelroten Bademantel zitternd im Türrahmen. „Wissen Sie eigentlich, wie spät es ist?“

„Ja, es ist nach Mitternacht!“ sprang er wieder auf und baute sich drohend vor der Frau auf. Aber er sah vor sich nicht die Frau, sondern eine faltige Gestalt, die gerade aus einer Gruft gestiegen war. „Vor fast zwei Stunden ist im Park mein Kollege erschossen worden! Und Sie waren dabei!“ Er faßte grob ihre Hände und drehte sie.

„Sie tun mir weh“, flüsterte sie.

„Mir tut auch einiges weh!“ blieb er laut und starrte auf ihre Hände.

„Was wollen Sie hier finden?“

„Haben Sie Ihre Hände gleich gewaschen?“ fragte er grob.

„Was wollen Sie finden?“

„Schmauchspuren an Ihren Händen!“ ließ er ihre Hände los. „Immerhin waren Sie bei einem Mord dabei!“

„Was reden Sie denn da für einen Unsinn?“ wurde sie böse.

„Es ist kein Unsinn! Mein Kollege hatte ein Handy. Ich habe kurz vorher mit ihm telefoniert. Er war nicht weit von Ihnen entfernt. Sie saßen auf der Bank! Und da war so ein Tier wie das da!“ Er drehte sich um und zeigte auf das Bild mit der häßlichen, roten Katze.

„Die Feuerkatze“, flüsterte sie.

„Frau Rollbaum, ich könnte Sie jetzt auch mitnehmen!“ rief er grob.

„Mich?“ tat sie erstaunt.

„Ja, wen denn sonst? Ich habe einige Fragen! Und wenn Sie keine guten Antworten darauf haben, dann werde ich...“

„Wollen Sie mir etwa drohen?“

„Wenn Sie es so sehen, meinetwegen! Setzen wir uns!“

„Sind Sie hier zu Hause oder ich?“

Er überhörte die Frage und setzte sich wieder in den Sessel. „Sie waren im Park, als die Schüsse fielen. Entweder haben Sie den Mörder gesehen oder sind es selbst!“

Sie setzte sich auf das große Plüschsofa. „Da kam eine dunkle Gestalt... von links...“

„Haben Sie die Gestalt erkannt?“

„Nein“, flüsterte sie und schlug die Hände vor ihr Gesicht. „Wenn Ihr Kollege den Anderen nicht angesprochen hätte, wäre er noch am Leben...“

„Warum hat mein Kollege den Fremden denn angesprochen?“

„Weil er mich belästigt hat...“ Sie rieb ihre Hände auf dem Plüschsofa und verschränkte dann die Arme vor ihrer Brust.

„Er hat Sie belästigt, und Sie wissen nicht, wer es ist?“ fragte Rauch ungläubig. „Mein Kollege hat mir am Handy gesagt, daß diese rote Katze auch da war!“

„Ich habe auf sie gewartet. Aber sie ist geflohen, als der Fremde kam...“

„Ihr mystisches Getue geht mir auf die Nerven!“ sprang Rauch wieder auf. Er lief durch das Wohnzimmer und blieb vor der Anrichte stehen. „Hier stand neulich noch das Foto von diesem Griechen!“ Er drehte sich zu Clara Rollbaum um. „Wo ist es?“

„Ich weiß nicht, was Sie meine Fotos angehen, aber ich habe es vernichtet...“

„Vernichtet? Warum?“

„Man muß sich öfter von altem Ballast trennen...“

„Wie hieß der Grieche doch gleich? Dimitri...?“

„Demetri Georgiou”, antwortete sie tonlos, als wäre ihr Freund gestorben.

„Frau Rollbaum, wenn Sie dem Mörder so nahe waren, muß er doch annehmen, daß Sie ihn erkannt haben. Dann sind Sie in Gefahr!“

„Was ist schon die Gefahr?“ versank sie in Gedanken.

„Jeder vernünftige Mörder hätte auch Sie getötet!“

„Sind Mörder vernünftig?“

„Ich war wenige Minuten nach den Schüssen am Tatort. Da war kein Fremder, und auch Sie waren verschwunden.“

„Als er geschossen hat, bin ich schon gelaufen“, flüsterte sie.

„Wie oft hat er geschossen?“

„Ich weiß es nicht“, begann sie zu weinen und schlug wieder die Hände vor ihr Gesicht. „Vielleicht zwei Mal oder drei Mal... Sie wissen es doch...“

Er nickte. „Ich wollte es von Ihnen hören!"

„Warum quälen Sie mich?"

„Quäle ich Sie? Das ist ja toll! Immerhin wurde ein Kollege von mir vor Ihren Augen erschossen!" Er setzte sich wieder in den Sessel. „Und jetzt habe ich ein paar Fragen. Der erste Tote war Wilfried Sakatzke. Kannten Sie ihn?" Er sah die Frau ernst an.

„Natürlich kannte ich ihn." Ihre Augen begannen zu strahlen. „Wilfried war ein toller Mann. Mit ihm konnte ich reden. Er hat mich verstanden. Er hatte Sinn für das Natürliche, das Sie übernatürlich nennen." Sie sah Rauch fast mitleidig an. „Sie kennen das nicht, Herr Kommissar! Für Sie gibt es nur Leben und Tod! Aber Wilfried kannte auch das Leben nach dem Tod. Er wußte von dem großen Geschenk der Schöpfung..."

„Der zweite Tote ist Robert Rabenstein. Kannten Sie den?"

„Auch den kannte ich. Robert Rabenstein war genau das Gegenteil von Wilfried Sakatzke. Herr Rabenstein war ein Schwein, der alle Schlechtigkeiten im Leben genoß. Er beanspruchte für sich ein ungeheuerliches Besitzrecht. Sein Leben bestand nur aus Geld und Macht!" Ihre Stimme klang haßerfüllt. „Er kam zu mir und umschwärmte mich. Früher konnte man mich täuschen, und er konnte es. Ich fühlte mich geschmeichelt, und ich gab ihm Geld und sogar so etwas wie meine Liebe." Sie sah an Rauch vorbei. „Das Geld habe ich nie wieder gesehen, und meine Liebe für ihn ist schnell gestorben." Sie stand auf. „Das waren die beiden."

„Ich bin noch nicht fertig!" rief Rauch. „Kennen Sie einen Walter Brunner?"

„Natürlich kenne ich den. Das ist doch der Freund von der hübschen Kellnerin, von Frau Riethmann."

„Genau."

„Wilfried hat mir oft von ihm erzählt..."

„Kennen Sie denn auch die Ex-Frau von Walter Brunner?"

„Natürlich. Ich habe sie einmal kurz gesprochen. Eine nette Frau. Sie hat es so schwer, weil ihr Ex-Mann einfach nicht zahlt. Erst macht er ihr Kinder, und dann stiehlt er sich davon..." In ihrer Stimme klang wieder Haß.

Rauch stand auf. „Wenn der Mörder Sie gesehen hat, und er hat Sie mit Sicherheit gesehen, sind Sie in großer Gefahr. Da Sie mir aber nichts sagen, kann ich Sie nicht schützen, auch wenn ich es müßte." Er ging zur Tür und drehte sich noch einmal um. „So kann ich Ihnen nicht helfen, Frau Rollbaum, und ich weiß auch nicht, ob ich Ihnen überhaupt helfen will." Er drehte sich wieder um. „Ich muß noch zu Karin..."

„Welche Karin?" fragte sie.

„Die Witwe meines Kollegen."

„Da können Sie auch noch in der Frühe hinfahren. Lassen Sie die Frau doch schlafen."

Rauch nickte und sah auf die Uhr. „Es ist schon nach Mitternacht! Trotzdem! Sie kommen heute zu uns ins Präsidium!" Er sah die Frau ernst an. „Sagen wir um 14 Uhr!"

„Aber ich habe Ihnen doch schon alles gesagt", flüsterte sie und wollte endlich alleine sein.

„Sie haben nichts gesagt, gar nichts!" Rauch ging einfach weiter und ließ die Haustür hinter sich offen.

10

Zehn waren rosa und zehn waren grün. Die rosa Fingernägel gehörten Cornelia Sakatzke. Katja Riethmann hatte ihre Nägel grün lackiert. Sie blätterte einige lose Blätter zur Seite und starrte auf ein Foto. „Wo hatte dein Mann diese Pistole her?"

„Mein Ex-Mann!" grinste Cornelia Sakatzke. „Ich weiß nicht, warum der plötzlich so einen Ballermann hatte." Sie rauchte nervös. „Ich nehme an, daß die Rollbaum ihm das Schießeisen besorgt hat..."

„Wo soll Clara eine Waffe kaufen können?" Katja Riethmann drückte ihre Zigarette aus. Sie saß in dem kleinen Reisebüro an dem einfachen Verkaufstisch und ließ ihre Blicke über die großen Plakate wandern, die fast alle weiße Strände und blaues Meer zeigten.

„Sie braucht sie nicht zu kaufen", erklärte Cornelia Sakatzke ruhig und drückte ihre Zigarette auch aus. „Sie muß nur Demetri bitten. Der tut doch alles für sie!"

„Warum tust du mir damit weh?" zuckte Katja Riethmann zusammen. „Du weißt, daß er mich liebt und ich ihn auch noch liebe!"

„Dann verlaß doch deinen Walter, der sowieso nur säuft und im Schlafanzug in der Wohnung hockt!" Sie lachte laut. „Nimm deinen Sohn und zieh zu Demetri!"

„Du weißt, daß das nicht geht!" Katja Riethmann schob die losen Blätter zusammen. „Kann ich das alles mitnehmen?"

„Du spinnst wohl! Das sind die kompletten Ermittlungsakten der Kripo!"

„Und wie kommst du an die Akten heran?" Katja Riethmann versuchte den Papierstapel zu ordnen, damit kein Einzelblatt heraus ragte. „Läßt du dich dafür von einem Bullen bumsen?"

„Du hast keine Phantasie!" grinste Cornelia Sakatzke. „Reicht doch, daß ich alles habe." Sie nahm den Papierstapel und zog ihn über den Tisch. „Dich interessiert auch nur eine Seite!" Sie zog das letzte Blatt hervor. „Siehst du das hier?" Sie zeigte auf drei Fotos. Das obere war die Fotografie einer Schuhsohle, das mittlere zeigte eine Fußspur in aufgeweichter Erde, und das untere war die Abbildung eines Gipsabdrucks.

„Was soll das sein?" fragte Katja Riethmann unsicher und nahm die Seite in die Hand.

„Du wirst doch wohl lesen können! Da steht es doch: Rechter Schuh von Walter Brunner, Spur im Garten Kolberger Straße hinter dem Mordopfer und Gipsabdruck vom Tatort." Sie nahm die Seite wieder an sich und verstaute sie unter dem Papierstapel. „Damit beweist die Kripo, daß dein Walter am Tatort war..."

„Er war ja auch da!" erboste sich Katja Riethmann und stand auf. „Er war auf der Straße, wo ihn dein Ex erschießen wollte!"

„Falsch! Du kannst scheinbar nicht lesen!" Cornelia Sakatzke grinste breit. „Hinter dem Mordopfer! Da steht, daß die Spur hinter dem Mordopfer gefunden wurde, nicht auf der Kolberger Straße, sondern im Garten..."

„Kann ich die Seite haben?"

„Warum eigentlich nicht?" grinste Cornelia Sakatzke und zog die Seite unter dem Papierstapel wieder heraus. „Ich brauche sie sowieso nicht."

Katja Riethmann nahm die Seite in die Hand und faltete sie. „Woher hast du sie denn nun?"

„Die ganze Akte habe ich aus Japan bekommen", grinste Cornelia Sakatzke. „Von einer australischen Bank in Japan..."

„Und wie kommt eine Bank in Japan an die Ermittlungsakte?"

„Die Kripo Germburg schickt ihre Ergebnisse nach Japan!" Cornelia Sakatzke zeigte zur Seite. Auf einem Plakat war ein Flugzeug zu sehen, und da stand der Name der Fluggesellschaft: Alitalia. „Die kriegen in Rom auch die Ermittlungsergebnisse..."

„Wozu braucht die Alitalia den Stand der Ermittlungen?"

„Die müssen doch wissen, ob vielleicht ein Mörder mit ihnen fliegt." Sie lachte laut. „Und wenn einer im Schlafanzug in ihr Flugzeug steigt, müssen sie wissen, wer das ist..."

Katja Riethmann drehte sich um und starrte auf ein großes Plakat. Sie sah aber nur das blaugrüne Meer, den weißen Strand und das weiße Hotel auf den Klippen. Dort irgendwo auf Zypern hatte Demetri Georgiou mal gelebt und dort wollte sie mit ihm und ihrem Sohn jetzt gerne sein.

11

Hauptkommissar Fred Rauch lief aufgeregt durch den Vernehmungsraum. Sein Kollege Gerhard Bleich saß ruhig am Tisch und sah Clara Rollbaum ernst an.

„Ich kann Ihnen wirklich nicht helfen“, flüsterte die Frau, und es klang hilflos.

Rauch drehte sich vor dem Fenster um. „Kann es sein, daß Sie jemand schützen?“

„Wen sollte ich schützen?“

„Sie wissen, daß Sie sich strafbar machen, wenn Sie unsere Ermittlungen stören oder behindern!“

„Ich habe nur Schritte gehört, aber nichts gesehen“, flüsterte sie und senkte ihren Blick.

„Die Nacht war ziemlich hell. Als mein Kollege mich anrief, konnte er Sie aus der Entfernung erkennen. Und das waren mindestens fünf Meter. Sie waren dem Mörder aber viel näher!“

„Ich denke, es gibt keine weitere Person“, meinte Bleich, und seine feuchten Augen glänzten im fahlen Licht, das die Novembersonne durch das Fenster warf.

„Joe hat gesagt, daß da noch jemand kam“, sagte Rauch leise.

„Und wie viel Zeit ist dann bis zum Schuß vergangen?“ fragte Bleich und sah Rauch ernst an.

„Das kann ich jetzt schlecht sagen...“ Rauch fuhr erschrocken herum, als die Tür aufgerissen wurde. Der kleine, hagere Kriminalrat Horst Klingel stand in der Tür und hinter ihm zwei Männer. „Ich muß Sie leider kurz unterbrechen, meine Herren!“ Er sah Rauch ernst und fast böse an. „Wie nicht anders zu erwarten, hat sich das LKA eingeschaltet...“

Der große, hagere Leitende Kriminaldirektor Frank Orgler drängte den kleinen Kriminalrat zur Seite. „Sie brauchen uns nicht vorstellen, Herr Klingel! Wir kennen uns!“ Mit schnellen Schritten war er mitten im Raum und reichte Rauch die Hand. Seine kleinen, grünen Augen blitzten giftig. „Tag, Herr Rauch! Hätte ich nicht gedacht, daß ich mir das noch mal antun muß!“

„Herr Orgler“, flüsterte Rauch. In seiner Stimme war ein Krächzen, und er mußte sich abwenden. Seit er Orgler das erste Mal gesehen hatte, widerten ihn die großen, weit abstehenden Ohren an.

„Ich bin jetzt Leitender Kriminaldirektor!“ Er drehte sich zu Bleich, der aufgestanden war und reichte ihm die Hand. „Guten Tag, Herr Bleich! 20 Jahre ist es fast her! Damals mußte ich hier her und die Ermittlungen übernehmen!“ In seinem faltigen Gesicht zuckte es. „Und ich habe mir geschworen: Nie wieder nach Germburg! Jetzt habe ich noch ein halbes Jahr bis zur Rente und muß trotzdem noch einmal hier her!“ Er drehte sich launisch um und schien Rauch mit Blicken töten zu wollen. „Dilettantisch durchgeführte Observation, Rauch! Da haben Sie schon zwei Tote und schicken einen Kollegen völlig ungeschützt ohne Schutzweste in einen dunklen Park!“ Er rieb sich an seiner langen, spitzen Nase. „Ich habe einen Ermittler mitgebracht. Das ist Hauptkommissar Klorn!“

„Wir kennen uns“, flüsterte Rauch. „Wir waren zusammen auf der Polizeischule in Hannoversch-Münden.“ Er reichte Klorn die Hand. „Grüß dich, Nils!“

„Machen wir es kurz!“ bestimmte Orgler. „Ich komme jetzt zu Ihnen, Herr Klingel und bekomme alle Ermittlungsunterlagen. Und Sie bleiben hier bei der Vernehmung, Herr Klorn!“ Er schob Klingel wieder auf den Flur und knallte hinter sich die Tür zu.

„Ich wußte gar nicht, daß du jetzt beim LKA bist“, versuchte Rauch zu lächeln.

„Ich bin für bestimmte Fälle abgestellt.“ Nils Klorn war groß und schlank. Er hatte ein ernstes, blasses Gesicht, das meistens traurig aussah. Seine kurzgeschnittenen Haare lagen sauber gescheitelt auf dem schmalen Kopf. „Bei der Kripo in Hannover konnte ich beim Drogendezernat nicht weiterkommen, weil sie mir einen vor die Nase gesetzt haben...“ Er reichte Bleich die Hand. „Tag, Herr Bleich!“

„Bleibst du also erst mal hier?“

„Ja, sie haben mir ein Hotelzimmer auf unbestimmte Zeit bestellt.“

„Wenn Sie hier Begrüßungszeremonien machen, kann ich wohl gehen“, sagte Clara Rollbaum und stand auf.

„Nein!“ rief Rauch laut und barsch. „Sie bleiben! Wir sind noch lange nicht fertig!“ Er sah Klorn an. „Setz dich, Nils! Das ist Frau Rollbaum, Clara Rollbaum. Sie war nur wenige Meter entfernt, als der

Mörder auf Joachim Flensburg geschossen hat und will nichts gesehen haben..."

Klorn zog einen Stuhl heran und setzte sich. Er ließ die Frau mit dem traurigen und verhärmten Gesicht nicht aus den Augen und hätte sie gerne etwas gefragt. Aber ihm fiel keine Frage ein. Da fühlte er sich unendlich allein und traurig, denn er sollte hier eine Ermittlung leiten und konnte den Verdächtigen keine Fragen stellen.

12

Die beiden Biergläser klirrten leise gegeneinander. „Dann erst mal Prost", lächelte Fred Rauch und trank einen großen Schluck. Er stellte das Glas wieder ab. „Dann paßt du jetzt also auf mich auf!"

„Rede doch keinen Scheiß!" Nils Klorn drehte das Glas gedankenverloren in der Hand. „Ich passe nicht auf dich auf! Ich unterstütze dich bei deinen Ermittlungen!" Er sah sich im Restaurant Am Kobel um. Vor dem großen Holztresen standen einige Hocker. Darauf saß jetzt niemand. Über dem Tresen hingen an einem Baldachin Gläser und Flaschen. Eine bunte Blumengirlande spannte sich um einige Hängestrahler. „Gibt es einen Grund, daß wir hier sind?"

„Du kennst mich doch", grinste Rauch. „Natürlich gibt es einen Grund." Er winkte die kleine, niedliche Kellnerin heran.

„Haben Sie noch einen Wunsch?"

„Ich denke, Sie können schon mal zwei weitere Bier vorschenken", lächelte Rauch und sah die vielen Sommersprossen in ihrem Gesicht. „Ich hatte gehofft, daß Frau Riethmann hier ist..."

„Katja hat heute frei."

„Darf ich Sie nach Ihrem Namen fragen?"

„Sie sind wahrscheinlich von der Polizei", stellte sie schnippisch fest.

„Wie kommen Sie denn darauf?" Rauch fand ihre roten Zöpfe niedlich.

„Wo hier doch der Herr Rabenstein..."

„Ja, wir sind von der Kripo. Ich bin Hauptkommissar Rauch, hier aus Germburg und das ist mein Kollege, Hauptkommissar Klorn aus Hannover."

„Aus Hannover", dehnte sie ihre helle Stimme. „Ich heiße Nicole Wunder und wohne hier in Germburg im Hartenheimer Weg, Nummer 7."

„Danke!“ Rauch drehte sich zur Seite und sah den Mann mit den zerzausten, grauen Haaren und dem wirren, grauen Vollbart ins Restaurant treten. Er wartete bis die Kellnerin gegangen war und drehte sich dann zu Klorn.

„Was hältst du von der Rollbaum?“

„Ich habe doch kaum mit ihr gesprochen“, antwortete Klorn leise und wie zur Entschuldigung. „Ich kann mir noch kein Bild von ihr machen...“

„Sie muß den Mörder gesehen und erkannt haben“, hob Rauch gedankenverloren sein Glas. „Hast du ihre Narbe gesehen?“

„Ja, da hat ihr jemand eins übergezogen.“ Klorn drehte sein Bierglas auf dem Deckel.

„Sie sagt, daß sie abends fast immer im Weserpark ist...“

„Du willst mir doch nicht weismachen, daß dort abends immer einer kommt und sie bedroht oder gar schlägt. Und daß sie Angst vor ihm hat und deshalb schweigt...“

„Ich weiß es auch nicht“, stellte Rauch sein Bierglas ab. „Als ich im Park ankam, war die Rollbaum weg. Sie ist also geflohen, vielleicht vor dem Mörder...“

„Wenn sie nicht selbst der Mörder ist!“

„Wenn sie nach rechts gelaufen ist, muß sie immer vor dem Mörder herlaufen, bis sie aus dem Park kommt“, ging Rauch nicht auf Klorns Vermutung ein.

„Gibt es da nur einen Ausgang?“

„Ja. Da ist die Weser die Grenze, und es geht nur vor dem Ufer weiter. Man kommt über einen kleinen Bach automatisch in die Weserstraße. Dort habe ich gestanden und bin gleich nach den Schüssen in den Park gelaufen. Mir kam keine Frau Rollbaum und mir kam auch kein Mörder entgegen. Und da ist nur eine schmale Brücke. Da war niemand.“

„Was ist auf der anderen Seite?“ drehte Klorn wieder sein Bierglas.

„Ich werde es dir morgen zeigen. Dort macht die Aller einen großen Bogen und mündet in die Weser. Wenn ich Joe richtig verstanden habe, kam der Unbekannte von ihm aus gesehen von rechts, und er muß in die gleiche Richtung geflohen sein. Sonst wäre ich mit ihm zusammengelaufen...“

„Vorausgesetzt, daß Frau Rollbaum nicht die Mörderin ist, müßte sie während der Schüsse am Mörder vorbeigelaufen sein.“

„Richtig! Und das ist unlogisch!“ Rauch rieb sich durch die Augen. „Der logische Fluchtweg wäre nach rechts gewesen, weg vom Mörder.

Und sie konnte doch nicht wissen, daß ich ihr dann entgegen komme..."

„Könnte sie quer durch den Park laufen?"

„Theoretisch können beide über die Rasenflächen gerannt sein..."

„Oder sie haben sich erst mal hinter einem Gebüsch versteckt und abgewartet."

„Siehst du den Kerl dort?" wechselte Rauch das Thema und zeigte nach links.

„Den Grauen?"

Rauch nickte. „Ich sehe ihn auch zum ersten Mal..."

„Und wieso kennst du ihn dann?"

Rauch hob sein Glas und trank einen großen Schluck. „Er ist Grieche und soll Taxi fahren." Er stellte das Glas wieder ab und fuhr sich mit dem Handrücken über die Lippen. „Bei Frau Rollbaum stand sein Foto..."

„Stand?"

„Ja, sie hat es angeblich vernichtet."

„Seltsam", hob Klorn sein Glas. „Wollen wir mit ihm reden?"

„Was sollen wir mit ihm reden? Aber ich hole mir seine Personalien." Rauch stand auf und ging zum übernächsten Tisch, wo der Grieche sich inzwischen hingesetzt hatte. „Entschuldigen Sie bitte", lächelte Rauch und zog seinen Dienstausweis aus der Tasche. „Mein Name ist Rauch. Kripo Germburg. Sie wissen, daß hier neulich ein Mord passiert ist..."

„Und jetzt befragen Sie jeden, der hier verkehrt?" rief der Vollbärtige in schlechtem Deutsch.

„Nein! So weit sind wir noch nicht! Aber von Ihnen möchte ich gerne die Personalien haben!"

„Gibt es dafür einen Grund?" fragte der Grieche unwirsch.

„Ich brauche keinen Grund! Aber ich könnte Sie auch nach Ihrem Verhältnis zu Frau Rollbaum befragen!"

„Was hat Frau Rollbaum mit dem Mord zu tun?"

„Zeigen Sie mir bitte Ihren Ausweis!" wurde Rauch lauter.

Unwillig griff Demetri Georgiou in seine Jackentasche und zog einen abgegriffenen Ausweis aus seiner Brieftasche. „Oder wird jetzt in Deutschland jeder Ausländer kontrolliert?"

„Was wollen Sie damit sagen?"

„Nun steht fest, daß der entflohene deutsche Vergewaltiger in Strausberg einen Mann ermordet hat, und die Polizei will..."

„Wir sind hier nicht in Strausberg!“ nahm Rauch dem Griechen den Ausweis aus der Hand. „Und es steht auch noch nicht fest, daß der entflohene Sexualstraftäter Schmökel den Mord begangen hat!“ Er schloß die Augen und sah sich in einem furchtbar kalten Kühlhaus. Dort hingen zwischen vielen tiefgefrorenen Schweinehälften drei tote Männer: Wilfried Sakatzke, Robert Rabenstein und Joachim Flensburg. Er wollte raus aus der Kälte und nur weg von den Toten. Aber die Tür war verschlossen.

13

Karin Flensburg war eine hübsche Frau mit kurzen, schwarzen Locken, einem schmalen ebenmäßigen Gesicht und strahlenden, blauen Augen. Sie trug einen kurzen, schwarzen Rock und einen engen, schwarzen Pullover, der ihren schlanken Körper betonte. „Warum Joe?“ fragte sie leise, aber in ihrer Stimme klang keine Trauer.

Rauch zuckte die Schultern und dachte, daß sie ihre Trauer nicht nach außen zeigen wollte. Er saß ihr im geschmackvoll eingerichteten Wohnzimmer gegenüber, in der Eigentumswohnung in der Bremer Straße. „Ich weiß nicht, mit wem wir es hier zu tun haben, Karin. Aber das habe ich dir ja gestern Morgen schon gesagt.“ Er senkte seinen Blick hilflos und betroffen. „Wir wissen gar nichts. Wir tappen völlig im Dunkeln!“

„Und warum bist du dann hier?“

Rauch ließ seine Blicke durch das Wohnzimmer schweifen. Die Gardinen waren gelb vom Zigarettenrauch und paßten nicht recht zum Hellgrün der Übergardine. Geschmackvoll und wertvoll war die große Schrankwand aus gedrechseltem, dunklen Eichenholz. „Ich dachte, es beruhigt dich, wenn ich nicht nur einmal mit einer Todesnachricht komme...“, flüsterte er verlegen und senkte wieder seinen Blick.

„Mit einem zweiten Besuch wird Joe aber auch nicht wieder lebendig!“ rief sie laut und zynisch, und ihre helle Stimme klang schrill und unwirklich.

„Nein, das wird er nicht“, erwiderte Rauch kaum hörbar und ließ seine Blicke wieder verlegen durch das Wohnzimmer gleiten. Die schwarze Ledergarnitur und der Glastisch mit dem wuchtigen Porzellanfuß gefielen ihm. „Joe war unser Kollege, und es interessiert mich schon, wie du zurecht kommst...“

„Ich werde es schon schaffen", flüsterte sie und strich über den kurzen Rock. „Ich habe meine Arbeit im Domherrenhaus. Das füllt mich aus."

„Das ist doch das historische Museum in Verden. Was machst du denn da?"

„Warst du mal dort?"

„Ja", nickte er. „Ist aber schon Jahre her. Ich erinnere mich, daß dort eine Original-Apotheke von früher aufgebaut ist. Unter der Decke hängt ein braunes Krokodil als Wahrzeichen der Apotheker..."

„Ich mache dort Führungen. Und es gibt bei uns viel mehr, als nur eine alte Apotheke. Aus der Steinzeit haben wir eine Jagd auf einen Elefanten vor 120.000 Jahren..."

„Wenn ich das nächste Mal in Verden bin und etwas Zeit habe, komme ich vorbei", versprach er und dachte daran, daß er Karin Flensburg gerne einladen würde, denn sie war eine schöne und begehrenswerte Frau und jetzt eine Witwe.

„Euer Chef Klingel war vorhin hier", zündete sie sich eine Zigarette an. „Er hat mir allen Ernstes gesagt, daß er noch nicht weiß, wie er den Todesfall begründen soll!" Sie blies den Rauch aus, gegen das letzte wenig Weiß der großen Gardine, die wie gestorben über der breiten Fensterbank hing, auf der einige Blumen wie verloren standen.

„Was will er denn damit sagen?" fragte Rauch erstaunt und fand den Mut, die Frau für einen Moment anzusehen.

„Joe hat keine Schutzweste getragen..." Sie hielt inne, zog noch einmal hastig an ihrer Zigarette und hielt dem Blick Rauchs stand. „Bist du deshalb hier? Hast du als Leiter ein schlechtes Gewissen?"

Rauch erschrak. Damit hatte er nicht gerechnet. „Wieso sollte ich ein schlechtes Gewissen haben?" fragte er laut und haßte die Situation. Warum war er noch mal hierher gefahren? „Keiner von uns trägt eine Schutzweste. Ich habe jetzt auch keine an." Er rieb sich über das Hemd. „Die Dinger sind viel zu schwer und furchtbar hinderlich. Nur wenn wir in einem speziellen Einsatz mit dem SEK sind oder eine Verhaftung vornehmen wollen, ziehen wir die Dinger an..."

„Könnte Joe noch leben, wenn er eine Schutzweste getragen hätte?" fragte sie leise und blies Rauch eine dicke Qualmwolke entgegen.

„Der Schuß traf ihn direkt ins Herz. Die Wucht hätte ihn zwar umgeworfen, aber er würde noch leben." Er holte tief Luft und fühlte sich immer unwohler. „Es sei denn, der Täter hätte bei einem zweiten Schuß den Kopf getroffen..."

„Klingel sagt aber, daß die Versicherung große Probleme machen wird, weil das Tragen von Schutzwesten bei jedem Einsatz zwingend vorgeschrieben ist!"

„Ganz so ist es nicht", flüsterte er. „Aber so ähnlich." Sein Blick wanderte nach rechts. Der Fernseher und ein Videorecorder standen auf einem halbhohen Schrank. Er dachte nach und war sich plötzlich sicher, daß dort am Vortag ein großes Hochzeitsfoto von Karin und Joachim Flensburg und ein weiteres Foto ihrer Tochter Sandra gestanden hatten. Jetzt sah er nur noch ein Foto, das ein schlankes Mädchen mit langen, blonden Haaren und einem lächelnden Gesicht zeigte.

„Wie ist es denn?" riß sie ihn aus den Gedanken und sah böse aus. Ihre Augen funkelten.

Sein Blick suchte immer noch das Foto auf dem Schrank, und er mußte unwillkürlich an Clara Rollbaum denken, die das Foto des Griechen Demetri Georgiou angeblich vernichtet hatte. „Du hast euer Hochzeitsbild weggenommen", flüsterte er.

„Was geht dich das an?" wurde sie laut und drehte sich zum Fernseher. „Es reicht doch wohl, wenn da das Bild meiner Tochter steht!"

„Eurer Tochter", verbesserte er sie.

„Joe ist tot!" rief sie kalt.

„Wir war eure Ehe?" wurde auch seine Stimme lauter und kalt.

„Würdest du jetzt bitte gehen!" rief sie noch lauter und stand auf.

„Schade", flüsterte er und erhob sich auch. „Ich dachte, du hast ihn geliebt..."

„Habe ich auch, aber auf meine Art!" rief sie und sah kalt und böse und schön aus.

14

Das Kalenderblatt zeigte den 6. November 2000. Der Leitende Kriminaldirektor Frank Orgler rieb an seiner langen, spitzen Nase. „Ich will jetzt hier kein dummes Gerede!" Er sah in die Runde, im großen Besprechungsraum. „Ich will Fakten!" Sein Blick blieb auf dem Staatsanwalt Hermann Rohlich hängen. „Oder wie sehen Sie das?"

„Für mich zeichnet sich eine Katastrophe ab", lispelte Rohlich. „Wir haben zuerst zwei Morde und dann einen erschossenen Polizisten! Ich mache schon die Augen zu, wenn ich am Zeitungskiosk vorbei gehe!" Er rieb sich durch sein faltiges Gesicht. „Germburg wird schon wieder als die Hochburg brutaler Morde hingestellt!"

„Es ist fast eine Woche vergangen!“ rief Kriminalrat Horst Klingel, und seine laute, dumpfe Stimme hallte durch den Raum. „Wir müssen die Ermittlungen...“

„Wie sieht es aus, Herr Klorn?“ unterbrach Orgler den Kriminalrat. „Ich muß in einer Stunde nach Hannover zurück! Was hat die SOKO GIFT?“

Klorn schluckte verlegen und begann leise zu sprechen: „Zunächst müssen wir davon ausgehen, daß alle drei Tötungsdelikte zusammenhängen und von einem Täter begangen wurden. Es begann mit zwei Giftmorden. Das erste Opfer war ein Phantast und Fan mystischer Dinge. Da gibt es eine Verbindung zu Clara Rollbaum.“ Er blickte traurig in die Runde. „Für den Mord finden wir kein Motiv, zumal feststeht, daß das erste Opfer jemand anderes erschießen wollte. Es gibt die Vermutung, daß es mit einer Lebensversicherung zusammenhängen könnte, die einem Walter Brunner gehört. Das ist der Ex-Mann...“

„Ich weiß, wer das ist!“ blieb Orgler laut und grob. „Lassen Sie die Details, die ich schon in der Akte gelesen haben!“

Klorn nickte und sah nicht auf. „Beim zweiten Mord könnte das Motiv in der Pleite des Opfers liegen. Die einzige Verbindung zwischen beiden Toten ist Clara Rollbaum. Sie kannte beide, und sie war im Park, als unser Kollege erschossen wurde...“

Orgler sah wieder Rohlich an. „Wie sehen Sie das, Herr Staatsanwalt? Die Frau hat auch mystische Ansichten. Vielleicht fand sie mit dem ersten Opfer Sakatzke keine Übereinstimmung mehr. Oder sie wußte, wann und wen er erschießen wollte und verhinderte das, indem sie selbst tötete. Beim zweiten Opfer, diesem Rabenstein, war Geld im Spiel, und sie saß am Nebentisch, als die Vergiftung passierte. Bei der Tötung von Flensburg war sie nur fünf Meter von ihm entfernt. Reicht das nicht für einen Haftbefehl?“

„Ich kann es versuchen“, antwortete Rohlich leise. „Aber ich glaube nicht, daß ich einen kriege. Und selbst wenn wir die Frau in Untersuchungshaft nehmen, wird sie später mit diesen dürftigen Indizien von jedem Gericht dieser Welt freigesprochen.“

„Das fürchte ich auch“, warf Rauch ein. „Wir haben immer noch den anderen Verdächtigen: Walter Brunner. Ich war gestern noch einmal bei Herrn Schlafanzug und Frau Silberblick...“

„Bei wem?“ fragte Orgler grob.

„Da Herr Brunner den ganzen Tag in seiner Wohnung im Schlafanzug rumläuft und seine Freundin, Frau Katja Riethmann, einen furchtbaren Silberblick hat, haben wir sie so getauft. Zum ersten Opfer gibt es ein Motiv. Der Sakatzke soll dem Ex-Mann seiner neuen Freundin gewaltig zugesetzt haben, weil er keinen Unterhalt für die beiden Kinder zahlt. Da kommt wieder die Lebensversicherung ins Spiel, denn noch ist Frau Brunner Nutznießer. Und wir haben einen Schuhabdruck von Herrn Schlafanzug im Garten gefunden..."

„Aber Sakatzke hat doch auf die Straße gezielt und da ist der Brunner gelaufen!" warf Klingel dazwischen.

„Da wäre ich nicht so sicher", blieb Rauch ruhig. „Vielleicht wollte Sakatzke den Brunner erschießen, damit seine neue Freundin die hohe Lebensversicherung bekommt und vielleicht lief auch jemand über die Straße, der wie Brunner aussah..."

„Im Schlafanzug", grinste Klorn.

„Während Sakatzke auf den vermeintlichen Brunner anlegt, steht der richtige Brunner hinter ihm und schießt mit einem Pfeil..."

„Zuviel vielleicht!" blieb Orgler grob und laut. „Wer kann mit einem Pfeil schießen?"

„Da gibt es einige", antwortete Rauch. „Im Bogensportverein sind die Ex-Frau von Sakatzke, ihr Sohn und auch die neue Freundin..."

„Machen wir hier jetzt Miss Marple oder Agatha Christie für Arme?" wurde Orgler noch lauter. „Was ist mit der Spurenauswertung aus dem Park?"

Der Kriminaltechniker Uwe Rommel trat vor die Wand, an der einige Fotos hingen. „Wir haben den Park ausgelasert. Sie sehen das auf dem Foto." Er zeigte nach oben. „So wie hier Kollege Rotteck steht, stand Oberkommissar Flensburg. Der Schuß kam von vorne. Der Schußkanal verläuft gerade. Er blickte dem Mörder also direkt ins Gesicht. Er hat definitiv nicht mehr geschossen. Aus seiner Dienstwaffe wurde kein Schuß abgegeben. Die Entfernung können wir hier im Schnitt gut sehen." Er zeigte auf ein weiteres Foto. Da standen zwei Männer. Der linke war klein und dick und stellte einen ermordeten Kollegen dar. Der andere trug einen dunkelgrünen Parka und war nicht zu erkennen. „Es gibt keine Schmauchspuren. Der Schuß kam ziemlich gerade, auch der zweite, der in den Baum ging. Entfernung etwa fünf Meter. Der Mörder stand auf dem Weg, mit dem Rücken zur Bank, wo angeblich Frau Rollbaum saß." Er trat vor ein anderes Foto. „Wir haben zwei Patronen, Kaliber 7,65. Eine steckte im Baum und die andere im siebten Brustwirbel des Toten. Sie hat das Herz glatt durchschlagen..."

„Lassen wir es dabei!“ rief Orgler laut und sah Klorn böse an. „Das ist ja rein nichts, Herr Klorn!“ Er zog ein Schreiben aus seiner Anzugjacke und faltete es langsam auseinander. „Ich habe hier den vorläufigen Bericht des BKA über die Waffe, mit der Kollege Flensburg erschossen wurde. Und jetzt halten Sie sich fest! Anhand der Patronen und Hülsen wurde eine Eigenart festgestellt. Als Waffe kommt fast nur eine Walther PPK in Frage. Solche Pistolen mit Kaliber 7,65 waren bis Mitte der Siebziger Jahre unsere Dienstwaffen...“

„Seit 1979 haben wir unsere Heckler & Koch P 7“, warf Klingel unpassend ein und erntete von Orgler einen bösen Blick.

„Die Kollegen in Wiesbaden sind ziemlich sicher, daß es sich um eine alte Polizeipistole handelt“, sprach Orgler noch lauter. „Sie wurde 1974 von Terroristen einem Polizisten abgenommen, den sie bei einem Banküberfall in Heidelberg erschossen haben. Seitdem ist sie noch einige Male von Terroristen der RAF benutzt worden. Irgendwann hat sich etwas an der Auszieherkralle verbogen. Die Spuren sind an den Hülsen einwandfrei erkennbar.“ Orgler warf das Schreiben auf den Tisch.

„Frau Rollbaum hatte keine Schmauchspuren an den Händen“, erinnerte sich Rauch leise und dachte daran, daß sie Zeit genug gehabt hatte, um sich die Hände sorgfältig zu waschen, und er dachte auch daran, daß Flensburg von einer weiteren Person gesprochen hatte. „Sie war früher schon komisch, aber sicher nicht in der RAF...“

„Ich denke, es reicht“, sagte Klorn leise und traurig. „Der Mörder kennt sich mit Giften aus. Er benutzt Gifte, die in ihrer Wirkung von unseren Fachleuten nicht verstanden werden. Er kann mit Pfeilen schießen. Er kann sich in unseren Computer hacken, ohne daß wir es zurückverfolgen können. Er besitzt eine alte Polizeipistole, die jahrelang von Terroristen benutzt wurde...“ Er verfluchte den Moment, als er für den Einsatz in Germburg ausgewählt worden war, und er dachte einen langen Moment daran, daß es irgendwo einen Mulder geben mußte, der ihm den richtigen Tipp gab.

3. Cyanid?

1

Er hatte einen schnellen Tod geplant und sich tagelang eingeredet, daß er schnell und sauber töten konnte, ohne Spuren zu hinterlassen. Doch dann kam alles ganz anders und unerwartet, denn er brauchte gar nicht mehr Gas zu geben. Trotzdem gab es einen schnellen Tod.

Beide Hände umkrampften das Lenkrad. Er sah den Jungen auf dem Gehsteig stehen. „Gas geben!" dachte er laut und trat auf das Gaspedal. Vor Aufregung biß er auf den Bonbon, den er bisher nur gelutscht hatte. Etwas Bitteres kam aus dem Innern des Bonbons und breitete sich in seinem ganzen Mund aus. Schnell fand es auch den Weg durch die Luftröhre und ebenso durch die Speiseröhre. Ein Zukken lief durch seinen Körper. Er konnte das Lenkrad nicht mehr loslassen, aber sein rechter Fuß rutschte kraftlos vom Gaspedal. Während er nach vorne sackte, atmete er ein letztes Mal aus, und dieser Atem roch herb und bitter. Dann starrten seine Augen nur noch nach vorne, mit großen Pupillen und einem glasigen Blick.

Der Junge zog seinen Rucksack mit seinen Fußballschuhen und dem Trainingsanzug darin fester über die Schulter und lief über die Straße. Erschrocken blieb er stehen, als es hinter ihm ohrenbetäubend krachte. Er drehte sich um und sah ein Auto, das gegen einen gemauerten Zaunpfahl gefahren war und diesen fast umgeworfen hatte.

Es war wieder später Nachmittag. Und es war auch wieder ein Dienstag. Die Dämmerung hatte eingesetzt, am Dienstagnachmittag, dem 1. November 2000, einem kühlen und diesigen Herbsttag.

2

„Der Mann hieß Horst-Uwe Zappel. Aber den kennen wir ja schon." Der Kriminaltechniker Uwe Rommel trug einen weißen Polizeioverall und beugte sich in das Unfallauto. „Ist aber schon alles recht merkwürdig..."

„Was meinst du?" fragte Hauptkommissar Fred Rauch und trat hinter das Auto.

„Ich habe den Stereo-Messwagen angefordert!“ Rommel zog den Kopf wieder aus dem Unfallwagen. „So wie das Auto hier steht, fährt keiner gegen einen Zaunpfahl. Im Auto stinkt es nach Bittermandeln...“

„Zyankali?“ fragte Rauch laut.

„Es sieht so aus. Könnte sein, daß der Tote einen Bonbon gegessen hat. Wir haben eine ganze Tüte gefunden. Sind schon auf dem Weg ins Labor...“

„Meinst du, der frißt vergiftete Bolschen und fährt dann noch gegen einen Zaun?“

„Wenn er ganz sicher gehen will! Aber so sieht das hier nicht aus. Es ist wieder Dienstagabend. Wie ich im Protokoll gelesen habe, hat der Zappel auch einen Sohn, der Fußball spielt...“

„Also wollte er ihn abholen!“

„Falsch! Wenn er seinen Sohn abholen wollte, wäre er normal gekommen.“ Rommel zeigte zur Seite. „Siehst du da unseren Kollegen Rotteck?“

„Was macht der an dem Volvo?“

„Der Volvo da vorne ist das rechtmäßige Auto des Herrn Zappel. Den Wagen hat er dort abgestellt. Dann hat er dieses Auto aufgebrochen und kurzgeschlossen...“

„Geklaut?“ war Rauch sprachlos.

„Richtig! Er hat diesen Polo für etwas benutzt.“ Rommel zeigte ins Fahrzeuginnere, wo ein verrenkter Männerkörper hinter dem Lenkrad hing. „Sieh dir mal die Hände an!“

Rauch beugte sich ins Auto. „Der trägt ja Handschuhe!“

„So ist es!“ nickte Rommel und sah nach rechts. „Dort aus der Sporthalle kommen die Jungen vom Fußballtraining und auch ihre Eltern, die ihnen beim Training zugesehen haben. Der Eingang ist von der anderen Seite. Einige gehen über den Parkplatz des Supermarktes. Aber einige kommen hier in die Kolberger Straße, weil sie hier abgeholt werden...“

„Willst du damit sagen, daß Zappel einen totfahren wollte?“

„Ich spekuliere nicht! Auf jeden Fall sieht es im Moment so aus...“

„Und wen?“ überlegte Rauch laut.

„Warum fragst du nicht, wem das Auto gehört?“

„Spann mich doch nicht auf die Folter!“ war Rauch ungehalten und wollte gerne seine Gedanken ordnen.

„Du hast mir doch erzählt, was ihr vom Rechtsanwalt Meckolt wißt, daß der Walter Brunner die Drecksarbeit für den Zappel gemacht hat...“

„Ja! Warum?“

„Genau dem hat er das Auto geklaut!“

„Dem Rechtsanwalt Meckolt?“

„Quatsch! Der Polo ist auf Walter Brunner zugelassen!“

„Der Zappel bricht das Auto von dem Brunner auf?“ war Rauch überrascht.

Rommel nickte. „Wir wissen noch nicht, wo er die Kiste geklaut hat. Weil aber sein Privatwagen da vorne steht, wird es wohl hier gewesen sein!“ Er drehte sich um. „Wenn der Stereo-Meßwagen hier war, lasse ich das Auto komplett zur KTU schaffen...“ Er sah Rauch im Licht des grellen Scheinwerfers an. „Willst du noch etwas vom Toten sehen?“

„Nein, er kann weg“, antwortete Rauch leise und drehte sich zu zwei Männern, die in schwarzen Anzügen etwas abseits standen. „Oder hat der Arzt noch was?“

„Totenschein wird ausgestellt.“ Rommel trat dicht vor die beiden Männer vom Bestattungsunternehmen. „Ihr könnt ihn in den Sarg legen. Aber er kommt erst in die Pathologie zur Obduktion.“

„Was versprichst du dir von dem Stereo-Meßwagen?“ fragte Rauch.

„Ich denke, wir müssen wissen, wie weit er damit gefahren ist... Und vor allem, warum der Polo so quer steht.“

„Mich interessieren die Bonbons. Wenn die tatsächlich mit Zyankali versetzt sind, stellt sich die Frage, wem das Gift gegolten hat: Dem Autodieb Hans-Uwe Zappel oder dem Wagenbesitzer Walter Brunner!“ Rauch drehte sich langsam um und ging in die Dunkelheit hinein. „Zyankali“, murmelte er gedankenverloren. „Wie viele Gifte gibt es denn noch?“ Er ging einfach weiter, denn er hatte seine eigene Frage nicht verstanden. Und er wollte jetzt auch nicht wissen, ob es noch viele gefährliche Gifte gab, denn ihm erschien alles tot und vergiftet.

3

Die letzten Blätter auf der hohen Buche verdeckten ein wenig das matte Sonnenlicht, das am Mittwoch, dem 8. November 2000, auf die feuchte Erde fiel. Das meiste Laub lag buntgefärbt auf den tristen Wegen oder den schmalen Einzelflächen, auf denen kunstvoll gemeißelte Steine mit Aufschriften standen.

Eberhard Klimon war schon über 20 Jahre Pastor in Germburg und hatte erst vor zwei Monaten den Vater von Joachim Flensburg beerdigt. Er warf eine kleine Schaufel mit gelber Erde in die Grube. Sie hallte dumpf auf dem Holzsarg. „Erde zu Erde“, murmelte er kaum hörbar. „Asche zu Asche.“ Eine neue Schaufel Erde krachte laut auf den Sarg und ließ einige Trauergäste zusammenzucken. „Staub zu Staub.“ Er drehte sich zu Karin Flensburg und drückte ihr stumm die Hand. Für einen Moment schloß er die Augen, und seine Gedanken rasten in die Vergangenheit, fast 20 Jahre zurück. Er sah Beerdigungen vor sich und riß die Augen wieder auf. Karin Flensburg hatte seine Hand losgelassen und sich zum Grab gedreht. Sie stand stumm und warf keine Erde auf den Sarg. Klimon rieb sich durch den dichten Vollbart, der in den letzten Jahren eisgrau geworden war.

Hauptkommissar Fred Rauch drehte sich langsam um und sah Karin Flensburg von der Seite an. Sie stand noch immer reglos und hatte beide Hände in den Manteltaschen vergraben. Ihre hübsche Tochter Sandra hatte sich bei ihr eingehakt und schluchzte haltlos.

Clara Rollbaum stand neben einer Ligusterhecke und hielt den Blick gesenkt. Sie trug eine gelbe Rose in der rechten Hand. Mit langsamen und vorsichtigen Schritten trat sie nach vorne und blieb dicht vor dem Grab stehen. Andächtig ruhte ihr Blick auf dem Sarg und dem Blumengesteck oben darauf. Sie warf die Rose auf das Gesteck und drehte sich zu Karin Flensburg. „Komm, Karin, gehen wir“, flüsterte sie und zog die Witwe zur Seite.

Rauch stand noch in der Nähe und traute seinen Ohren nicht und jetzt auch nicht seinen Augen. Die beiden Frauen gingen Arm und Arm wie zwei Trauernde davon und zogen die Tochter Sandra neben sich her.

Klorn faßte Rauch am Arm. „Siehst du auch, was ich sehe?“

„Ich bin ja nicht blind. Und sie sind sogar per du...“

„Gehen wir ihnen nach!“ sagte Klorn. „Stellen wir sie gleich zur Rede!“

Rauch drehte sich zu Klorn und sah ihn fest an. „Und was willst du sie fragen oder ihnen vorwerfen? Die eine ist die Witwe, und die andere war vielleicht wirklich nur zufällig in der Nähe, als der Mord geschah...“

„Das glaubst du doch selbst nicht!“

„Es zählt hier nicht, was ich glaube! Hier kennt scheinbar jeder jeden, und jeder hat mit jedem eine Beziehung oder Verbindung, nur wir hinken wie die Deppen hinterher!“ Rauch sprach traurig und mutlos. „Ich wollte eigentlich nicht darüber sprechen, denn ich habe es für eine persönliche Sache gehalten, aber ich denke jetzt, du solltest es wissen...“

Klorn sah Rauch fragend an. „Sprich schon!“ bat er leise und doch unruhig.

„Ich dachte immer, es gibt auch für uns Schnüffler so etwas wie eine Privatsphäre...“

„Wovon sprichst du?“

„Von Karin Flensburg natürlich...“

„Was weißt du von ihr?“ fragte Klorn grob.

„Ich weiß gar nichts von ihr. Oder hältst du mich für jemand, der dir Erkenntnisse verschweigt?“ Rauch atmete tief durch. „Als ich ihr am Morgen nach dem Mord die Nachricht von Joachims Tod brachte, war sie seltsam ruhig und gefaßt. Ich habe schon vielen Frauen die Nachricht vom Tod ihres Mannes gebracht.“ Er atmete unruhig und steckte beide Hände in seine Manteltaschen. „Meistens sind die Frauen nervös oder hysterisch. Entweder sie schreien oder heulen oder... sie sind einfach nur still. Aber Karin war irgendwie anders. Sie war wie immer und sprach über blödsinnige Dinge. Ich habe gedacht, es ist der Schock oder sie will lieber heulen, wenn sie allein ist. Aber jetzt werde ich den Gedanken nicht los, daß sie schon von Joachims Tod gewußt hat, als ich kam...“

„Du meinst, Clara Rollbaum könnte sie informiert haben?“

„Ich meine erst mal gar nichts“, erwiderte Rauch unruhig und sah sich für einen Moment wieder bei Karin Flensburg im Wohnzimmer sitzen. „Als ich dann noch mal bei Karin war, benahm sie sich auch nicht wie eine trauernde Witwe. Sie hatte sogar schon das Hochzeitsbild aus dem Wohnzimmer entfernt...“

Klorn schwieg und bewegte sich langsam Richtung Friedhofsausgang.

„Wir ziehen das Ding anders auf!“ eilte Rauch hinterher. „Wir laden die Rollbaum und den Griechen vor! Schon für morgen!“

„Und die Witwe von Flensburg auch?“

„Nein, erst mal nur die Rollbaum und den Griechen. Wir setzen sie nebeneinander...“

„Kein Einzelverhör?“

„Nein, ich weiß, daß so was unüblich ist. Aber wir versuchen es einfach. Irgendwann müssen wir doch mal einen aus der Reserve lokken!“ Er bekam keine Antwort. Sein Kollege Klorn schwieg nachdenklich. Die wenigen Menschen hier hinter ihm machten sich traurig auf den Heimweg, und die vielen anderen Menschen hier waren nicht zu sehen, weil sie nicht mehr lebten.

4

Das kraftlose Sonnenlicht fiel in das ungemütliche Verhörzimmer der Kriminalpolizei Germburg. Den Rest schafften die beiden Deckenleuchten. Es war Donnerstagvormittag, der 9. November 2000.

„Erzählen Sie ein bißchen von sich“, lächelte Hauptkommissar Nils Klorn und sah Demetri Georgiou ernst an.

„Was soll ich erzählen?“ fragte der Grieche unfreundlich, rauh und in schlechtem Deutsch. „Wollen Sie etwas über meine Heimat Zypern erfahren? Soll ich Ihnen sagen, daß die Bergziegen dort angepflockt werden?“

„Erzählen Sie uns von Ihrer Beziehung zu Frau Rollbaum“, blieb Hauptkommissar Fred Rauch ruhig und freundlich und sah auf den Kassettenrecorder auf dem Tisch. Die rote Aufnahmelampe leuchtete.

„Ich soll Ihnen sagen, wie ich sie betrogen habe, während sie hier neben mir sitzt?“

Sie saßen zu viert auf den einfachen Metallstühlen und vor dem billigen Kunststofftisch.

„Würde es Sie stören, wenn Herr Georgiou solche Details preisgibt?“ sah Klorn Clara Rollbaum fragend an.

„Ich weiß doch alles“, zuckte sie die Schultern und wirkte traurig. „Warum sollen Sie es nicht auch wissen?“

„Wann sind Sie nach Deutschland gekommen?“ fragte Rauch.

„Es war 1971. Da habe ich bei Conti in Hannover angefangen...“

„Sie waren Gastarbeiter?“

„Ja, ich war Gastarbeiter, und ich war gerne hier.“ Er starrte auf das einfache schwarze Mikrofon, das wie eine Waffe auf ihn gerichtet war.

„Wann haben Sie beide sich kennengelernt?“ bohrte Rauch weiter.

„Ich bin 1986 nach Germburg gezogen...“

„Und wir haben uns 1992 zum ersten Mal gesehen“, ergänzte Clara Rollbaum.

„Wie haben Sie sich kennengelernt?“ interessierte es Klorn.

„Meinen Sie nicht, daß das jetzt zu weit geht?“ ereiferte sie sich. „Womöglich wollen Sie auch noch wissen, wie oft wir gemeinsam im Bett waren!“ Sie sah böse aus und rieb sich mit beiden Händen durch ihr faltendurchzogenes Gesicht.

„Wenn ich lache“, warf Georgiou völlig unpassend ein und strich sich mit beiden Händen durch die zerzausten Haare. Ein Meer von Schuppen regnete nieder, und es sah einen Moment aus, als hätte der erste Schneesturm schon im Herbst begonnen.

„Entschuldigen Sie bitte“, lächelte Klorn verlegen und sah blaß und traurig aus. „Aber wir wollen immer alles wissen!“

„Dann wollen Sie sicher auch wissen, warum wir uns getrennt haben“, versuchte sie zu lächeln.

„Wenn Sie es uns sagen wollen!“

„Es ging einfach nicht“, sagte sie traurig und ließ Georgiou nicht aus den Augen, der sich nervös mit der rechten Hand durch den wirren Vollbart fuhr. „Er hat sie wiedergetroffen...“ Ihre Stimme brach. „So ist das mit jungen, schönen Frauen“, krächzte sie. „Da kann ich nicht mithalten!“

„Wen haben Sie wiedergetroffen?“ war Rauch neugierig und sah den Griechen fragend an.

„Katja Riethmann“, antwortete sie für ihn.

„Frau Riethmann?“ rief Rauch erstaunt und sprang auf.

„Ja, haben Sie denn nicht gewußt, daß Demetri der Vater ihres unehelichen Sohnes Marcel ist?“

„Nein“, schüttelte Rauch den Kopf und hatte Mühe, seine Gedanken zu sortieren. Einen kurzen Moment verfluchte er sich, daß er Katja Riethmann nicht nach dem Vater ihres Kindes gefragt hatte. Aber es hatte keine Veranlassung dazu gegeben. „Wie alt ist der Junge?“

„Zehn“, krächzte Georgiou.

„Marcel war schon zwei, als ich mit Demetri zusammen kam“, lächelte sie den Griechen an, und Rauch kam es so vor, als lächelte sie wie ein verliebter Teenager.

„Wie oft sehen Sie Frau Riethmann?“ fragte Klorn.

„Dumme Frage“, blieb Georgiou unhöflich und wenig gesprächig. „Wenn ich mit ihr reden will, gehe ich in das Restaurant, wo sie arbeitet...“

„Ist Ihr Sohn öfter bei Ihnen?“

„Früher brachte sie ihn mal für einen Tag vorbei. Dann habe ich ihn in mein Taxi gesetzt und bin mit ihm nach Bremen oder nach Hannover gefahren“, wurde er gesprächiger. „Dann sind wir in den Zoo gegangen oder einfach nur zum Eis essen.“ Seine blassen Augen begannen zu glühen. „Und wir waren oft im Freizeitpark in Verden. Waren Sie mal dort?“ fragte er in die Runde und sah, wie Rauch den Kopf schüttelte. „Da gibt es große Spielplätze. Ein Paradies für Kinder! Auf dem Märchenweg stehen die lebensgroßen Figuren. Und es gibt das wunderschöne Reich der Gartenzwerge...“ Er schluckte. „Da war ich oft mit Marcel, mit meinem Marcel...“

„Und heute nicht mehr?“ fragte Rauch leise.

„Heute nicht mehr“, antwortete er traurig und leise. „Seit Katja bei dem Brunner ist, darf Marcel nicht mehr zu mir kommen...“ Er ließ seinen Kopf nach vorne fallen und rieb sich gedankenverloren durch den Vollbart. „Brunner hat es verboten. Und was Brunner sagt, macht sie...“ Er sah Klorn traurig an, und in seinen Blicken blitzten auch Haß und Wut. „Sie macht alles, was er sagt!“ Seine Stimme wurde lauter, und er schluckte. „Er schlägt sie, und sie duldet das! Als ich letzte Woche ins Restaurant kam, hatte sie ein blaues Auge...“ Er holte tief Luft, und es war, als würde er gleich in Tränen ausbrechen. „Wie sagt man? Ein Veilchen! Wenn ich sie darauf anspreche, lügt sie und sagt, daß sie nur gestürzt ist...“ Seine Stimme brach.

Rauch sah Clara Rollbaum an, und sein Blick blieb lange auf der häßlichen Narbe auf ihrer Stirn haften. Er dachte daran, daß wohl viele Frauen geschlagen wurden und keine von ihnen es zugab.

„Ein deutscher Mann darf eine Frau schlagen“, flüsterte Georgiou. „Wir lesen es seit einigen Tagen in den Zeitungen. Die CDU fordert für Ausländer eine deutsche Leitkultur...“ Er sah Rauch traurig an. „Wie muß ich als Ausländer werden, damit ich die deutsche Kultur habe?“

„Das mit der Leitkultur ist sicher eine unglückliche Sache. Aber es geht nicht um die Ausländer, die schon viele Jahre in Deutschland leben. Es soll nur die Zuwanderung vieler Asylanten gestoppt werden...“

Georgiou schlug seine rechte Hand fest auf seine Brust. „Darin ist noch viel Liebe, Herr Kommissar...“ Jetzt war er wirklich den Tränen nahe. „Für Katja auch, aber viel Liebe, sehr viel Liebe für Marcel, für meinen kleinen Marcel...“ Er konnte nicht weitersprechen und sah Clara Rollbaum an. „Wie kann ich dir sagen?“ flüsterte er. „Oh, Ruby...“

„Ruby?“ fragte Klorn erstaunt.

„So nennt er mich, wenn er sagen will, daß er mich liebt“, lächelte Clara Rollbaum. „Dann sagt er Ruby...“

Georgiou zupfte sich etwas verlegen an seinem grauen Vollbart und begann eine schöne Melodie zu summen: Ruby Love.

5

Der Leitende Kriminaldirektor Frank Orgler schlug wütend mit der Faust auf den Tisch. „Klorn!“ Er schnaufte. „Herr Klorn! Wie oft muß ich denn noch in dieses gottverdammte Rattennest kommen?“

„Wir treten auf der Stelle“, flüsterte Kriminalhauptkommissar Nils Klorn traurig und senkte seinen Blick betroffen. Verlegen rieb er mit der rechten Hand über die glatte Tischplatte im Besprechungsraum der Kriminalpolizei Germburg.

„Es vergeht Tag um Tag, ohne daß wir weiterkommen! Heute ist schon der neunte November!“ wurde Orgler noch lauter. „In den letzten Tagen hatten wir das Schweineglück, daß im Osten der Schmökel auf der Flucht war und die Presse dort ihr Futter hatte. Seit zwei Tagen ist es vorbei. Schmökel liegt mit einem Bauchschuß bestens bewacht und fluchtunfähig im Bett.“ Er schnaufte. „Nun guckt wieder alles nach Germburg!“ Er sah Klorn böse an. „Haben wir es mit einem Täter oder verschiedenen Einzelmorden zu tun?“

„Wir sind nicht sicher“, zuckte Klorn die Schultern und sah nicht auf. „In allen drei Mordfällen gibt es Verbindungen, die auf einen Einzeltäter hindeuten...“

„Vier Mordfällen!“ schlug Orgler wieder mit der Faust auf den Tisch. „Oder haben Sie den Kollegen Flensburg schon vergessen?“

„Nein. Aber Oberkommissar Flensburg wurde wahrscheinlich erschossen, weil er den Mörder gesehen hat...“

„Fangen wir also wieder bei Adam und Eva an!“ Orgler sah den Kriminalrat Horst Klingel böse an. „Was haben wir im Mordfall Sakatzke?“

„Weiter davon ausgehend, daß Sakatzke jemand erschießen wollte, nicht viel“, dröhnte Klingels Stimme tonlos. „Was das Gift betrifft, bekommen wir aus Hannover auch keine besseren Angaben!“ Er warf Orgler einen bösen Blick zu.

„Wollen Sie damit sagen, daß Sie nicht vorankommen, weil die KTU im Moment nicht mehr hat?“ wurde Orgler noch böser und lauter.

„Sie wissen so gut wie ich, daß wir für die Ermittlungen auf das Labor angewiesen sind“, klang Klingel auch laut und energisch.

„Herr Klingel!" holte Orgler tief Luft. „Kommen Sie mir bitte nicht mit so einer billigen Ausrede! Das mit dem Gift mag ja nicht einfach sein. Aber Sie haben weder ein richtiges Motiv, noch einen Verdächtigen!"

„Was ist mit dem lange versprochenen Täterprofil?" blieb Klingel laut und böse.

„Die Psychologen sind dran", antwortete Orgler unwirsch. „Es wurden sogar Fachleute von der Medizinischen Hochschule zu Rate gezogen. Aber wenn Sie kaum Fakten liefern, können die auch nicht zaubern!"

„Es gibt die familiären Verbindungen zwischen Brunner und Sakatzke", flüsterte Hauptkommissar Fred Rauch leise, dem das Geschrei nicht behagte. „Und es gibt eine seltsame Verbindung zu Frau Rollbaum..." Er atmete unruhig. „Vielleicht sogar zu Herrn Rollbaum..."

„Herr Rauch!" schlug Orgler wieder mit der Faust auf den Tisch. „Lassen Sie solche Vermutungen mit vielleicht! Tragen Sie die Fakten zusammen und ermitteln Sie den Täter!"

„Nehmen wir den zweiten Mord", ignorierte Rauch das unwürdige Geschrei. „Herr Rabenstein wurde bewußt von dem Banker Bernd Gärtner und dem windigen Versicherungsvertreter Zappel in den Ruin getrieben. Der Anwalt Meckolt war dabei, eine Klage vorzubereiten. Das hätte Herrn Gärtner den Job gekostet und Herrn Zappel in arge Bedrängnis gebracht. Mit Sicherheit hätten die beiden für den Rest ihres Berufslebens keine Bank- oder Versicherungsgeschäfte mehr getätigt. Da ist die Branche hart und läßt schwarze Schafe schnell fallen..."

„Also hätten beide ein Motiv", wurde Orgler etwas ruhiger.

„Wenn wir dann bedenken, daß Herr Brunner für den Versicherungsvertreter Zappel die unliebsamen Dinge erledigte, gibt es auch hier eine Verbindung zu Brunner..."

„Und was haben Sie unternommen?" wurde Orgler wieder lauter und sah Klorn böse an. „Sagen Sie doch auch mal was dazu, Herr Klorn! Wie weit sind Sie erkennungsdienstlich vorgegangen?"

„Wir haben die Fingerabdrücke von Brunner, von Frau Rollbaum und..."

„Was haben Sie bei Brunner unternommen?"

„Wir haben es bisher vermieden, Herrn Brunner in die Enge zu treiben, weil wir keinen handfesten Beweis haben. Außerdem ist in diesem zweiten Mordfall die Sache mit dem Gift noch rätselhafter. Rabenstein hätte noch Stunden leben müssen..."

„Auch da haben wir noch keine konkreten Labordaten aus Hannover!“ warf Klingel schnell ein.

„Unterlassen Sie Ihre arrogante Polemik, Herr Klingel! Da arbeiten auch nur Menschen, und die machen schon ihre Arbeit!“

„Herr Kriminaldirektor, lassen Sie doch bitte die überlaute Art“, bat Hauptkommissar Gerhard Bleich leise, und seine feuchten Augen glänzten im matten Licht der Deckenleute. „Das bringt uns nicht weiter...“

„Ich verbitte mir solche Maßregelungen, Herr Bleich!“ sprang Orgler wütend auf. Seine großen, weit abstehenden Ohren begannen zu glühen. „Ich bin für die Ermittlungen verantwortlich und muß mich nächsten Montag wieder vor der Presse rechtfertigen!“

Bleich schwieg bedrückt und senkte seinen Blick, der sich auf dem Weiß der Tischplatte verlor.

„Auch in diesem Mordfall gibt es eine Verbindung zu Frau Rollbaum“, versuchte Rauch Ruhe in die Ermittlungsrunde zu bringen. „Ganz zu schweigen von ihrer Anwesenheit, als der Kollege Flensburg erschossen wurde..."

„Und was ist nun mit dem letzten Mord, Herr Klorn?“ blieb Orgler laut und unbeherrscht. Er rieb seine lange, spitze Nase.

„Können wir hier eigentlich keinen Kaffee bekommen?“ fragte Bleich leise.

„Wir sind hier nicht zum Kaffeetrinken angetreten!“ Orgler setzte sich wieder. „Ich brauche Fakten und keinen Kaffee!“

„Zunächst einmal haben alle drei Morde eine seltene Besonderheit“, begann Klorn leise und rieb sich mit beiden Händen durch das blasse, ernste Gesicht. „Beim ersten Mord wollte Herr Sakatzke irgend jemand erschießen und wurde mit einem Pfeil getötet. Beim zweiten Mord wollte Herr Rabenstein jemand anrufen, und wir können davon ausgehen, daß er jemand drohen oder fertig machen wollte. Aber er starb noch vor seinem Anruf an einem Gift im Bier. Jetzt sieht es so aus, als wenn Herr Zappel jemand totfahren wollte, bevor er durch ein Gift starb, das in einem Bonbon war...“

„Was wissen wir?“ überhörte Orgler Klorns Ausführung.

„Uwe, erläuterst du bitte die Fakten“, bat Rauch den Kriminaltechniker Uwe Rommel, der aufstand und vor einige aufgehängte Fotos trat.

„Wir konnten einiges ermitteln“, warf Klingel unpassend ein und sah Orgler mit einem stolzen Blick an.

„Wir haben hier die Auswertung der Stereomessung“, begann Rommel ruhig. „Der Wagen fuhr rund 80 Stundenkilometer. Nach der Aussage von Herrn Brunner hatte er seinen Polo an der Behelfseinfahrt zum Supermarkt geparkt. Herr Zappel muß also gewendet haben und ist vielleicht bis zur Kreuzung gefahren. Dort könnte er wieder gewendet haben, um genügend Geschwindigkeit zu bekommen.“

„Joe hätte jetzt einen Witz gemacht“, sagte Rauch leise.

„Wer hätte was gemacht?“ fragte Orgler laut und grob.

„Der verstorbene Kollege Flensburg hätte...“

„Herr Rauch, wir machen hier keine Witze! Wir sind die Ermittlungsbehörde!“

„Entschuldigung“, flüsterte Rauch und strich sich verlegen über den schwarzen Schnauzer.

„Was hatte dieser Zappel vor?“ fragte Orgler und starrte die farbigen Markierungen auf dem linken Foto an, die eine direkte Fahrspur bis zum Zaunpfahl zeigten und keine Bremsspur.

„Davon ausgehend, daß wir nun einen Verdächtigen weniger haben, müssen wir ganz fest annehmen, daß Zappel irgend jemand überfahren wollte“, sagte Klorn ruhig. „Er benutzte ein anderes Auto, wenn auch das seines Bekannten. Und er trug Handschuhe.“ Er sah ernst in die Runde. „Zu der Zeit war in der Sporthalle wieder Fußballtraining für die Jugend. In der Halle waren unter anderem Walter Brunner mit seinem Sohn Heiko, der von seiner Mutter Edeltraut zum Training gebracht worden war, weiter Julian Rabenstein und seine Mutter Elvira und auch Mark Zappel mit seiner Mutter Jutta.“

„Was hat dieser verdammte Fußball mit den Morden zu tun?“

„Keine Ahnung“, zuckte Klorn traurig die Schultern. „Zappel lebte von seiner Frau getrennt. Beide Söhne sind bei der Mutter. Vielleicht wollte er seine Frau töten! Sie sagt allerdings, daß sie zur anderen Seite rausgegangen ist. Aber ihr Sohn Mark sei an der Kolberger Straße gewesen...“

„Der wollte doch wohl nicht seinen Sohn überfahren!“ warf Klingel laut ein.

„Wenn wir mal die Fahrspur weiter verfolgen“, zeigte Rommel auf eine dicke rote Linie, „wäre er genau am Ende des Fußweges auf den flachen Gehweg gekommen. Wenn da jemand um die Ecke kommt, trifft er ihn voll. Walter Brunner mußte dort rauskommen, wenn er zu seinem Auto wollte und vielleicht auch sein Sohn.“

„Da machen wir wohl einen Gedankenfehler“, begann Klorn leise, nachdenklich und traurig. „Der Zappel klaut das Auto von dem Brunner, um jemand zu ermorden, und wir sollen dann den Brunner für den Mörder halten. Das gibt aber keinen Sinn, wenn Brunner selbst das Opfer ist..."

„Machen Sie hier doch keine Märchenstunde, Herr Klorn!" trommelte Orgler auf die Tischplatte.

„Wir haben Frau Rabenstein befragt", ergänzte Rauch. „Sie hatte ihr Auto auch an der Kolberger Straße stehen..."

„Aber irgend jemand muß doch den Unfall gesehen haben!" rief Orgler.

„Richtig gesehen hat es wohl niemand", erklärte Rauch. „Heiko Brunner lief gerade über die Straße. Sein Vater war noch hinter der Sporthalle und die anderen auch."

„Ja, und dann kommt der Brunner an die Unfallstelle und sieht, daß mit seinem Auto ein schwerer Unfall gebaut wurde." Rommel trat vor das nächste Foto. „Und er sieht in seinem Auto den toten Zappel..." Er zeigte auf eine Bonbontüte. „Hier sehen Sie das Original. Es waren exakt 23 Bonbons in der Tüte. Davon waren die oben liegenden elf vergiftet. Es handelt sich um handelsübliche gefüllte Bonbons. In das Innere war Blausäure gespritzt worden. Auf der Tüte befanden sich nur die Fingerabdrücke von Zappel. Darum können wir davon ausgehen, daß er die Tüte mitgebracht hat. Hätte sie schon vorher im Auto von Brunner gelegen, müßten wir dessen Fingerabdrücke feststellen..."

„Wie lief die Vergiftung ab?" fragte Orgler.

„Blausäuregift wirkt sehr schnell", erklärte Bleich. Er blätterte in einer Ermittlungsakte. „Hier steht es: Die Resorption der Säure und Salze erfolgt über die Schleimhäute. Die Wirkung beginnt sofort und hemmt die intrazellulären Atmungsenzyme..."

„Daß die Ärzte immer so viele Fremdwörter schreiben müssen!" regte sich Klingel auf.

„Weiter steht hier, daß dann der Blutsauerstoff nicht mehr genutzt werden kann", las Bleich ruhig und blätterte um. „Es wurde eine übermäßige Giftaufnahme vorgefunden, so daß ein apoplektiformer Verlauf zu einem Atemstillstand vor dem Herzstillstand führte..."

„Und was heißt das nun in deutsch?" war Orgler ungehalten.

„Das heißt, daß der Mann noch lebte, obwohl er schon nicht mehr atmete und damit auch keine Steuerungsfunktionen mehr hatte." Rommel zeigte wieder auf das erste Foto und fuhr mit der linken Hand die dicke rote Linie nach. „Hier wirkte das Gift und lähmte Zappel. Beide Hände umkrampften weiter das Lenkrad, und er verriß das Steuer..."

„Bei oraler Zuführung genügen ein bis zwei Milligramm", las Bleich weiter aus der Akte. „Im vorliegenden Fall war die Dosis sehr hoch..." Er blätterte einige Seiten weiter. „Der Pathologe schreibt, daß sehr schnell ein Sauerstoffmangel auftritt. Es handelt sich um gewöhnlichen Sauerstoff als Molekularverbindung O2, der im Zentralnervensystem, dem ZNS und auch im Myokard, zu deutsch, der Muskelschicht des Herzens, fehlte. Eine Beschleunigung der Vergiftung erfolgte durch die Inhalation im Mundraum. Geschätzter Wert über 400 ppm..."

„Sparen Sie sich diese Details!" rief Orgler und rieb sich kräftig an der langen, spitzen Nase. „Davon verstehen Sie sowieso nichts!"

„Auch hier gibt es eine Unsicherheit beim Gift", sagte Rauch leise. „Wie bei Sakatzke und Rabenstein weist der Körper des Toten große, rote Flecken auf. Viele Weichstellen und das Gesicht sind ebenfalls aufgedunsen und die Augen blutrot. Laut Aussage des Pathologen gibt es das bei Zyankali nicht..."

„Und wann gibt es das?" stand Orgler auf.

„Das müssen uns die Spezialisten aus Hannover sagen!" rief Klingel laut und energisch.

„Ich warne Sie, Herr Klingel!" drohte Orgler. „Kommen Sie nicht schon wieder mit dieser miesen Masche! Unsere Leute machen ihre Arbeit! Es wäre schön, wenn Sie Ihre Arbeit auch so ernst nehmen würden!" Er trat dicht hinter Klorn und faßte ihm grob an die Schultern. „Herr Klorn, Sie sind durch meine Schule gegangen! Ich verlange für die nächste Besprechung eine detaillierte Aufstellung aller Verbindungen der Personen untereinander, und ich will von allen Beteiligten Fotos und Fingerabdrücke haben!" Er drehte sich um, ging mit schnellen Schritten zur Tür, riß sie auf, schnaufte auf den Flur hinaus und ließ die Tür hinter sich zuknallen.

„Den schicken wir zu Frau Rollbaum, und sie soll ihm von den komischen Giften und der roten Katze erzählen", sagte Rauch leise und traurig.

„Rauch!" sprang Klingel auf. „Hören Sie doch endlich mit dieser roten Katze auf!" Jetzt war er wieder Chef in der Runde. „Ich bringe den Kriminaldirektor noch zur Tür!" eilte er auch auf den Flur hinaus.

„Wir werden es nicht schaffen", flüsterte Klorn und senkte seinen Blick. „Nicht ich bin überfordert. Wir sind es alle!" Das glaubte er nicht nur; das wußte er mittlerweile sicher.

6

Der große, runde, rote Fleck hatte einen dunklen Rand. „Haben Sie sich beim Rasieren geschnitten?“ fragte Hauptkommissar Nils Klorn und blieb ernst.

„Wieso? Sehe ich irgendwo verletzt aus?“ fuhr sich Walter Brunner unsicher mit der rechten Hand durch das Gesicht. Die Linke umfaßte fest die halbleere Bierflasche.

„Nein, aber auf Ihrem Schlafanzug ist ein Blutfleck“, zeigte Klorn nach vorn.

„Das ist kein Blut!“ lachte Brunner laut und rülpste. „Wir haben neulich Pommes gegessen. Das ist Ketchup!“ Er setzte die Flasche an und trank sie in hastigen Zügen leer.

„Vielleicht stimmt es“, murmelte Hauptkommissar Fred Rauch.

„Glauben Sie mir nicht?“ Brunner stand aus dem alten, gelben Sessel auf.

„Wir könnten die Jacke zur Untersuchung mitnehmen“, rutschte Rauch unruhig auf dem schmuddeligen Sessel hin und her. „Aber dann haben Sie keinen vollständigen Schlafanzug mehr...“ Er grinste.

Brunner hörte nicht zu. Er bückte sich neben dem alten, grauen Sofa und nahm eine neue Bierflasche aus einer Kiste. Mit seinem Feuerzeug öffnete er erst die Flasche und zündete sich dann eine neue Zigarette an, obwohl noch eine im Aschenbecher auf dem Tisch vor sich hin qualmte.

Rauch drehte sich zur Seite und ließ seine Blicke durch das ungemütliche Wohnzimmer gleiten. Er sah die zerkratzten Ecken an dem einfachen Kiefernschrank und die schiefe, verqualmte Gardine über der Fensterbank.

„Wir haben einen Schuhabdruck von Ihnen gefunden“, zog Klorn ein Blatt Papier aus seiner Jackentasche.

„Schon wieder einen?“ Brunner qualmte dicke, milchige Wolken ins Wohnzimmer.

„Wieso schon wieder?“ stand Klorn aus dem Sessel auf und trat neben Brunner. Er hielt ihm die Seite mit den drei Fotos vor das Gesicht.

„Ach, das kenne ich doch!“ Brunner trank einen Schluck Bier. „Die Seite habe ich auch!“ Er drehte sich zum zerkratzten Kiefernschrank und nahm von der Anrichte die aktuelle Tageszeitung: Germburger Nachrichten – Freitag, 10. November 2000 – Noch immer keine Ergebnisse bei den Giftmorden! „Liegt hier irgendwo drin.“ Er hustete und warf die Zeitung auf den Couchtisch. Eine leere Bierflasche wakkelte bedrohlich, blieb aber schließlich stehen. Aus der Zeitung rutschte eine weiße Seite mit drei Fotos.

Klorn drehte sich um und starrte auf das Papier. Er sah einen weißen Gipsabdruck, eine Schuhsohle und eine Fußspur. „Rechter Schuh von Walter Brunner, Spur im Garten Kolberger Straße hinter dem Mordopfer und Gipsabdruck vom Tatort!“ las er laut.

Rauch sprang auf und trat dicht vor den qualmenden Brunner. „Das ist unsere Ermittlungsseite!“ Seine Stimme klang laut und drohend. „Woher haben Sie die Kopie?“

„Ich weiß nicht, ob das eine Kopie ist“, trank er einen großen Schluck, um danach gleich wieder hastig an der Zigarette zu ziehen. „Aber die ganze Ermittlungsakte ist doch bei einer Bank in Japan zu kriegen!“

Rauch ertrug den Qualm und den Biergeruch nicht. „Sie waren also in dem Garten?“ war er wütend.

„Habe ich nie bestritten.“

„Während Sakatzke erschossen wurde, waren Sie im Garten?“ fragte Klorn auch laut und grob.

„Während!“ lachte Brunner und rülpste. „So ein Quatsch!“ Er sah Klorn mit glasigem Blick an. „Als der Sakatzke ermordet wurde, war ich wahrscheinlich gerade auf der Straße, auf dem Weg zur Sporthalle...“

„Und wann waren Sie im Garten?“

„Sicher vorher. Es dämmerte schon, als ich in die Kolberger Straße kam, und ich hatte noch Zeit bis zum Beginn des Fußballs.“ Er trank gierig und schluckte dabei Zigarettenqualm. „Da habe ich am Zaun gestanden. Plötzlich lief da so ein komisches Tier im Garten...“ Er zog an seiner Zigarette und blies Klorn eine dicke Qualmwolke entgegen. „So ein Vieh habe ich noch nie gesehen...“

„Hatte es rote Augen?“ fragte Rauch schnell.

„Ja, rote Augen... Und irgendwie war der Rest auch rot...“ Er trat neben den Tisch und drückte die Zigarette im Aschenbecher aus. „Da bin ich neben der kleinen Kapelle über den Zaun gestiegen und habe mich auf eine Bank gesetzt...“

„War das Tier noch zu sehen?"

„Nein. Ich habe es nicht mehr entdecken können." Er mußte aufstoßen. „Ich bin dann noch etwas durch den Garten gegangen und schließlich wieder über den Zaun gestiegen..."

Klorn konnte den fast betrunkenen Walter Brunner kaum noch verstehen und sah ihn auch nur in eine dicke, milchige Wolke eingehüllt. Er mußte unbedingt aus dem Wohnzimmer, an dem so wenig Wohnliches war, denn er glaubte zu ersticken und zu ertrinken.

7

„Es ist 22 Uhr. Hier ist NDR 2! Sie hören Nachrichten!" klang die weibliche Stimme aus dem Lautsprecher, am Samstagabend, dem 11. November 2000. „Bei einem Feuer im Seilbahntunnel zum Kitzsteinhorn, im österreichischen Kaprun, sind heute mindestens 150 Menschen ums Leben gekommen..."

Die hübsche, junge Frau hörte nicht zu, denn diese Schreckensnachricht kam schon seit Stunden immer wieder im Radio. Sie hauchte dem Mann einen Kuß auf die Wange, über den grauen Vollbart. „Komm gut heim und schlaf gut!"

„Du auch", lächelte Demetri Georgiou und küßte Katja Riethmann auf die Wange. Er drehte sich um und begann die schmale Straße Richtung Weser entlang zu gehen.

Die Kellnerin Katja Riethmann ging wieder in das Restaurant Am Kobel.

Als Georgiou vor dem Juwelierladen um die Ecke bog, sah er im fahlen Licht der Straßenlaterne vier dunkle Gestalten. Links stand ein sehr großer und hagerer Junge. Er trug eine schwarze Bomberjacke, schwarze Jeans und hohe Kampfstiefel. Seine Haare auf dem schmalen, hageren Kopf mit den abstehenden Ohren waren sehr kurz. Neben ihm stand ein schlankes Mädchen mit langen, schwarzen Haaren. Im schmalen Gesicht waren einige häßliche Pickel zu sehen und ein Metallring war durch die Unterlippe gepierct. Die schwarze Jeansjacke betonte einen sehr schlanken, knabenhaften Körper. Rechts lehnte ein junger Mann gegen die Hauswand der Eisdiele. Er war groß und kräftig gebaut. Auf seinem massigen Schädel mit dem aufgedunsenen Gesicht waren keine Haare. Auch er trug hohe Springerstiefel und eine schwarze Jeanshose. Die rechte Hand hatte er in die Seitentasche seiner Bomberjacke gesteckt. In der linken Hand hielt er eine Leine, an der ein großer, schwarzer Pitbull angebunden war.

Georgiou blieb stehen und überlegte, ob er an der Gruppe vorbeigehen sollte.

„Komm her, Grieche! Ausländer!" keifte das Mädchen. „Hol dir das ab, was allen stinkenden Ausländern zusteht!" Sie reckte die rechte Faust nach oben.

„Warum bist du nicht in deiner Heimat?" brummte der Kräftige laut und ließ die Hundeleine locker in der Hand.

„Ich tue euch doch nichts", flüsterte Georgiou in schlechtem Deutsch.

„Du kannst noch nicht mal unsere Sprache!" lachte der Hagere.

Georgiou trat vorsichtig einen Schritt näher und sah unter einem geparkten Mercedes zwei rote Augen. Ein Lächeln huschte über sein Gesicht.

„In welches Bein soll Adolf dich beißen?" lachte der Kräftige laut.

„Halt den Hund fest, sonst ist er tot!" rief Georgiou mutig.

„Willst du unsern stolzen Adolf umbringen?" Das Mädchen reckte den rechten Mittelfinger nach oben.

Der Pitbull knurrte bedrohlich und fletschte die Zähne. Er spannte die Muskeln seines gedrungenen Körpers an und blieb wachsam.

Georgiou trat etwas nach links und ging weiter.

„Du hast es nicht anders gewollt!" grinste der Kräftige und ließ die Hundeleine los.

„Das kommt davon, wenn du dich als Ausländer nicht benehmen kannst!" keifte das Mädchen. „Wahrscheinlich weißt du gar nicht mehr, wie viele Frauen du überfallen und vergewaltigt hast! Oder glaubst du, daß es eine freiwillig mit dir macht?"

Der Pitbull schoß nach vorne und blieb dicht vor Georgiou stehen. Er riß sein breites Maul auf. Häßliche, gelbe Zähne wurden sichtbar. Die großen runden Augen ließen die Beute nicht mehr los.

Georgiou stand dem Tier gegenüber und rechnete jeden Moment mit einem schmerzhaften Biß ins Bein.

Aber der Pitbull sprang kräftig hoch und schlug beide Vorderpfoten in Georgious Jacke. Sein Maul schnappte nach dem Hals des Griechen, der seinen Kopf ängstlich nach hinten drückte. Die scharfen Zähne waren dicht vor seiner Nase. Ein widerlicher, süßer Gestank drang dem knurrenden Tier aus dem Maul. Dann schoß das rote Tier unter dem Mercedes hervor. Mit einem gewaltigen Satz war es auf dem Rücken des Pitbull und biß dem Kampfhund in den Hals. Knurrend und würgend fiel der Hund kraftlos nach hinten und blieb auf dem Gehsteig liegen.

„Was war das?“ war der Kräftige sprachlos und sah die rote Katze mit mächtigen Sätzen hinter einen Papierkorb, neben dem Juwelierladen, springen.

„Er hat Adolf ermordet!“ kreischte das Mädchen und verstand die Situation nicht.

„Vielleicht solltet ihr euch mal waschen, damit ihr nicht so stinkt“, lächelte Georgiou ruhig. „Und es schadet auch nichts, wenn ihr lernt, euch zu benehmen...“ Mit langsamen Schritten ging er weiter.

Hinter ihm beugten sich drei Gestalten über einen toten Pitbull, der aus einer klaffenden Halswunde furchtbar und bitter stank.

8

Der Tumult wurde immer lauter. „Wenn Sie so weiter machen, breche ich die Pressekonferenz ab!“ brüllte der Leitende Kriminaldirektor Frank Orgler wütend ins Mikrofon.

„Wollen Sie uns drohen?“ fragte eine Journalistin keß und hielt ihr Mikrofon Richtung Rednerpult. Dort saßen neben Orgler noch Staatsanwalt Hermann Rohlich, Kriminalrat Horst Klingel und die beiden Hauptkommissare Nils Klorn und Fred Rauch.

„Wir haben es mit einem irren Giftmörder zu tun“, blieb Orgler laut. „Er hat mit hoher Wahrscheinlichkeit enorme chemische Kenntnisse und Zugang zu Mixturen...“

„Was unternimmt die Polizei gegen den Giftmörder?“ fragte ein Reporter aus einer der hinteren Reihen.

Die große Pressekonferenz fand in der Aula der Realschule in Germburg statt, am Montag, dem 13. November 2000. Aus ganz Deutschland waren Reporter und Fernsehteams angereist.

„Die Polizei macht momentan alles Menschenmögliche...“

„Und, reicht das?“ rief jemand dazwischen.

„Wir suchen nach einem Schema oder System!“ ließ Orgler sich nicht aus der Fassung bringen. „Dabei stehen wir in ständiger Verbindung mit dem Bundeskriminalamt in Wiesbaden...“

„Kann die Polizei uns noch schützen?“

„Die Polizei ist nicht dazu da, jeden einzelnen Bürger zu schützen. Dann wären wir ja Leibwächter...“

„Das bedeutet, daß ich in großer Gefahr bin, wenn der Giftmörder es auf mich abgesehen hat!“ ereiferte sich eine junge Reporterin.

„Wenn Sie auf seiner Liste stehen und in das Schema passen, das wir leider noch nicht durchschauen, kann es sein“, wurde Orgler ruhiger. „Wenn Sie nachher nach Hause fahren und ein irrer Killer der Meinung ist, daß es an der Zeit ist, mal wieder jemanden umzubringen oder die Zunft der Journalisten zu dezimieren, können wir sowieso nichts machen! Da bleibt uns nur die spätere Ermittlung, um den Mörder zu überführen und zu fassen...“

„Aber dann ist es für mich zu spät!“ konnte sich die Journalistin nicht beherrschen und kreischte durch den ganzen Saal. „In welchem Staat lebe ich eigentlich?“

„Sie leben in einem freien Land“, antwortete Orgler ruhig. „Und das wollen Sie ja auch.“

„Was ist denn an diesem Land noch frei und demokratisch? Selbst die Urteile unserer Justiz sich lächerlich! Sicher haben Sie heute vom Urteilsspruch aus Cottbus gehört. Da hetzen drei Skinheads einen algerischen Asylbewerber in Guben zu Tode und bekommen lachhafte Jugendstrafen zwischen einem und drei Jahren...“

„Das gehört nicht hierher!“ wurde Orgler lauter und unterbrach die keifende Journalistin. „Ich gebe das Wort an den Staatsanwalt, Herrn Rohlich.“ Er sah zur Seite. „Bitte, Herr Staatsanwalt.“

Rohlich zog das Mikrofon heran. „Guten Tag, meine Damen und Herren. Der Leitende Kriminaldirektor Orgler hat in seiner Einleitung schon einige Details geschildert.“ Er lispelte und war schlecht zu verstehen. „Herr Orgler ist vom Landeskriminalamt in Hannover, das hier in Germburg die Ermittlungen federführend leitet.“ Er rieb sich nervös mit der linken Hand durch das faltige Gesicht. „Lassen Sie mich bitte noch eins sagen: Die Staatsanwaltschaft und die Kriminalpolizei, einschließlich dem Landeskriminalamt, möchten, daß Sie ausreichend Fakten mitnehmen, um gezielt schreiben zu können. Wir plaudern nicht aus dem Nähkästchen, sondern erhoffen uns durch Ihren hoffentlich sachlichen, richtigen Bericht eine Hilfe.“ Er ließ seine unsicheren Blicke nach vorne über die Sitzreihen wandern. „Wenn wir hier allerdings in eine Diskussion verfallen, wie Bürger geschützt werden können und in welchem Land wir leben, ist es der falsche Weg. Der Leiter des Arbeitsamtes im Kreis Verden hatte letzte Woche auch keine Chance, als ihm ein Arbeitsloser vor der Wohnungstür auflauerte und einfach niederschoß.“

„Mein Name ist Rossdorfer vom Stern in Hamburg“, erhob sich ein älterer Reporter am Mittelgang. „Mir gefällt diese leidvolle Diskussion mit Zwischenrufen auch nicht!“

„Verräter!“ keifte eine junge, blonde Journalistin, unweit von ihm.

„Ich würde gerne einige Fakten bekommen...“

„Sollen beim Stern neue Tagebücher über Hitler geschrieben werden?“

„Ausgerechnet das Käseblatt will was bringen!“

„Habt ihr denn noch Leute, die schreiben können?“

„Lassen wir es dabei!“ beendete Rohlich die Zwischenrufe. „Es bringt so nichts. Darum beenden wir die Pressekonferenz.“ Darüber war er froh.

„Ich habe eine Bitte“, sprach Rossdorfer ruhig weiter. „Was hier abläuft, ist nicht der sachliche Versuch, einen gut recherchierten Bericht zu verfassen, sondern ein Kindergarten.“ Er setzte sich wieder.

„Arschloch!“

„Nestbeschmutzer!“

„Tagebuch-Wichser!“

„Wir hatten Sie hergebeten“, unterbrach Rohlich die unsachlichen Zwischenrufe, „um von Ihnen einen sachlich richtigen Bericht zu bekommen, denn das hilft uns. Es gelingt mir aber nicht, die Fakten rüberzubringen.“ Er sah zur Seite. „Wir hatten uns das anders vorgestellt. Darum sitzen neben mir Herr Kriminalrat Klingel und die beiden Kriminalhauptkommissare Klorn vom Landeskriminalamt und Rauch von der hiesigen Kriminalpolizei.“ Er ließ seinen Blick über die vielen Sitzreihen wandern. „Wenn Sie, ich meine den Herrn vom Stern, Fakten und Details möchten, kommen Sie bitte ins Präsidium. Vereinbaren Sie dazu einen Termin mit Herrn Klorn und Herrn Rauch!“ Er hustete. „Die beiden Hauptkommissare leiten die SOKO GIFT.“

Rossdorfer stand noch einmal auf. „Ich danke Ihnen! Ich werde kommen!“

„Wichtig ist für uns, daß in der Presse sachlich und richtig berichtet wird“, warf Klorn leise und traurig ein. „Darum geben wir Ihnen alle nur erdenklichen Informationen.“ Er ließ seine Blicke nach vorne wandern und sah nur Menschen, die kein Gesicht hatten. „Normalerweise gehen bei uns viele Hinweise aus der Bevölkerung ein, von denen einige unwichtig sind. Und es gibt auch immer wieder Spinner und Wichtigtuer, die uns irgendwelchen Unsinn erzählen.“ Er holte tief Luft und starrte auf seine Finger, die unruhig über die Tischplatte fuhren. „In diesem Fall ist alles anders. Wir haben weniger als 40 Hinweise aus der Bevölkerung. Und da ist nicht eine einzige brauchbare Spur dabei..." Seine Stimme brach.

„Wir fahren gleich ins Präsidium!" rief Hauptkommissar Fred Rauch von der Seite ins Mikrofon. „Wenn Sie wollen, können Sie gleich mitkommen, Herr Rossdorfer!"

„Müssen wir uns hier so abfertigen lassen?" sprang in der ersten Reihe ein Mann auf und richtete eine Kamera auf das Podium.

„Das müssen Sie nicht!" zog Orgler das Mikrofon wieder zu sich heran. „Bedanken Sie sich dafür bei Ihren Kollegen, die uns durch Zwischenrufe und Beschuldigungen keine Zeit und Gelegenheit gegeben haben, Ihnen chronologisch die Fakten zu präsentieren!"

Der Mann schaltete seine Kamera aus und setzte sich wieder.

„Wir wollen hier keine Fakten!" keifte eine blonde Reporterin. „Wir wollen sehen, wie unfähig die Polizei ist!"

„Wenn Sie mit diesem Vorsatz herkommen, machen Sie sowieso etwas falsch!" rief Orgler.

„Merkt ihr denn nicht, daß die ratlos sind?" sprang die blonde Reporterin noch lauter keifend auf. „Die wollen nur, daß wir für sie die Rosinen aus dem Feuer holen!" Sie erntete keinen Beifall, denn alle anderen standen nach und nach auf und verließen die Aula.

Der Chefredakteur der Germburger Nachrichten, Kurt Bitter, trat an das Podium und reichte Rauch die Hand. „Tag, Fred! Guten Tag, die Herren! War eine peinliche Vorstellung. Ich würde auch gerne mit einem Redakteur vorbeikommen..."

„Laß erst den Mann vom Stern", lächelte Rauch. „Komm bitte heute Nachmittag!"

9

Über die Hälfte des großen Kreises war dunkelrot. Es sah wie ein großer, bunter Kuchen aus, mit einem übergroßen, dunkelroten Stück, einem rosa Teil und einem grünen, blauen, gelben und grauen.

Aus ganz Niedersachsen waren Kriminalbeamte angereist und saßen im großen Saal des Landeskriminalamtes in Hannover, am Dienstag, dem 14. November 2000. Alle starrten nach vorne auf die große Grafik an der Bildwand.

„Hier sehen Sie komplett", sagte der Kriminaldirektor Ortwin Pausenbach. Er stand hinter einem Rednerpult und zeigte rechts auf die Grafik. „Wir sprechen nur von Organisierter Kriminalität in Niedersachsen und haben dazu den Zeitraum des gesamten Jahres 1999 zu Grunde gelegt.“ Er sah nach vorne auf die Zuhörer. „Wir hatten allein 75 Verfahren in der Organisierten Kriminalität. Dort sehen Sie den größten Teil“, zeigte er wieder zur Seite. „Das Dunkelrote ist der Drogenhandel: 52 Prozent. Meine Damen und Herren, führen Sie sich das bitte vor Augen. Über die Hälfte aller Verbrechen im Bereich OK betreffen den Drogenhandel. Dabei liegen die Schwerpunkte hier in Hannover, aber auch in Celle, Braunschweig und Göttingen. Über 80 Prozent der Täter sind Türken und Kurden, in Celle auch Schwarzafrikaner.“ Er zeigte wieder auf die Grafik. „Der rosa Bereich liegt mit 16 Prozent auch hoch. Das ist die Milieukriminalität. Dazu zählen wir Prostitution, Zuhälterei und Menschenhandel. Die Schwerpunkte liegen auch in Hannover. Über 90 Prozent dieser Delikte werden ebenfalls von Ausländern begangen: Hauptsächlich Albaner und Russen. Im Bereich Weser-Ems, Braunschweig und auch in Germburg haben wir es vorwiegend mit Tätern zu tun, die ursprünglich Ausländer waren, aber mittlerweile die deutsche Staatsbürgerschaft besitzen. Einige von ihnen wurden als Kinder ausländischer Eltern bereits in Deutschland geboren. Einen hohen Anteil haben auch die Wirtschaftskriminalität mit neun Prozent und die Steuer- und Zolldelikte mit zehn Prozent.“ Pausenbach war im Landeskriminalamt in Hannover, in der Schützenstraße, unweit des Welfenplatzes, für die Öffentlichkeitsarbeit zuständig. Er war ein großer, kräftiger Mann mit einem freundlichen Gesicht, strahlenden, hellen Augen, einer hohen Stirn und streng zurückgekämmten braunen Haaren. Er sprach mit einer ruhigen, angenehmen Stimme. „Wenn wir noch mal auf die Statistik schauen, stellen wir fest, daß die Eigentumsdelikte nur drei Prozent ausmachen, dagegen die Schleuserkriminalität bei sechs Prozent liegt.“ Er sah wieder auf die große Gruppe der Zuhörer. „Die ganze Panikmache der Boulevardpresse dagegen sieht in Zahlen harmloser aus: Waffenhandel nur zwei Prozent, Gewaltkriminalität nur ein Prozent und die Fälschungsdelikte unter ein Prozent...“

Durch eine Seitentür trat eine junge Frau ein. „Entschuldigen Sie bitte die Störung, Herr Direktor. Aber die Hauptkommissare Klorn und Rauch werden in der Toxikologie erwartet.“

„Herr Klorn und Herr Rauch“, lächelte Pausenbach hinter seinem Rednerpult. „Bei Morden, die nicht zur OK gehören, liegt ja wieder mal Germburg klar in Führung.“

Fred Rauch und Nils Klorn erhoben sich und folgten der Frau durch die Tür.

„Da könnt ihr in Germburg mal den ersten Platz machen“, grinste Klorn und schloß die Tür. „Aber ihr liegt eben nur bei Mordopfern vorne und nicht im OK-Bereich...“

„Vielleicht gehören die Morde auch in den Bereich der Organisierten Kriminalität“, meinte Rauch nachdenklich und dachte über die unerklärbaren Details nach.

„Jetzt hier bis zum Ende des Flurs“, zeigte die Frau nach vorn. „Durch die Glastür, eine Treppe nach unten und dann den Schildern folgen.“

„Danke schön“, lächelte Rauch freundlich und rannte hinter Klorn her. Sie erreichten die Glastür, gingen ein Geschoß tiefer und folgten der Ausschilderung, bis ihnen vor einer weißen Feuerschutztür ein kleiner, drahtiger Mann in einem weißen Kittel entgegen kam.

„Sind Sie die Herren aus Germburg?“ fragte Dr. Egon Schmattke, der Leiter der Toxikologischen Abteilung im Bereich Molekulare Ermittlung.

Klorn und Rauch stellten sich vor und begrüßten Schmattke.

„Gehen wir in mein Büro“, setzte der kleine Mann ein kurzes Lächeln in seinem ernsten Gesicht auf. Sie traten in ein kalkweißes Büro mit weißen Schränken und einem ebenso weißen Schreibtisch. „Nehmen Sie bitte Platz!“ Schmattke zeigte auf zwei Stühle und setzte sich hinter seinen Schreibtisch. „Tut mir leid, daß ich Sie da rausholen mußte“, sagte er leise und rückte seine dicke Brille zurecht.

„Ist schon in Ordnung“, nickte Rauch und lächelte. „Da geht es um Organisierte Kriminalität. Damit haben wir in Germburg momentan nichts am Hut. Außerdem hasse ich Statistiken!“

„Gut, Sie bekommen sicher alles auch noch schriftlich.“

„Das sowieso, und außerdem sind unser Kriminalrat und ein weiterer Hauptkommissar noch im Vortrag.“

„Gut! Machen wir es kurz!“ rückte Schmattke wieder seine Brille zurecht. „Ich habe nachher nämlich noch einen Vortrag an der Uni.“ Er schlug eine Akte auf. „Beschäftigen wir uns mal mit Ihren Giften. Im Mordfall Sakatzke haben wir Rückstände von Curare gefunden.“ Er sah auf und fixierte Klorn durch seine dicken Brillengläser. „Curare ist nicht gleich Curare, weil die südamerikanischen Indianer verschiedene Grundstoffe verwenden. Wir haben das Gift am Tropeninstitut in Hamburg untersuchen lassen...“ Er blätterte in seiner Akte. „Hier ist der Bericht.“ Er nahm eine Seite heraus und hielt sie dicht vor seine Brille. „Tubocurarin als Chlorid nicht nachweisbar. Calebassencurare mit Alloferin in hoher Dosis führte zur Muskelrelaxanz...“

„Können wir das bitte auch in deutsch kriegen“, bat Rauch etwas verlegen. „Ich habe davon nämlich nichts verstanden!“

„Also gut“, setzte Schmattke seine Brille ab und rieb sich durch die Augen. „Diese Giftstoffe hemmen die Erregungsübertragung an der Muskelendplatte. Die Reflexe im Rückenmark und auch die quergestreifte Muskulatur werden gehemmt...“

„Kann ich sagen, daß der Getroffene noch nicht tot, aber gelähmt war?“

„Machen wir es noch einfacher“, holte Schmattke tief Luft und setzte seine Brille wieder auf. „Weil einige Curaregifte, besser gesagt, die Alkaloide darin, aufgrund ihrer hohen Affinität das Acetylcholin verdrängen, würde es über eine halbe Stunde dauern, bis das Gift überhaupt zu wirken beginnt. Tritt aber eine depolarisierende Muskelrelaxanz auf, kann das Gift schon nach fünf Minuten wirken.“

„Und wie war es hier?“ fragte Rauch, der immer noch nichts verstanden hatte.

„Hier trat die Wirkung schon nach einigen Sekunden ein, wenn auch der Tod noch knapp 30 Sekunden dauerte. Aber der Getroffene war schon völlig gelähmt.“

„Und wie kann man das erklären?“

„Schlecht“, flüsterte Schmattke und blätterte nervös in der Akte.

„Haben wir es mit einem genialen Chemiker zu tun?“ fragte Klorn.

„Das haben wir anfangs auch gedacht. Aber der Giftstoff ist natürlicher Art. Er basiert auf der Grundlage der Curaregifte, hat aber eine ganz besondere Wirkung. Bei einer Muskelkontraktion findet eine Wechselwirkung zwischen Myosin, Aktin, Tropomyosin und Troponin statt. Es handelt sich um verschiedene Kohlenstoffisotope und Eiweißmoleküle. Es sind komplizierte Kohlenstoff-Tritium-Verbindungen. Aber wir konnten auch einen Anteil Stickstoff nachweisen...“

„Was bedeutet das nun wieder?“ dachte Rauch verzweifelt an seinen Chemieunterricht, der schon fast 40 Jahre zurück lag.

„Kohlenstoff ist vierwertig. Tritium ist ein Isotop und hat eine Massenzahl von drei. Reiner Stickstoff kommt in hoher Konzentration in der Luft vor, ist geruchlos und nicht giftig...“ Er sah Rauch an. „Sie haben in der Schule sicher mal von organischer Chemie gehört. Alles was mit Benzin zu tun hat, nennt man Kettenkohlenwasserstoffe. Mittlerweile hat man auch Kohlenstickstoffverbindungen geschaffen. Stickstoff ist dreiwertig. Sie kennen das vielleicht vom Ammoniak. Das sind drei Atome Wasserstoff und ein Atom Stickstoff, NH3.“

„Was wollen Sie uns damit sagen?“ rutschte Rauch unruhig auf dem Stuhl hin und her.

„Ich versuche Ihnen zu erklären, daß wir die reine Zusammensetzung des Giftes wohl kennen, inzwischen kennen gelernt haben...“ Er setzte seine Brille wieder ab und rieb sich über die Augen. „Aber wir können uns keinen Reim darauf machen, wie es entstanden ist. Ein Chemiker kann nicht einfach Stickstoff zu einem Kohlenstoff-Tritium-Isotop mischen. Das funktioniert nicht!“ Er setzte seine Brille wieder auf, und es sah so aus, als wären seine dicken, dunklen Brillengläser Augenklappen, damit er nichts mehr von den Akten und Giften sehen mußte.

„Und beim zweiten Gift?“ bohrte Klorn nach.

„Da ist es noch seltsamer“, antwortete Schmattke leise und blätterte in seiner Akte. „Wir haben das Gift des Knollenblätterpilzes gefunden.“ Er sah Rauch an. „Den Bericht haben Sie schon. Das Gift ist ein Amanitin und wirkt erst nach einigen Stunden, wobei der Krankheitsverlauf verschieden sein kann. Auf keinen Fall kann Amanitin sofort tödlich wirken! Es gehört zu den Mykotoxinen und ist ein Peptid, also eine amidartig miteinander verknüpfte Aminosäure. Wir finden darin Kohlenstoff, Wasserstoff, aber auch Kohlenmonoxid und wieder Stickstoff. Durch die so genannte Mesomerie ist die Drehbarkeit der Kohlenstoff-Stickstoff-Bindungen nicht möglich.“ Er holte tief Luft. „Das Gebiet der Aminosäuren ist ein weites Feld. Normalerweise verbindet sich das Kohlenstoffatom mit zwei Sauerstoffatomen und einem Stickstoffatom, das wiederum eine Verbindung mit einem Wasserstoffatom eingeht.“ Er sah Rauch ernst an und rieb sich mit seinen feingliedrigen Händen an den großen Ohren. „Hier haben wir eine zusätzliche Verbindung eines Stickstoffisotops gefunden...“ Er sprach leise und traurig. „Wir sind nicht sicher, aber das könnte den schnellen Tod erklären...“

„Könnte ein Chemiker oder Giftmischer dort gemixt haben?“ fragte Rauch und versuchte, sich die chemischen Verbindungen vorzustellen. Er sah aber nur große Buchstaben und Striche: C und O und N und H.

„Unmöglich!“ schüttelte Schmattke energisch den Kopf. „Der Stickstoff muß aus der Luft gekommen sein und einen Weg der Reaktion gefunden haben...“

„Also steht nicht fest, ob das Gift wirklich vom Knollenblätterpilz stammt!“ rief Klorn.

„Es steht nicht fest“, flüsterte Schmattke und blätterte noch nervöser in seiner Akte. „Beim dritten Mord sieht es nach Blausäure aus, also nach Cyanwasserstoffsäure. Das ist Wasserstoff mit Kohlenstoff und Stickstoff, HCN. Schon ein bis zwei Milligramm pro Kilogramm führen innerhalb von Sekunden zum Tod. Wir kennen verschiedene Cyanide: Natrium, Kalzium und auch Kalium." Er setzte seine Brille wieder ab und sah traurig aus. „Es wird Sie nicht wundern, wenn ich Ihnen sage, daß wir auch hier eine Besonderheit haben. Es ist kein reines HCN, denn der Stickstoff ist die organische Verbindung durch ein Isotop eingegangen..."

„Wir haben drei verschiedene Gifte, die alle nicht erklärbar sind und alle die gleiche Besonderheit haben!" stellte Rauch laut fest und sah den Toxikologen ernst an. „Alle haben eine auffällige Verbindung mit Stickstoff..." Er dachte an die Worte von Clara Rollbaum, die von rituellen Giften gesprochen hatte. Doch das wollte er hier nicht diskutieren und lieber für sich behalten.

„Wir können das Isotop nicht analysieren, gehen aber mittlerweile davon aus, daß der Grundstoff aller drei Gifte das selbe Stickstoffisotop ist. Und dieses Isotop kommt irgendwo draußen in der freien Natur vor." Schmattke setzte seine Brille wieder auf. „Wir haben mit toxikologischen Instituten auf der ganzen Welt korrespondiert. Ein Kollege aus Brasilien will uns eine Probe eines Pflanzenelixiers schicken. Irgendwo am Amazonas haben Forscher eine seltene und unbekannte Pflanze entdeckt, die in ihrer Blüte ein starkes Gift haben soll..." Er setzte seine Brille ab und legte sie auf den Schreibtisch. Seine Augen blickten traurig und leer auf die beiden Hauptkommissare. „Tut mir leid, daß ich Ihnen nicht helfen kann..." Seine Stimme brach, und er fühlte sich unendlich leer und nutzlos.

Rauch stand langsam auf und sah den Toxikologen an, der sich mit beiden Händen durch das schmale Gesicht rieb und aussah, als wäre er gerade an einem geheimnisvollen Gift gestorben.

10

„Erst wollten wir Sie ins Präsidium bestellen", lächelte Hauptkommissar Fred Rauch vielsagend. „Aber dann dachten wir uns, daß wir auch hier mit Ihnen reden können." Er sah sich im Restaurant Am Kobel um und ließ seine Blicke über die Bilder an den Wänden gleiten. Auf vielen Fotos von Fußballmannschaften waren hauptsächlich Kinder und Jugendliche in Trikots zu sehen.

„Sie wollen also mit mir sprechen, ohne daß Walter dabei ist!" blieb Katja Riethmann hinter dem Tresen ernst.

„So ist es", nickte Hauptkommissar Nils Klorn.

„Aber ich muß arbeiten!" Sie stellte dem kleinen, korpulenten Erwin Krasske ein Bier auf den Tresen.

„Wir müssen auch arbeiten!" wurde Rauch lauter und ließ seine Blicke weiter durch das Restaurant wandern. Um die schwarzen Holztische standen rotbespannte Stühle. Er trat zur Seite und betrachtete ein Fußballfoto neben der Eingangstür. „Fußball ist auch nicht mehr das, was es mal war", drehte er sich zu Klorn. „Hast du schon gehört, daß heute unser Bundesverkehrsminister Klimmt zurückgetreten ist?"

„Fußball ist korrupt", lallte der rotnasige Krasske.

„Klimmt war mal Präsident beim 1. FC Saarbrücken und hat den Verein mit betrügerischen Scheinverträgen vor der Vollpleite gerettet", erklärte Klorn.

Rauch drehte sich zu Katja Riethmann. „Wenn ich das richtig sehe, haben Sie nur drei Gäste. Das ist nicht viel Arbeit! Da werden Sie Zeit für uns haben!" Er sah Klorn an. „Unterhalte du dich mit Frau Riethmann. Ich habe gerade einige Bekannte gesehen..." Er trat an einen Tisch. „Tag, die Herren!" lächelte er freundlich und reichte einem ehemaligen Arzt die Hand. „Guten Tag, Herr Rollbaum! Schön, daß wir uns mal wiedersehen!"

„Was soll daran schön sein, Herr Rauch?" fragte Rollbaum laut und unhöflich.

Über dem Fenster wölbte sich eine dicke, grüne Gardine.

„Ich grüße Sie, Herr Kommissar", stand Demetri Georgiou freundlich lächelnd auf und gab Rauch die Hand.

„Sie kennen also auch Herrn Rollbaum?" war Rauch etwas überrascht. Er zog einen Stuhl etwas zurück und setzte sich. „Fehlt nur noch Frau Rollbaum!"

„Würden Sie das bitte lassen, Herr Rauch!" wurde Rollbaum noch lauter und wütend.

„Was soll ich denn lassen?" übertönte Rauch den ehemaligen Arzt.

„Herr Kommissar, wir haben uns so schön und friedlich unterhalten", lächelte Georgiou freundlich. „Wir wollen keinen Streit an diesem Tisch."

„Ich will auch keinen Streit!" blieb Rauch laut. „Ich ermittle aber in mehreren Mordfällen! Und je mehr ich sehe, wer mit wem verkehrt, keimt in mir der Verdacht, daß alles irgendwie zusammenhängt!" Er nahm einen Aschenbecher in die Hand und sah darin die Germburger

St. Johanni Kirche. Der Turm sah im runden Aschenbecher unwirklich und schief aus.

„Konstruieren Sie schon wieder irgendwelche Verdachtsmomente?“ fragte Rollbaum böse und trank einen großen Schluck Bier.

„Ich konstruiere gar nichts! Ich stelle nur fest, daß Sie sich mit dem Gift auskennen, mit dem der erste Mord begangen wurde. Dazu kennen Sie Frau Riethmann, die mit dem Mann zusammen lebt, der seiner Ex-Frau keinen Unterhalt für die beiden Söhne bezahlt. Und genau diese Frau war die Lebensgefährtin des Ermordeten...“

„Was reimen Sie sich da zusammen?“ lachte Rollbaum laut und falsch.

„Ich reime nicht, und ich dichte auch nicht! Ich stelle nur unumstößliche Fakten fest!“ Er holte tief Luft und hatte Mühe, ruhig zu bleiben. „Weiter hat Frau Riethmann einen Sohn von jenem Herrn da!“ Er drehte den Aschenbecher um und zeigte auf den Griechen. „Von Herrn Georgiou, der auch ein sehr guter Freund ihrer Ex-Frau ist. Und Sie, Herr Rollbaum, waren ganz in der Nähe, als Herr Rabenstein ermordet wurde...“

„Sehen Sie in mir den Mörder?“ lachte Rollbaum noch lauter.

„Wenn ich schon etwas sehen würde, wäre mir wohler. Aber ich treffe Sie und Herrn Georgiou hier in trauter Zweisamkeit... unweit von Frau Riethmann...“

„Setzt sich die deutsche Polizei einfach zu anderen Leuten an den Tisch?“ radebrechte der Grieche, und seine Stimme krächzte. Er nahm sein Hefeweizenglas in die linke Hand und trank.

„Rabenstein Productions“, las Rauch unter dem Aschenbecher.

„Guten Tag“, klang hinter ihm eine weibliche Stimme. Er fuhr erschrocken herum und sah Cornelia Sakatzke lächelnd hinter sich stehen. „Frau Sakatzke!“ erhob er sich und trat zur Seite. „Das ist ja eine Überraschung...“

„Für mich nicht“, huschte sie an ihm vorbei und hauchte Georgiou einen Kuß auf die Wange. „Hallo, Demetri, alter Zeus! Ich habe dein Flugticket mitgebracht. Willst du es gleich haben?“ Sie hielt ihm einen Lufthansaumschlag hin.

„Liefert das Reisebüro neuerdings Tickets in Kneipen aus?“ fragte Rauch unwirsch und stellte den Aschenbecher wieder auf den Tisch.

„Schön, dich zu sehen, Fritz!“ strich sie Rollbaum durch die wenigen Haare, ohne die Frage zu beantworten. Dann sah sie Rauch an. „Ich denke, Sie gehen jetzt, denn der Stuhl ist für mich gedacht!“ Sie lächelte keß und setzte sich. „Und einen Kuß kriegen Sie auch nicht!“

„Wir werden uns alle wiedersehen!“ rief Rauch ungehalten und konnte seinen Blick nicht von den Anwesenden nehmen. Er sah zwei Männer und eine Frau, die plötzlich die Gegenwart verloren. Da saßen vor ihm jetzt ein griechischer Gott, mit langen, weißen Haaren und einem grauen Bart, der auf dem Olymp Nektar schlürfte; ein weiser, ergrauter, deutscher Arzt, der in Südamerika Indianer mit Curare vergiftete und eine alte Frau mit weißen Locken und großen Mister-Spock-Ohren, die ahnungslosen Menschen Flüge zum Mars verkaufte. Alle drei saßen still und wie versteinert und ihnen zu Füßen lag eine häßliche, rote Katze mit blutenden Augen.

4. Irukandji?

1

Er war zufrieden. Es gab keine Gefahr mehr. Er brauchte niemanden zu töten oder zumindest zu drohen. Das alles um ihn herum gehörte ihm. Warum sollte er irgend jemand erzählen, wie dieser Reichtum zustanden gekommen war? In der Bank hatte er verlauten lassen, daß er durch Aktiengeschäfte und den Erwerb von Fondsanteilen zu Geld gekommen war.

Die Frau vor ihm hatte sehr große Brüste, an denen sie gierig herumfingerte. Ihre langen, blonden Haare waren schweißnaß, und sie stöhnte immer noch.

Er hatte keine Hose an und lümmelte sich auf der teuren Ledercouch. Seine rechte Hand steckte in der Unterhose, denn die Frau war nur auf dem Großbildschirm zu sehen. Er zog das große Glas mit dem teuren Rotwein auf dem Marmortisch näher heran und konnte seinen gierigen Blick nicht von der üppigen Frau nehmen.

Als es an der Terrassentür kratzte, schreckte er aus seinen Gedanken und wilden Phantasien. Jetzt erst merkte er, daß es draußen längst dunkel geworden war und er vergessen hatte, die Jalousien herunter zu fahren. So sollte ihn niemand sehen, denn es würde wieder Gerede in der Bank geben, daß er ohne Hose einen Pornofilm sah. Gerade die hübschen, jungen Mädchen tuschelten gerne über den dicken Mann. Aber bald schon wollte er ihnen zeigen, daß er nicht der Schönste, aber der Reichste in der Stadt war, und er würde sie alle, eine nach der anderen, in sein seidenweiches Bett holen. Noch war es ein Traum. Aber er wollte seine gierigen Wünsche wahr werden lassen. Bald schon. Er sah die kesse, rothaarige Auszubildende Tanja Wunder vor sich, der er gerne mal an die pralle Oberweite fassen würde. Wenn sie in sein Büro kam, lehnte sie sich immer weit nach vorne über den Schreibtisch, und er konnte in ihren tiefen Ausschnitt sehen. Da mußte er gleich an ihre Schwester Nicole denken, der er im Restaurant Am Kobel auch schon öfter an die Brüste faßte, weil sie ihr Konto überzogen hatte.

Nun kratzte es schon wieder. Er stand auf. Die Frau stöhnte noch lauter. Auf der Terrasse saß nur eine Katze. Er mochte keine Tiere und schon gar nicht Katzen. Mit einem Ruck riß er die Tür auf. „Hau ab, du Biest!“ rief er schrill, und seine hohe Stimme vibrierte.

Aber die Katze saß reglos neben einem Blumenkübel, der jetzt im Herbst ohne Pflanze wie hilflos und ungebraucht auf der großen Terrasse stand.

Er sah ihr häßliches Fell, das im matten Licht rot schimmerte. Zwei blutrote Augen starrten ihn an. „Geh dahin, wo du hingehörst!“ machte er mit der rechten Hand eine hastige Bewegung und trat nach draußen.

Aber die Katze saß reglos und sah ihn nur an. Er schloß seine Augen, denn er ertrug den roten Blick des Tieres nicht. Langsam erhob sich das Tier und starrte ihn weiter an. Mutig lief es einige Schritte nach vorne.

„Hau ab!“ schrie er schrill. Aber die Katze ging weiter. Schritt für Schritt. Dann war sie neben ihm und strich ganz dicht an seinen Beinen vorbei. Sie blieb stehen und drehte sich um. Langsam strichen ihre roten Haare über seine Beine. Es kratzte rauh auf der Haut. Einen Moment empfand er das schön und ein klein wenig erotisch. Dann wurde ihm schwindelig. Er sah wie die Katze sich umdrehte und mit schnellen Sätzen im Garten verschwand. Ihm wurde heiß und dann sehr schnell kalt. Er schaffte es noch, sich an die Stirn zu fassen. „Ich bin reich“, stammelte er verwirrt. „Und ich bin kein Mörder...“ Bei den letzten Worten schlug er hart mit dem Hinterkopf auf der Terrasse auf.

Es war dunkel und kalt, an diesem Samstagabend, dem 18. November 2000.

2

Hier war fast alles weiß. Die Fliesen auf dem Fußboden und auch die Fliesen an allen vier Wänden sahen weiß und steril aus. Die Tür zum Flur war aus massivem Holz und hellweiß gestrichen. Mitten in dem Raum stand ein Metallbett. Das Metall war immerhin grau. Dafür strahlte das Laken ein Superweiß aus, wie es wohl nur die besten Waschmittel hervorzaubern können. An der linken Wand stand ein kleiner Schreibtisch, natürlich auch weiß. Und von der Decke fiel grell weißes Licht, blendete gleißend und war irgendwie unwirklich und tot. Es war ja auch der Raum für die Toten, in der Pathologie des Weserkrankenhauses in Germburg.

Hauptkommissar Fred Rauch wandte sich angewidert ab. Einen Moment glaubte er, daß er sich übergeben müsse.

„Schauen Sie ihn an!“ rief der Pathologe Dr. Günter Trankel und hielt das superweiße Laken weiter hoch. „Als Sie ihn uns gebracht haben, sah er noch fast normal aus. Und jetzt!“

Rauch drehte sich wieder zur Seite und sah die häßlichen, roten Flecken auf dem dicken Bauch, auf dem Hals, dem Doppelkinn und sogar auf der fleischigen Nase. Das ohnehin schon dicke Gesicht wirkte noch aufgeschwemmter, und die Augen waren voller Blut. „Das ist Bernd Gärtner, der Banker von der Sparkasse...“ Er würgte.

Trankel ließ das Laken wieder sinken. „Jeder Tote verliert Flüssigkeit und wird schnell schlanker. Aber dieser Mann bleibt so fett...“

„Was ist es?“

„Irgendein Tiergift, das wir hier nicht analysieren können“, antwortete Trankel traurig. „Er muß auch nach Hannover...“

„Dort liegen schon drei, und sie liegen dort schon lange“, sagte Rauch leise. „Bei der ersten Leiche sind es schon fast vier Wochen, und die Staatsanwaltschaft kann keine Leiche freigeben...“ Er schluckte. „Die Angehörigen wollen die Toten endlich begraben...“

„Hatte dieser Banker Angehörige?“

„Keine Ahnung!“ zuckte Rauch die Schultern. „Seine Angehörigen leben wohl auf diversen Videokassetten!“ Er konnte darüber nicht lachen und dachte an die Pornofilme, die sie in der Wohnung gefunden hatten.

„Wenn wir bloß etwas über das Gift wüßten...“, flüsterte Trankel.

„Ich habe sie alle gesehen und beneide Sie nicht um Ihre Arbeit“, drehte Rauch sich um. „Aber in Bremen ist es sicher ebenso schlimm...“

„Ich habe gerade die Nachrichten gehört. Elf Tote bei der Gasexplosion im Senioren-Wohnheim.“ Trankel holte tief Luft und wischte sich über den Kittel. „Da wird von einigen nicht mehr viel übrig sein...“

3

Die rauhe Haut der zierlichen Finger strich vorsichtig über das zarte Blatt. „Du mußt nur etwas Geduld haben“, flüsterte Clara Rollbaum und sah Edeltraut Brunner an. „Wenn wir es schaffen, wird sich dein Gesicht zeigen...“ Sie lächelte, und ihr Blick verlor sich im flackernden Licht der Kerzen. Sie wußte, daß sie log. Aber es machte ihr Spaß, die mystische Göttin zu spielen.

„Ich will mein Gesicht nicht sehen“, flüsterte Edeltraut Brunner und starrte auf die Blumen, die vertrocknet auf der Fensterbank standen, im Wohnzimmer von Clara Rollbaum. „Ich habe Angst um meinen Ältesten...“ Ihre Stimme klang traurig und weinerlich.

„Du mußt Geduld haben“, streichelte Clara Rollbaum weiter das Blatt und konnte ihren Blick nicht davon lassen. „Sieh Karin an! Sie hat ihren Joachim verloren und blickt vertrauensvoll in die Zukunft...“

Karin Flensburg nickte stumm und hielt ihren Blick gesenkt.

„Chlerita schenkt euch den Frieden, den ihr sucht!“

„Aber du bist doch auch diese furchtbare Göttin, die auch Chlerita heißt und die alles Wissen und alle Verbesserungen auf dieser Erde mit einem höllischen Gift auslöschen will“, flüsterte die kleine Kellnerin Nicole Wunder und strahlte Clara Rollbaum an.

Die Frau mit dem verhärmten Gesicht lächelte und ließ ihren Blick wieder auf Edeltraut Brunner ruhen. „Das Blatt braucht noch Zeit“, flüsterte sie und wußte, daß es gelogen war, denn auf einem getrockneten Blatt des Ginkgobaums zeigen sich keine Bilder und Wörter.

„Aber du hast doch gesagt, daß deine Blätter jedes Schicksal zeigen!“ rief Edeltraut Brunner erregt und dachte nur an ihre Söhne.

„Ich habe die einzige Palmblatt-Bibliothek außerhalb Indiens“, lächelte Clara Rollbaum und wußte, daß auch das gelogen war. „Dort steht jedes Schicksal, und da steht auch dein Leben aufgeschrieben...“

„Ist das ein Palmblatt?“ fragte die kleine, niedliche Nicole Wunder leise.

„Nein, das ist ein noch älteres Blatt. Es stammt von einem Ginkgobaum.“ Clara Rollbaum hielt das fächerförmige, gelappte Blatt hoch. „Es ist der seltsamste Baum auf der Erde und vielleicht auch der älteste. Man hat Versteinerungen gefunden, die über 250 Millionen Jahre alt sind. Interessant ist aber vor allem, daß der Ginkgo Blätter hat und trotzdem ein Nadelbaum ist...“ Wenigstens das war nicht gelogen. Sie hatte oft von den Palmblatt-Bibliotheken in Indien gelesen und hätte sie gerne einmal selbst gesehen. Aber sie hatte nicht das Geld, nach Indien zu fliegen. Alle Versuche beim Banker Bernd Gärtner hatten nichts gebracht, ihr einen Kredit für so eine Reise zu bewilligen und jetzt war er tot.

Edeltraut Brunner ertrug die Situation nicht mehr. Ihre Blicke wanderten über das große Bücherregal, den Glasschrank mit den Weingläsern darin und blieben auf einem Foto haften, das ein nacktes Kind auf einer Brücke zeigte. „Was wird aus Heiko?“ flehte sie um eine Antwort und sah erst ihren Sohn als nacktes Kind auf einer Brücke und dann die Feuerkatze mit dem häßlichen, roten Fell und den blutroten Augen. „Ich bringe mich um, wenn er zu dem Säufer im Schlafanzug kommt!"

Clara Rollbaum war froh über die Situation und legte das Blatt auf den Tisch. „Du bist zu aufgeregt. Dann kann dein Bild nicht erscheinen, und dann bleibt uns auch deine Zukunft verborgen!" Wieder gelogen. Sie lächelte vielsagend und ließ ihren Blick nach links gleiten. „Was ist mit dir? Bist du bereit, Nicole?"

„Bitte sage mir, ob ich meinen Zenit durchschritten habe!" bettelte Nicole Wunder und quälte sich selbst, als sie an ihren roten Zöpfen zog. „Ich brauche mich von dem Gärtner nicht länger betatschen zu lassen, weil ich mein Konto überzogen habe!" Sie sprach laut und energisch. „Und meine Schwester Tanja muß keine Angst mehr vor ihm haben, weil sie in der Bank sein Lehrling ist..."

„Ihr braucht alle keine Angst mehr zu haben", erwiderte Clara Rollbaum und wußte gar nicht was sie sagte.

„Hat Joe seine gerechte Strafe bekommen?" fragte Karin Flensburg kalt.

Clara Rollbaum schloß die Augen und spielte die weise Göttin. „Er leidet noch im Vorhof", antwortete sie leise und wußte, daß auch das gelogen war, denn sie hatte keine Ahnung von dem, was sie sagte.

„Ich möchte aber, daß sein Leiden endet, denn er war auch ein guter Mensch..."

„Für dich war er ein Schwein!" donnerte Clara Rollbaum laut. „Aber für dich, liebe Karin, habe ich ein schönes Wort", wurde ihre Stimme wieder leiser. „Cat Stevens, der heute Yussouf Islam heißt, hat mal sehr schön einen tollen Satz gesungen: Ich will lernen zu verstehen, wenn ich eine helfende Hand habe." Ihr Blick verlor sich ins Leere. „Das ist aus seinem Lied Tuesdays Dead, dem Dienstagstod. Dort singt er anklagend: Cause I will learn to understand, if I have a helping hand..."

„Was wird aus Heiko?" fragte Edeltraut Brunner laut, aber kraftlos, denn sie hatte Angst, daß ihr Sohn zu ihrem getrennt lebenden Mann ziehen könnte.

„Heiko ist auch nur ein Körper", lächelte Clara Rollbaum. „Versuch seine Seele zu lieben! Laß ihn zu einem Astralkörper werden!" Ihre Blicke glühten über die Gesichter der anderen Frauen, und sie hoffte, daß ihre Augen blutrot brannten. „Wir wollen uns jetzt auf den gemeinsamen Weg vorbereiten..."

4

„Wir haben kaum Fotos“, stand der Kriminaltechniker Uwe Rommel etwas hilflos vor der Wand und drehte sich zu seinen Kollegen, die neugierig um den großen Tisch im Besprechungsraum der Kriminalpolizei Germburg saßen. „Ich könnte Ihnen zeigen, wie der Tote dort gelegen hat, nachdem wir ihn erst über zwei Tage später gefunden haben.“

„Hat ihn denn keiner vermißt?“ fragte Kriminalrat Horst Klingel mit seiner dröhnenden Stimme. Sein Blick ruhte auf dem Wandkalender, der ein einsames Haus im Novembernebel zeigte, und es war auch kalt und neblig draußen, am Dienstag, dem 21. November 2000.

„Gärtner lebte allein“, antwortete Hauptkommissar Fred Rauch. „Der Pathologe hat den Todeszeitpunkt auf Samstagabend nach 22 Uhr festgelegt. Gärtner bewohnte ein Haus mit einem großen Vorgarten. Als er am Montagvormittag nicht in der Sparkasse erschienen war, schickte man jemand hin, der ihn fand...“

„Wir sehen das hier auf dem Foto!“ zeigte Rommel nach oben. „Er liegt auf seiner Terrasse. Die Tür stand offen. In der Wohnung fanden wir Ratten, die sich wohl bei der Herbstkälte ins Haus gezogen fühlten. Wie Sie am linken Bein sehen können, haben Tiere daran genagt...“

„Ratten!“ rief Rauch und mußte entsetzt 20 Jahre zurückdenken. „Das hatten wir in Germburg schon mal!“

„Beruhigen Sie sich, Herr Rauch!“ versuchte Klingel leise zu sein. „Ratten gibt es überall. Der Tote lag fast zwei Tage im Freien.“ Er lächelte Rauch an. „Ratten gehören zur Natur, und die Natur hilft sich immer selbst...“ Er starrte auf das Foto. „Aber warum ist er halbnackt?“

„Wir haben seinen Fernseher und den Videorecorder noch in Betrieb vorgefunden“, erklärte Rauch leise. „Im Recorder lag ein Pornofilm...“

„Ein Pornofilm?“ fragte Klingel ungläubig.

„Was ist daran so komisch?“ wurde Rauch grob. „Der Mann lebte allein und konnte nur einmal im Sommer nach Thailand fliegen!“

„Was machte er dann auf seiner Terrasse?“

„Das wissen wir nicht!“ antwortete Rommel. „Er ist raus gegangen...“

„Wie wurde er getötet?“ wurde Klingel lauter und ungeduldiger.

„Wir haben eine erste Analyse vom LKA aus Hannover“, zeigte Rommel auf ein Foto.

„Das ist eine Qualle!“ rief Klingel unwirsch.

„Ja, das ist eine Qualle!“ erwiderte Hauptkommissar Nils Klorn unfreundlich. „Man nennt diese Tiere auch Würfelquallen. Sie leben an der Küste von Australien, am berühmten Barrier Reef. Normalerweise ist die Berührung mit so einer Qualle zwar etwas schmerzhaft, weil es an der Haut brennt, aber sie ist nicht tödlich.“ Er schlug eine Akte auf. „Aber hier sieht es anders aus. Diese Qualle heißt Irukandji oder auch Carukia barnesi. Sie ist nur so groß wie ein Daumen, hat aber Tentakel, die über einen Meter lang sind. Schon die Berührung ihrer Nesseln setzt ein irres Gift frei. Die Australier sprechen von Krämpfen, Übelkeit, Fieber, Angstzuständen und vielem mehr. Am Ende führt es zu einem Lungenödem oder auch zum Herzstillstand...“

„Und so eine Qualle war bei dem Gärtner auf der Terrasse?“ glaubte sich Klingel in einem falschen Film.

„Richtig entstellt wurde sein Körper erst in der Pathologie“, erwiderte Rauch tonlos. „Solange er draußen in der feuchten Kälte lag, tat sich nichts. Als er in die Pathologie kam, fand man die gleichen roten Flecke wie bei den anderen. Das Gesicht blähte auch auf, und die Augen wurden blutrot.“

„Was ist das bloß?“ fragte Klingel leise und konnte sich nichts vorstellen. „Alle Gifte sind nach Aussage der Mediziner verschieden und zeigen sich doch vollkommen gleich...“

„Er hatte kein Gift im Magen und nur an den Beinen feine äußere Verletzungen“, erklärte Rauch leise und traurig.

„An seinen beiden Unterschenkeln fanden sich Rötungen und am rechten Bein daneben zwei offene Ekzeme“, zeigte Rommel auf ein Foto, das ein Bein mit häßlichen, verkrusteten Wunden zeigte.

„Waren das die Ratten?“ fragte Klingel.

„Nein“, schüttelte Klorn den Kopf. „Hier steht es!“ Er zog ein Blatt aus der Akte und begann zu lesen: „Das Aussehen ähnelt einer Epidermolysis acuta toxica, wobei keine Tinea festgestellt werden konnte.“ Er las langsam und verhaspelte sich einige Male. „Eine Necrolysis toxica epidermica erscheint unwahrscheinlich...“

„Lassen Sie doch diese Lateinstunde!“ brummte Klingel. „Schaffen Sie Fakten, meine Herren!“

„Wie sollen wir Fakten schaffen?“ Rauch sah Klingel an. „Wenn die Spezialisten in Hannover nichts wissen! Woher sollen wir arme Hauptkommissare dann etwas wissen?“ Sein Blick wanderte auf das blasse Gesicht von Nils Klorn, und er glaubte einen langen Moment, jetzt ganz langsam sterben zu müssen, vielleicht nicht durch eine geheimnisvolle Qualle aus dem fernen Australien, sondern nur durch ein Gift, das keiner kannte.

5

Der Mann hatte kurze, graue Haare und einen ergrauten Vollbart. Er trug eine blaue Jeans, einen rotbraunen Pullover und eine dicke, schwarze Windjacke. Langsam schob er die Tür auf und trat einen Schritt in das Büro hinein. „Hallo, Herr Rauch!“ Er lächelte Hauptkommissar Fred Rauch an. „Erkennen Sie mich wieder?“

Rauch erhob sich hinter seinem Schreibtisch. „Guten Tag.“ Er musterte den Mann von oben bis unten. „Sie kommen mir schon bekannt vor, aber im Moment...“ Er legte seine Stirn in Falten.

„Ist schon 20 Jahre her“, begann ich zu erklären und reichte ihm die Hand. „Hartmut Rißmann. Ich war damals 1980...“

„Richtig! Sie waren damals hier...“ Er sah mich fest an und musterte mich von oben bis unten. „Grau sind Sie geworden... und auch älter...“ Er rang sich ein Lächeln ab und zeigte auf einen Stuhl vor seinem Schreibtisch.

„Wir werden alle nicht jünger“, lächelte auch ich und setzte mich.

„Sie wollten doch einen Roman über die damaligen Geschehnisse schreiben“, nahm er wieder hinter seinem Schreibtisch Platz und sah mich weiter mit seinen dunklen, geheimnisvollen Augen an.

„Ja, das wollte ich“, erwiderte ich etwas traurig und sah vor mir zu Boden. „Ganz aufgegeben habe ich es auch noch nicht. Aber es liegt sehr viel Brisanz in der Geschichte. Ich habe mal mit einem Verleger in Stuttgart darüber gesprochen. Er hat in Frankfurt ein Gutachten anfertigen lassen. Der Gutachter kam zu dem Ergebnis, daß es ein guter Roman ist. Aber er kam auch zu der Einsicht, daß diese Geschichte, auch wenn sie wahr ist, lieber nicht geschrieben werden sollte...“

„Und nun haben Sie von den neuen Dingen hier in Germburg gehört und wollen wenigstens das schreiben?“

„Darüber habe ich noch nicht nachgedacht, und ich weiß auch gar nicht genau, was hier passiert ist...“

„Aber Sie sind doch nicht ohne Grund hier!“ fiel er mir ins Wort.

„Nein, ich habe von den Morden bei uns in der Zeitung gelesen. Der erste Mord passierte demnach am Dienstag, dem 24. Oktober, im

Garten an der Kolberger Straße. Bei uns in der Zeitung stand, daß es am frühen Abend war..."

„Worauf wollen Sie hinaus?"

„Nun, ich kenne die Geschehnisse von damals, und ich kenne auch die Kolberger Straße." Ich sah Rauch ernst an. „Ich kann es nicht mehr auf die Minute genau sagen, aber ich fuhr dort am frühen Abend durch die Kolberger Straße."

„Erzählen Sie mir das, damit ich Ihnen Einzelheiten verrate und Sie wieder einen Roman beginnen können?" fragte er zynisch.

„Ich weiß doch überhaupt nicht, ob ich einen Roman schreiben will", erwiderte ich gekränkt. „Ich habe nur gedacht, daß ich vielleicht etwas gesehen habe..."

„Und haben Sie etwas gesehen?"

„Ich weiß nur, daß ich dort an dem Garten fast einen übergefahren habe..."

„Sie haben was?"

„Ich hatte es eilig", versuchte ich die Situation ins Gedächtnis zurück zu rufen. „Ich kam von unten. Dann ist der Garten auf der linken Seite. Rechts ist die Sporthalle, allerdings mit dem Eingang von der anderen Seite..."

„Machen Sie jetzt bitte mit mir keine Heimatkunde aus Germburg!" war Rauch ungehalten. „Ich wohne schließlich hier! Und ich frage Sie, was haben Sie hier überhaupt in Germburg gemacht?"

Ich zuckte verlegen die Schultern. „Ich wollte einfach mal wieder nach Germburg..."

„Reden Sie doch keinen Unsinn! Niemand fährt einfach mal so an einem diesigen Oktoberabend nach Germburg!"

„Ich habe Ihren ehemaligen Kollegen Hallmann besucht..."

„Sie haben noch Kontakt zu ihm?"

„Ja." Ich sah Rauch ernst an. „Ich habe Ihnen vorhin nicht die ganze Wahrheit gesagt. Nach wie vor will ich die Geschichte von damals schreiben und als Roman herausbringen. Ich denke nach 20 Jahren sieht es anders aus. Darum hatte ich Herrn Hallmann angerufen, und ich war den ganzen Nachmittag bei ihm, um noch einige Details zu bekommen..."

„Ich dachte, er spricht nicht mehr über die Dinge von damals."

„Ich konnte ihn überzeugen", lächelte ich. „Er ist ja nun Rentner und sieht die Geschichte mit ganz anderen Augen. Dazu haben auch die Umstände um seinen Sohn und seine Frau beigetragen..."

„Traurige Geschichte“, flüsterte Rauch. „Erst wird der Sohn in Berlin bei einer Polizeirazzia erschossen und dann erhängt sich die Frau...“

Ich nickte. „Darum war ich in Germburg, und ich denke, ich werde die Geschehnisse von damals noch mal gründlich durchdenken. Dazu muß ich das schon fast fertige Manuskript gewaltig überarbeiten...“

„Heute ist wieder Dienstag“, sinnierte Rauch und schloß für einen Moment die Augen. „Vier Wochen ist es schon her, daß diese Giftserie begann...“ Er öffnete die Augen wieder und sah mich ernst an. „Wir sprechen immer von irgendwelchen Romanen, die Sie schreiben wollen oder schon geschrieben haben. Ich habe noch kein Buch von Ihnen gesehen.“

„Es gibt einiges, aber mehr in unserer Gegend, heimatbezogen“, antwortete ich etwas verlegen. „Ich habe Chroniken geschrieben, über unser Dorf und so weiter. Im nächsten Jahr will ich zwei Bücher veröffentlichen. Die haben aber nichts mit den Morden von damals zu tun.“ Ich senkte den Blick. „Das erste ist ein Kalauerbuch als Satire über die Kultserie Akte X. Es heißt Akte nix – Die unheimlichen Felle des Juchsman...“ Ich versuchte Rauch anzulächeln. Es gelang mir nicht. „Das zweite ist ein Sachbuch. Es befaßt sich mit Jesus...“

„Jesus?“ rief Rauch ungläubig. „Sind Sie ein Kirchenmann?“

„Genau das Gegenteil. Darum konnte ich mich kritisch mit der verborgenen Wahrheit aus Jesu Leben auseinandersetzen, denn in der Bibel steht nicht viel über den Mann, dem wir Weltreligionen verdanken. Nicht alle vier Evangelisten berichten über seine Geburt, keiner über die Jugend und alle nur über die letzten Tage. Und da wollen sie dann jedes Wort ganz genau wissen und haben es aufgeschrieben. Und es gibt noch sehr viel Beiwerk, zum Beispiel über sein Grab in Kaschmir...“

„Sie fuhren also die Kolberger Straße rauf“, kam Rauch auf das Thema zurück.

„Richtig. Da lief von links ein Mann schnell über die Straße, und zwar schräg...“

Rauch stützte die Ellenbogen auf den Schreibtisch und legte seinen Kopf in beide Hände. „Sie wollen mir nicht erzählen, daß Sie hier bei mir sind, weil Ihnen vor einigen Tagen jemand vors Auto gelaufen ist?“

„Nein“, gab ich kleinlaut zu. „Schon als ich fast zu Hause war, habe ich immer wieder über diesen Mann nachgedacht...“

„Sind Sie sicher, daß es ein Mann war?“

„Nein, es könnte auch eine Frau gewesen sein. Immerhin war es schon fast dunkel, und es war neblig und diesig..."

„Es war also ein Jemand!"

„So sehe ich es im Moment auch", nickte ich. „Während der Heimfahrt konnte ich das Bild nicht aus meinem Kopf bekommen. Wie oft läuft mir jemand vors Auto? Dann fluche ich vielleicht. Aber ich vergesse es schnell wieder." Ich sah Rauch ernst an. „Hier war es anders. Noch Tage später ging mir die Szene nicht aus dem Kopf, denn da ist noch etwas gewesen. Ich zermarterte mir den Kopf. Es fiel mir nicht ein. Dann las ich in der Zeitung von dem Mord im Garten und wollte Sie schon anrufen. Aber was hätte ich Ihnen sagen sollen?" Ich spürte, wie meine Handflächen feucht wurden und rieb sie auf meiner Hose trocken. „Vor zwei Tagen sehe ich die große Überschrift auf der Titelseite des Stern. Natürlich kaufe ich mir die Zeitung und lese zum ersten Mal die ganze Geschichte, wenigstens aus der Sicht der Ermittlungsbehörden..."

„Wir wissen, daß es unüblich ist", sagte Rauch fast wie zur Entschuldigung. „Wir haben überlegt, ob wir uns an Aktenzeichen XY wenden, sind dann aber auf die Idee gekommen, daß wir einfach mal eine Vielzahl von Fakten in einer überregionalen Zeitung abdrucken lassen." Er sah mich fest an und dachte an die desolate Pressekonferenz zurück. „Klar, daß die Schreiberlinge das ziemlich reißerisch aufgemacht haben und auch immer wieder Parallelen zu damals ziehen, aber nun wissen mehr Leute von den Dingen..."

„War eine gute Idee! Ich hatte eigentlich schon gar nicht mehr daran gedacht. Als ich aber den Artikel gelesen hatte, wurde mir eines klar..."

„Was?"

„Ich sah die Szene von dem Dienstagabend noch einmal vor mir. Der Jemand kam von links und lief schräg über die Straße. Links am Zaun war etwas in der Dunkelheit..." Ich sah Rauch ernst an. „Bitte denken Sie nicht, daß ich hier etwas zusammenreime oder phantasiere, um eine Story zu haben!"

„Ich denke erst mal gar nichts!"

„In der Zeitung steht, daß dieser Wilfried Sakatzke jemanden umbringen wollte, bevor er selbst ermordet wurde..."

„Was haben Sie gesehen?"

„Ich werde es nie mit hundertprozentiger Sicherheit sagen können, und ich könnte es nicht beschwören. Da ragte etwas über den Sockel des Zaunes hinweg. Und gerade das ist unlogisch..."

„Wieso ist es unlogisch?“ forderte Rauch mich zum Weitersprechen auf.

„Auf so einem Sockel ist immer ein Zaun. Dann kann dort nichts hinausragen.“

„In diesem Fall ist das möglich, denn dort fehlt ein Zaunfach.“

„Also ragte doch etwas auf den Gehweg“, versuchte ich mich zu erinnern und schloß die Augen. „Es könnte ein Stock gewesen sein. Aber es bewegte sich, wie ein Arm und wie eine Hand. Und in der Hand war noch etwas. Es war matt und blitzte nicht im Scheinwerferlicht. Aber es bewegte sich und sackte dann nach unten...“ Ich öffnete die Augen wieder und sah Rauch fragend an. „War das Sakatzke und hatte er ein Pistole?“

Er nickte. „Sie wissen Dinge, die so nicht in der Zeitung gestanden haben. Was für ein Auto fahren Sie?“

„Warum fragen Sie?“

„Nur so! Sie wissen doch! Reine Routine!“

„Einen dunkelroten VW Jetta.“

„Waren Sie allein?“

„Ja, warum?“

„Könnte doch sein, daß Ihre Frau dabei war“, fixierte er mich mit seinen dunklen Augen.

„Ich bin nicht verheiratet.“

„Dann eben Ihre Freundin!“

„Ich lebe allein“, schluckte ich verlegen.

Rauch erhob sich hinter seinem Schreibtisch und trat vor das Fenster. „Sie wissen sicher, daß wir hier in Germburg nur noch bessere Marionetten sind. Das LKA hat den Fall übernommen. Zum Glück macht das ein alter Freund von mir, Hauptkommissar Klorn. Sonst könnte ich hier glatt als Raumpfleger arbeiten...“ Er versuchte zu lachen. „Aber auch mit den Hannoveranern kommen wir nicht weiter.“ Er drehte sich um und sah mich ernst an. „Immerhin habe ich auch einen Kollegen verloren...“

Ich schluckte und schwieg, denn auch das hatte ich in der Zeitung gelesen.

„Joachim Flensburg war auf meine Bitte hin Frau Rollbaum in den Park gefolgt. Plötzlich steht er dem Mörder gegenüber und wird kaltblütig erschossen!“ Seine Stimme klang haßerfüllt. „Und wir können der Frau nichts beweisen!“ Er drehte sich wieder zum Fenster und sah nach draußen. „Ich denke, sie deckt den Mörder“, flüsterte er.

Eine lange Zeit lag Schweigen im Raum. Ich rutschte unruhig auf dem Stuhl hin und her. „Gibt es denn keine Spuren?“ fragte ich, um das Gespräch wieder in Gang zu bringen.

Langsam drehte Rauch sich wieder um. „Fast keine“, senkte er den Blick. „Ich habe noch mit Joe... äh, mit Joachim Flensburg telefoniert...“ Er schluckte. „Das letzte, was er sagte... war: Aber da kommt einer des Weges... Vorher hat er noch von dem roten Mistviech gesprochen...“

„Rotes Mistviech?“ wiederholte ich interessiert.

„Ja, er hat ein rotes Tier mit roten Augen gesehen. Bei Frau Rollbaum hängt ein Gemälde von so einem häßlichen Tier.“ Er schüttelte sich. „Sieht einfach furchtbar aus! Wie eine Katze...“

„Eine Feuerkatze“, sagte ich tonlos.

„Ja!“ rief er erstaunt. „Eine Feuerkatze soll das sein!“ Er sah mich fragend und fast bittend an. „Gibt es so ein Tier?“

„Keine Ahnung“, zuckte ich die Schultern. „Ist wohl eher ein Fabeltier. The Teaser and the Firecat...“

„Wie war das?” fragte er laut und lief um seinen Schreibtisch herum. Dicht vor mir blieb er stehen und sah mich mit seinen geheimnisvollen dunklen Augen an. „Firecat?“

„Ja, Firecat. Zu deutsch: Feuerkatze. The Teaser and the Firecat. So heißt ein wahrlich schönes Musikalbum von Cat Stevens…”

„Cat Stevens!“ rief Rauch laut. „Von dem hat die Rollbaum auch gesprochen. Der ist doch zum Islam übergetreten...“

„Richtig!“ nickte ich. „Dort nennt er sich jetzt Yussouf Islam...“

„Das wissen Sie einfach so, ohne nachzuschlagen?“ war er erstaunt.

„Musik ist meine große Leidenschaft!“ rief ich. „Vielleicht meine einzige“, ergänzte ich leise. „Ich sammle Musikaufnahmen und das schon seit über 30 Jahren. Seit geraumer Zeit schreibe ich für ein Rocklexikon die Biographien. Das ist ein Rocklexikon auf CD-ROM, das in Berlin erscheint und jedes Jahr aktualisiert wird. Es heißt Ultimus.“ Ich sah Rauch an, der mich immer noch fragend anstarrte. „Außerdem war ich in den Siebziger Jahren ein großer Fan von Cat Stevens. Ich mag seine Musik noch heute...“

„Mann! Herr Rißmann! Cat Stevens! Cat heißt doch Katze!“

„Richtig! Aber mit richtigem Namen hieß dieser begnadete Musiker nicht Cat Stevens! Er ist der Sohn einer Schwedin und eines Griechen und heißt mit bürgerlichem Namen Steven Demetri Georgiou...“

„Demetri Georgiou!“ überschlug sich Rauchs Stimme, und er packte mich fest an die Schultern. „Der gleiche Name!“ rief er und rüttelte mich grob. „Er hat den gleichen Namen!“

„Ist was?“ fragte ich verwirrt.

Rauch ließ mich wieder los und begann aufgeregt durch sein Büro zu laufen. „Ich habe vielleicht eine Idee!“ Er holte tief Luft und blieb schwer atmend stehen. „Aber dafür muß ich mir erst mal grünes Licht holen...“

„Wie meinen Sie das?“

„Ich darf es zwar nicht, aber ich würde Sie gerne mehr in den Fall einweihen.“

„Warum?“

„Weil ich mir davon etwas verspreche, denn jetzt kommen wir überhaupt nicht weiter!“

„Und wie soll ausgerechnet ich Ihnen weiterhelfen?“ fragte ich, obwohl mich die Situation natürlich reizte.

„Ich werde das Gefühl nicht los, daß alles auch mit dieser Feuerkatze zusammenhängt, mit Frau Rollbaum, mit dem Griechen Demetri Georgiou und meinetwegen auch mit Cat Stevens...“

6

Der kleine, drahtige Mann trug einen weißen Kittel und Handschuhe. „Wir nehmen noch einige Gewebeproben!“ bestimmte er und war wegen dem Mundschutz schlecht zu verstehen. „Und wir nehmen noch etwas aus der Leber. Das machen wir bei allen, und dann können die Toten nach Germburg zurück.“ Dr. Egon Schmattke rückte mit dem rechten Handrücken seine dicke Brille zurecht und beugte sich über einen toten Mann, der auf einem Metallgestell auf dem Rücken lag und aufgeschnitten war.

„Ich habe alles vorbereitet“, sagte die rundliche Pathologin Gisela Bundmann. „Wir brauchen auch den Platz. Das war der erste Tote. Sakatzke!“ Ihre Stimme klang freundlich und bestimmt. Auch sie trug einen weißen Kittel, Handschuhe und einen Mundschutz.

Im Sterillabor beim Landeskriminalamt in Hannover standen vier Metallgestelle. Auf jedem lag ein nackter, toter Mann auf dem Rücken, und alle vier waren aufgeschnitten.

„Hat es sowas schon mal gegeben?“ fragte Schmattke. „Es ist jetzt einige Wochen her, und der Tote hat sich überhaupt nicht verändert.

Die roten Flecken sind geblieben. Er hat noch keine Flüssigkeit verloren und ist immer noch aufgedunsen. Und in seinen Augen steht das Blut.“ Er sah nach rechts, denn das Gesagte traf auch für die anderen drei Leichen zu.

Die zuständige Polizei-Pathologin Gisela Bundmann trat von der anderen Seite neben den Toten und sah Schmattke kurz an. In der rechten Hand hielt sie ein Skalpell und beugte sich vor. Mit der linken Hand faßte sie die vergrößerte Leber und drückte sie zur Seite. Mit einem gekonnten Schnitt trennte sie das Organ auf. Ein Schwall rote Flüssigkeit spritzte heraus und traf die Pathologin im Gesicht. Mit einem Aufschrei wich sie zurück und stieß gegen das nächste Metallgestell. Ihre Augen brannten, als die Flüssigkeit über ihr Gesicht lief. „Ich kann nichts mehr sehen!“ schrie sie gellend, und ihre Schreie hallten von den weißen Fliesen kalt und schrill zurück. Ein furchtbarer, süßer Gestank breitete sich im ganzen Labor aus.

Schmattke faßte die Frau am Arm und zog sie zu einem Waschbecken. Mit einem Handtuch versuchte er, ihr den roten Schleim aus dem Gesicht zu reiben. Aber er verschmierte die zähe, blutrote Flüssigkeit nur, und es stank furchtbar. Er drehte den Wasserhahn auf und wollte ihre Augen auswaschen. Auch das gelang nicht.

Gisela Bundmann schrie weiter gellend und schlug vor Schmerzen um sich. Die rote Flüssigkeit brannte sich tief in ihre blauen Augen. Das Weiße und das Blaue blieben blutrot, wie bei den toten Männern auf den Metallgestellen. Dann trat die kalte Leere im Gehirn ein, und die Frau begann zu torkeln. Ihr Geschrei wurde leiser. Sie hatte nicht mehr die Kraft, sich am Waschbecken festzuhalten.

Schmattke faßte sie fest unter den Achseln und drehte sie um. Entsetzt wandte er sich ab, als ihn zwei blutende Augen anstarrten. „Frau Bundmann!“ rief er erschrocken und ließ die Frau nach unten sinken, auf die kalten, weißen und sterilen Fliesen. Dann war er schon an der Tür und drückte den Nottaster. Als er sich wieder umdrehte, sah er, wie sich auf den blassen Pausbacken rote Flecken bildeten, die ganz klein begannen und schnell wuchsen. Er kniete neben ihr und nahm ihren linken Arm. Vergeblich suchte er ihren Puls und sah auch am Unterarm rote Flecken wachsen. Er ließ den Arm sinken und stand langsam auf. Er mußte eine Wiederbelebung versuchen. Aber er hatte Angst vor einer Mund-zu-Mund-Beatmung und einer Herzmassage.

Die Tür wurde aufgerissen, und eine Schwester kam in das Labor gestürmt. Sie sah die Pathologin liegen und konnte ihren Blick nicht von dem fleckenübersäten Gesicht mit den blutenden Augen nehmen.

„Was ist mit ihr?“ flüsterte sie und begann zu würgen. Es war der Anblick der Liegenden und auch der furchtbare Gestank. Und es sah so aus, als hätte ein irrer Mörder die arme Pathologin grausam zugerichtet.

„Schnell! Notarzt! Krankenwagen!“ rief Schmattke und starrte auf den Körper des toten Wilfried Sakatzke. Im Bauchraum hatte sich viel roter Schleim gesammelt. Die Gesichtshaut wechselte die Farbe, wurde blasser und begann ganz langsam zu schrumpfen.

Schmattke mußte sich abwenden und sah die kleine Schwester immer noch reglos stehen. „Holen Sie doch endlich Hilfe!“

„Aber ich kann doch nicht“, flüsterte sie. „Wofür denn noch? Sehen Sie Frau Bundmann doch an!“ In ihren Augen blitzte es, als sie Schmattke böse anstarrte. „Was haben Sie mit ihr gemacht? Womit haben Sie zugeschlagen?“

„Ich doch nicht“, stammelte Schmattke.

„Wollen Sie sagen, daß das einer der Toten war?“ Sie ließ ihre Blicke über die liegenden Männer wandern, die friedlich auf den Metallgestellen lagen, ruhig und einfach nur tot und nicht gefährlich. Schnell drehte sie sich zur Tür und riß rechts einen Telefonhörer von einem Wandgerät. Sie wählte die Nummer 100 und mußte nicht lange warten. „Hier ist Verena Becker. Ich bin im Sterillabor. Schicken Sie einen Ermittler und die Spurensicherung!“ Sie hängte den Hörer wieder ein und beeilte sich, aus dem Labor zu kommen.

„Das Gift ist in der Leber“, stammelte Schmattke und wußte gar nicht genau, was er sagte. „Es muß nur raus!“ Er war wütend auf sich selbst. Warum war er darauf nicht schon eher gekommen? Solange das Gift in der Leber gesammelt war, blieben die roten Flecken, blieb das aufgeschwemmte Gewebe und blieben vielleicht auch die blutenden Augen. Warum hatten das nicht die hinzugezogenen Spezialisten von der Medizinischen Hochschule Hannover erkannt?

Aber wozu das noch alles? Gleich würden Kriminalbeamte erscheinen und ihn verhaften. Wie sollte er denen auch erklären und beweisen, daß ein Toter die Pathologin ermordet hatte? Und da lagen immerhin noch drei Tote, die zu Mördern werden konnten.

7

„Irgend jemand muß doch mit Pfeil und Bogen umgehen können!“ rief Hauptkommissar Fred Rauch unwirsch.

„Haben Sie schon mal daran gedacht, daß es nicht wie in Nord-Amerika war?“ grinste ich und trat vor den Kalender.

„Was soll das heißen?“

„Wir sprechen von einem Indianergift und von Indianern“, wurde ich wieder ernst. „In Nord-Amerika schossen die Indianer mit Pfeil und Bogen. Da war der Pfeil die Waffe. Die brauchten kein Gift! In Süd-Amerika, wo es ja auch Indianer gibt, ist es anders. Da wird der Pfeil nicht mit einem Bogen abgeschossen, sondern durch ein Rohr geblasen. Weil er nicht so viel Wucht hat, muß er vorne vergiftet sein.“ Ich sah fragend in die Runde. „So ein Rohr hat jeder zu Hause, denn es muß innen nur glatt sein und groß genug für einen Pfeil...“

„Schlauberger!“ schlug Hauptkommissar Nils Klorn wütend mit der Faust auf den Tisch. „Halten Sie unsere Techniker und die ganze KTU, die ganze Kriminaltechnische Untersuchung, für Idioten?“ Er sah mich böse an. „Ich werde Ihnen jetzt natürlich nichts aus der Ermittlungsakte vorlesen! Aber Sie können sicher sein, daß der Pfeil mit einem Bogen abgeschossen wurde. Das kann man am Pfeil feststellen...“

„Du solltest ehrlich sein“, sagte Rauch leise. „In der KTU hat man auch den Gebrauch eines Blasrohres in Erwägung gezogen.“

„Ein Bogenschütze schießt so einen Pfeil auf eine Distanz von 90 Metern, und dann bleibt er noch fest in der Scheibe stecken“, blieb ich ruhig und gelassen. „Wenn wir hier von einer Entfernung von fünf Metern sprechen, hätte der Pfeil dem ersten Opfern den Hals zerfetzen müssen!“

„Bitte stellen Sie hier nicht unsere ganzen Ermittlungen und Fakten auf den Kopf“, bat Klorn leise, und er sah wie immer blaß, ernst und traurig aus.

„Das will ich gar nicht!“ war ich beleidigt. „Bei uns im Schützenverein schießen Achtjährige schon mit der Armbrust. Das Schießen mit Luftgewehr ist erst ab zwölf Jahren erlaubt. Weil aber die Armbrust keine Waffe, sondern ein Sportgerät ist, dürfen auch kleine Kinder damit schießen.“ Ich drehte mich wieder zum Kalender. „Soll ich ihn aktualisieren?“ fragte ich und wartete die Antwort gar nicht erst ab. „In meinen Augen ist eine Armbrust viel gefährlicher als ein Luftgewehr. Damit kann man jemanden erschießen...“ Ich riß das Kalenderblatt ab. Nun konnte man das heutige Datum lesen: Mittwoch, 22. November 2000. Ich drehte mich wieder um und sah Klorn an. Gerne hätte ich ihn einmal lächeln gesehen.

„Also gut, an eine Armbrust haben wir noch nicht gedacht." Klorn sah Rauch an. „Wenn damit im Schützenverein geschossen wird..."

Ich konnte in seinem ernsten Gesicht sehen, wie er fieberhaft nachdachte. „Hier gibt es doch sicher einen Schützenverein?"

„Es gibt sogar zwei", antwortete Rauch. „Einmal ist da die Schützengilde. Da ist fast jeder Germburger drin. Ich auch. Und dann gibt es noch eine Schießsportgruppe." Er schlug sich vor die Stirn. „Und weißt du, wer in der Schießsportgruppe Jugendwart ist?"

Klorn schüttelte den Kopf und rieb sich durch sein Gesicht, als wollte er etwas Farbe auf die Wangen reiben.

„Walter Brunner!" rief Rauch. „Und wenn die da auch mit einer Armbrust schießen..."

8

Der blonde Junge drehte sich argwöhnisch um und sah seinen Vater an. Dann steckte er den Schlüssel ins Schloß und drehte ihn. „Mama kommt erst in einer Stunde. Wenn sie mit Timo beim Arzt ist, dauert das immer." Er hatte den Haustürschlüssel von seiner Mutter bekommen.

„Wir beeilen uns!" rief Walter Brunner. „Viel brauchen wir nicht!" Er sah seinen Sohn Heiko an. „Hol du deine Klamotten!" Er drückte die Wohnungstür auf und war schnell in der Wohnung von Edeltraut Brunner. „Wo sind deine Spielsachen?"

Heiko Brunner zog seinen Vater in das Kinderzimmer und zeigte auf eine zerkratzte Kiste. „Da sind meine Legos drin. Die nehme ich mit!"

Brunner faltete zwei große Tüten auseinander und riß den Kleiderschrank auf. Er nahm Hosen, Hemden, Pullover, Socken und Unterwäsche heraus und steckte sie in die Tüten. „Nimm nur das, was du tragen kannst!" Er lächelte seinen Sohn an. „Ab heute wohnst du bei mir und Katja... und bei Marcel..." Er drehte sich zur Tür. „Wir schaffen jetzt sowieso nicht alles. Was noch fehlt, schreiben wir heute Abend auf einen Zettel. Dann muß das Jugendamt dafür sorgen, daß deine Mutter es herausgibt."

„Meine Musikanlage und Playstation", flüsterte Heiko Brunner und fühlte sich einen Moment nicht wohl.

„Warte! Ich bringe eben die Klamotten raus!" Brunner lief aus der Wohnung. Katja Riethmann kam ihm entgegen und nahm ihm die Tüten ab. „Ich hole noch einiges!“ Er drehte sich wieder um und lief in die Wohnung zurück.

Im Wohnzimmer war Heiko Brunner damit beschäftigt, die Kabel zwischen Fernseher und Playstation zu trennen.

„Deine Mutter wird staunen!“ lachte Brunner laut. „Wenn sie nach Hause kommt, bist du weg und deine meisten Sachen auch!“ Er sah seinen Sohn an. „Und vergiß nicht, wir machen das nicht, um deine Mutter zu ärgern! Wir machen das, weil ich dein Bestes will, und daß du endlich von deiner Mutter wegkommst.“

Heiko zog die Playstation nach vorne. „Damit hat Timo auch immer gespielt“, flüsterte er und hatte plötzlich ein schlechtes Gewissen.

„Er kann ja auch weiter damit spielen“, grinste Brunner. „Dazu braucht er bloß zu mir... zu uns zu kommen.“

Katja Riethmann kam in die Wohnung gelaufen.

„Komm, nimm du noch Lego und andere Spielsachen!“ Brunner zog seine Lebensgefährtin ins Kinderzimmer und zeigte auf die zerkratzte Kiste. „Ich baue im Wohnzimmer noch die Musikanlage ab!“

„Dürfen wir hier einfach so in die fremde Wohnung?“ fragte Katja Riethmann unsicher und kniete vor der Kiste, um die Spielsachen in eine Tüte zu packen.

„Natürlich dürfen wir das!“ rief Brunner laut und barsch. „Es ist mein Sohn! Es ist immer noch meine Frau! Und es sind die Sachen meines Sohnes!“ Er schlug sich stolz vor die Brust. „Weißt du was, mein Liebling?“ Er sah die blonde Frau grinsend an. „Ab heute weht ein anderer Wind! Das Jugendamt fordert mich zur Zahlung für die Kinder auf. Und nun sieht die Lage anders aus! Ein Kind wohnt bei mir und eins bei der Alten!“ Sein Grinsen wurde noch breiter. „Damit sind wir quitt! Ich zahle keinen Unterhalt für ein Kind und sie auch nicht!“ Er strahlte seine Lebensgefährtin an. „Bald werde ich auch Timo zu uns holen. Dann muß sie für beide bezahlen! An mich bezahlen! An uns bezahlen!“ Er lachte laut und ging ins Wohnzimmer zurück, um seinem Sohn Heiko beim Demontieren und Abtransport zu helfen.

9

„Ich bin ziemlich sicher!“ sagte ich aufgeregt. „Den Mann da im Flur habe ich schon mal gesehen. Da trug er einen blauen Anorak und ist mir fast vor das Auto gelaufen...“

„Dann war er vielleicht die Person, auf die Sakatzke schießen wollte“, mutmaßte Hauptkommissar Fred Rauch. „Der Mann heißt Walter Brunner. Wenn Sie ihn im blauen Anorak gesehen haben, hatte er wenigstens keinen Schlafanzug an!“ Er grinste.

„Wieso? Rennt der sonst im Schlafanzug herum?“ fragte ich.

Rauch nickte. „Aber die Aussage bringt uns nichts. Er ist über die Straße gelaufen. Dabei könnte er auf der Straße gewesen sein, während Sakatzke auf ihn zielte. Er könnte aber auch vorher im Garten gewesen sein, wo wir immerhin seine Fußspur gefunden haben. Vielleicht war Sakatzke schon tot, als Sie vorbei fuhren. Dann könnte Brunner der Mörder sein, und er kam gerade aus dem Garten...“ Er sah mich mit seinen dunklen, geheimnisvollen Augen an. „Er gibt ja auch zu, erst im Garten und dann auf der Straße gewesen zu sein.“

„Sie vergessen, daß ich auf dem Zaunsockel eine Hand mit einer Waffe gesehen habe...“

„Brunner ist hier, weil von seiner getrennt lebenden Frau Edeltraut eine Anzeige gegen ihn vorliegt“, begann Hauptkommissar Nils Klorn zu erklären. „Er hat seinen ältesten Sohn Heiko zu sich geholt und dazu in Abwesenheit der Frau ihre halbe Wohnung ausgeräumt.“

„Nicht ganz fein.“ Ich drehte mich zum Kalender.

„Reißen Sie das Blatt ruhig ab“, grinste Rauch. „Dann haben Sie hier wenigstens eine sinnvolle Tätigkeit.“

Nachdem ich das Blatt des vergangenen Mittwochs abgerissen hatte, zeigte der Kalender Donnerstag, den 23. November 2000.

„Außerdem wollen wir Brunner zu seiner Tätigkeit als Jugendleiter im Schützenverein befragen, denn dort wird mit einer Armbrust geschossen“, erklärte Klorn weiter.

„Jetzt spielen wir Ihnen erst mal eine Vernehmung vor“, wechselte Rauch das Thema und drückte die Starttaste des Kassettenrecorders.

Die Spulen drehten sich gleichmäßig, und ich lauschte der Aufnahme: „...wir haben uns 1992 zum ersten Mal gesehen“, sagte Clara Rollbaum.

„Wie haben Sie sich kennengelernt?“ fragte Klorn.

„Meinen Sie nicht, daß das jetzt zu weit geht?“ ereiferte sie sich. „Womöglich wollen sie auch noch wissen, wie oft wir gemeinsam im Bett waren!“

„Wenn ich lache“, sagte Georgiou.

„Das ist es!“ rief ich. „Haben Sie es gehört? Er sagt: Wenn ich lache! Und es paßt gar nicht zum Gespräch.“

Rauch drückte auf die Stopptaste und sah mich an. „Was wollen Sie damit sagen?"

„Auf der LP *The Teaser and the Firecat* von Cat Stevens gibt es ein Lied, das heißt: *If I laugh*. Wenn ich lache."

Rauch schüttelte den Kopf und drückte auf die Starttaste. Nach einigen belanglosen Dialogen wurde es wieder interessant: „Darin ist noch viel Liebe, Herr Kommissar", hörten wir Georgiou sprechen. „Für Katja auch, aber viel Liebe, sehr viel Liebe für Marcel, für meinen kleinen Marcel... Wie kann ich dir sagen? Oh, Ruby..."

„Ruby?" fragte Klorn.

„So nennt er mich, wenn er sagen will, daß er mich liebt", erklärte Clara Rollbaum. „Dann sagt er Ruby..."

„Das ist es!" rief ich. „Er fragt: Wie kann ich dir sagen?" Ich sah Rauch und Klorn abwechselnd an. „Wie kann ich dir sagen. Das ist auch ein Stück von der Cat Stevens LP: *How can I tell you?* Und dann nennt er sie Ruby. Ich lauschte, denn da war ein krächzendes Brummen des Griechen zu hören. „Das ist die Melodie von *Ruby Love*. Er scheut sich nicht, sie hier zu summen..." Auch das ist ein LP-Titel: *Ruby Love*. Das sind alles Titel auf der LP *The Teaser and the Firecat* von Cat Stevens..."

„Ich habe zwar mal Englisch in der Schule gehabt", sagte Rauch. „Aber was bedeutet das Wort Teaser?"

„Ein Teaser ist ein Quälgeist", erklärte ich. „Der Quälgeist und die Feuerkatze..."

„Wie das alles paßt!" rief Rauch laut. „Frau Rollbaum hat nicht nur von der Feuerkatze gesprochen. Als ich sie auf ihre Wunde an der Stirn angesprochen habe, hat sie gesagt, daß er ein Quälgeist ist..."

„Also ist Georgiou der Quälgeist und hat Einfluß auf sie", meinte Klorn nachdenklich.

„Auf wen?" fragte ich. „Auf Frau Rollbaum oder auf die Feuerkatze oder auf beide?"

„Ich verstehe zwar den Sinn noch nicht. Aber welche Titel gibt es auf der LP noch?" war Rauch neugierig.

„Ich weiß jetzt nicht alle Lieder auswendig", zögerte ich. „Aber da ist auch das bekannte Lied *Morning has broken* drauf, dann *Moon Shadow* und natürlich der Friedenszug, der *Peace Train*..."

„Von einem Friedenszug hat Frau Rollbaum auch gesprochen!" rief Rauch.

Ich dachte kurz nach. „Und dann sind da noch zwei Titel, die zu den Mordfällen passen." Ich sah Klorn an, der wie immer ernst und traurig aussah. „Die Giftmorde geschahen an einem Dienstag. Da gibt es das schöne Lied *Tuesdays Dead*, der Dienstags Tod. Beim Mord an dem Zappel war es an einem Dienstag mit Bittermandeln. Dafür gibt es das Lied *Bitterblue*."

„Welche Titel noch?" fragte Rauch aufgeregt.

Im Moment fielen mir die anderen Titel nicht ein. „Da treibt jemand ein Spiel mit Ihnen und will etwas aufzeigen", meinte ich nachdenklich.

„So ähnlich hat sich Frau Rollbaum auch schon mal geäußert", erinnerte sich Rauch.

Genau in diesem Moment reifte in mir der Gedanke, diese Geschichte aufzuschreiben; und ich wollte diesen Roman noch vor den anderen Berichten aus Germburg veröffentlichen.

10

„Demetri ist auf seine Art ein guter Mensch", schluchzte Clara Rollbaum und wischte sich die Tränen aus den Augen. Ihr verschmiertes Make-up ließ sie wie ein Clown aussehen, obwohl es nichts zu lachen gab. „Und er schlägt mich nur, weil ich nicht gehorche..."

„Er schlägt Sie! Warum ist er dann ein guter Mensch?" fragte Hauptkommissar Fred Rauch laut und grob.

„Er hat die Menschen vor dem Tod gerettet", flüsterte sie und rieb immer noch Wimperntusche in ihr verhärmtes Gesicht.

„Wen hat er denn gerettet?" baute sich Rauch vor ihr auf.

„Wilfried Sakatzke wollte den armen Walter Brunner erschießen", antwortete sie. „Er hat ihn gerettet. Der geldgierige Rabenstein wollte Zappel in die Enge treiben und erpressen, weil der mit wertlosen Fonds handelte. Da hat er auch Zappel gerettet. Aber dann wollte der undankbare Zappel den kleinen Heiko Brunner überfahren, und der arme Walter Brunner sollte für den Tod seines Sohnes noch bestraft werden, denn er fuhr mit Brunners Auto. Das ahnungslose Kind und seinen Vater hat er auch gerettet..." Ihre Stimme brach.

„Was ist mit Gärtner?"

„Ich habe gehört, daß er tot ist. In der Zeitung stand von schlimmen Wunden an den Beinen." Sie senkte ihren Blick und wirkte traurig und verloren. „Davon hat er mir nichts gesagt..."

„Wie konnte er das alles wissen, und woher hatte er die Gifte?" fragte Hauptkommissar Nils Klorn leise.

„Ich weiß es nicht, und ich will es auch nicht wissen. Ich wünschte, ich hätte das Gespür und die Zärtlichkeit für die Feuerkatze entwickeln können..." Sie stand auf und sah Rauch traurig an. „Kann ich jetzt gehen? Ich möchte zu meinem Mann, denn irgendwie ist er noch immer mein Mann..." Sie blickte Klorn durch einen Tränenschleier an.

„Warum verraten Sie Ihren Demetri?" fragte Rauch grob.

„Verrate ich ihn?" verzog sie ihr Gesicht zu einer Fratze. „Ich verrate ihn doch gar nicht..." Sie sah Rauch lange an. „Warum haben Sie mich herbestellt?" Sie atmete ruhig. „Sie wollten mit mir sprechen, um die Wahrheit zu erfahren..." gab sie selbst die Antwort und schloß die Augen. In den Furchen unter ihren Augen schimmerte hellblaue Wimperntusche und sah lustig aus. Aber in den Grübchen um ihren Mund war es rot vom Lippenstift, und das sah nicht lustig aus; dafür aber sehr gefährlich, denn es war wohl das Maul einer Raubkatze, die gerade ihr Opfer gefressen hatte.

„Bei allen Mordfällen gab es eine eigenartige Verbindung zu Ihnen", erwiderte Rauch leise. „Darum haben wir Sie vorgeladen." Er sah Klorn an und konnte sich ein Grinsen nicht verkneifen. „Wir konnten allerdings nicht ahnen, daß Sie uns gleich die volle Wahrheit erzählen..."

„Ist es denn die Wahrheit?" fragte sie und sah durch Rauch hindurch.

„Frau Rollbaum, wenn Sie hier ein Spiel mit uns spielen!" begann Rauch laut zu drohen und mußte sich abwenden, denn das Gesicht mit den blauen Wangen und dem blutroten Mund war nicht aus dieser Welt.

„Herr Rauch, ich habe Ihnen von Hiob und auch von Annette von Droste-Hülshoff erzählt", blieb sie ruhig. „Aber Sie haben nichts verstanden, weil Sie nichts verstehen wollten..." Es sah aus, als würde sie jetzt gleich weinen. „Und Sie wollen immer noch nicht verstehen..."

„Was soll ich denn verstehen?" fragte Rauch leise und schwach.

„Drum poche sacht, du weißt es nicht, was dir mag überm Haupte schwanken; drum drücke sacht, der Augen Licht. Wohl siehst du, doch nicht der Gedanken..."

„Was war das?"

„Sie haben wenig Kultur, Herr Rauch", antwortete sie leise und mitleidsvoll. „Das sind Zeilen von Annette von Droste-Hülshoff aus ihren wunderbaren Gedicht ‚An die Weltverbesserer'."

„Was schwankt uns über unserem Kopf?" dachte Klorn laut nach. „Und welche Gedanken sehen wir nicht?"

„Vielleicht werden Sie ihn finden“, antwortete sie nicht auf seine Frage. „Aber Sie werden ihn nicht verstehen.“

„Warum sollen wir ihn nicht verstehen?“ fragte Klorn schwach und fühlte sich allein und sehr traurig.

„Weil wir ihn alle nicht verstehen, und weil ich ihn auch nie verstanden habe...“

„Frau Rollbaum!“ baute sich Rauch drohend vor der fülligen Frau auf. „Das ist kein Spiel! Und wir haben keine Zeit zu verlieren!“ Er sprach laut und gehetzt.

„Was ist schon Zeit?“ sinnierte sie und schloß die Augen. „Zeit vergeht und kommt nur in der Erinnerung zurück...“ Sie öffnete die Augen wieder und sah Rauch traurig an. „Sie haben keine Zeit mehr, sagen Sie. Aber Gras wächst nicht schneller, wenn man daran zieht...“ Sie setzte ein Lächeln auf. „Sie suchen einen Mörder, und Sie suchen Gifte. Suchen Sie doch erst mal die Schurken, die uns nun auch hier in Deutschland den ersten BSE-Fall einhandelt haben. Tausende von Menschen essen ahnungslos das Fleisch...“ Sie sah Rauch fragend an. „Oder haben Sie heute noch keine Nachrichten gehört?“

„Doch, ich habe gehört, daß auf einem Hof in Schleswig-Holstein Tiere mit Rinderwahnsinn entdeckt wurden...“

„Sehen Sie“, lächelte sie vielsagend. „Ich werde heute Abend im Park sein. Wenn Sie wollen...“ Sie sah Rauch lange an und drehte sich dann schnell um.

Klorn wartete, bis sie das Vernehmungszimmer verlassen hatte und die Tür geschlossen war. „Glaubst du ihr?“

„Ich weiß nicht, was ich glauben soll. Die Frau ist ein einzigartiges Rätsel.“ Rauch trat ans Fenster und starrte in die diesige Herbstluft, die genauso neblig war wie die Aussage von Clara Rollbaum. „Warum sollte der Grieche sich ihr anvertraut haben?“ Er drehte sich zu Klorn um. „Wenn es wirklich so war, wo liegt der Sinn? Warum bringt Georgiou Menschen um, wenn er persönlich nichts davon hat? Er tötet einen Mann und rettet damit einen anderen...“

„Es gibt kein Motiv“, flüsterte Klorn, und seine Stimme klang traurig und hilflos.

„Woher wußte der Grieche, wo gerade jemand einen anderen umbringen will? Und das gleich dreimal?“ Rauch schloß die Augen und sah vor sich drei große Eimer. In jedem war ein dampfendes Gift, und um die Eimer strich eine häßliche, rote Katze. „Dabei hat er angeblich einen vor einem Mord gerettet, um ihn dann doch noch zu töten...“ Er öffnete die Augen und hatte Angst, eine Welt zu sehen, die es nicht gab.

„Zappel! Wie hätte Rabenstein ihn per Telefon töten können?“

„Er hätte ihn vielleicht mit Beweisen beruflich fertig gemacht. Aber sonst nichts!“ Rauch drehte sich wieder zum Fenster. „Warum erzählt sie uns diese Geschichte?“

„Wird sie ihn warnen?“ stand Klorn unruhig auf.

„Keine Ahnung“, zuckte Rauch die Schultern. „Er hat ein Flugtikket.“

„Wohin?“

„Weiß ich nicht!“ war Rauch unruhig und sah weiter nach draußen. „Die Sakatzke hat es ihm gegeben, als wir in der Kneipe ‚Am Kobel‘ waren.“

„Wir müssen handeln!“ begann Klorn aufgeregt hin und her zu laufen.

„Ich schicke Bleich hin. Er soll Rotteck mitnehmen und vor der Wohnung des Griechen aufpassen.“ Rauch drehte sich wieder um. „Wir müssen jeden Schritt wissen und vor allem, wer ihn noch besucht.“ Er rieb sich über den schwarzen Schnauzer. „Wenn sie ihn am Telefon warnt, können wir das sowieso nicht verhindern! Aber Rotteck kann ihn jederzeit verfolgen, wenn er fliehen will...“

„Gut, schick du Bleich und Rotteck los!“ wurde Klorn energisch. „Und ich rufe in Hannover an. Orgler soll seinen Arsch in Bewegung setzen! Das SEK muß auch her. Soll er gleich veranlassen! Georgiou wohnt in einem Hochhaus! Dann brauchen wir vom SEK zwei Sets!“ Er sah entschlossen aus. „Ich will das ganze Programm, und ich will es heute!“

11

Die Augen sahen müde und tot aus und paßten in das blasse Gesicht, das zerfurcht und von vielen Falten durchzogen wie die Landschaft in einer fernen Welt wirkte. „Aber, wenn du ihn doch liebst“, flüsterte der Mann, dem dieses Gesicht gehörte, „so wie du mich früher mal geliebt hast...“

„Was macht dich so sicher, daß ich dich früher mal geliebt habe?“ fragte Clara Rollbaum und sah ihren Ex-Mann ernst an.

„Wir waren immerhin viele Jahre verheiratet“, antwortete Fritz Rollbaum leise und wollte gerne an schöne gemeinsame Stunden zurückdenken. Es gelang ihm nicht, denn zwischen ihm und seiner Frau stand ein bärtiger Grieche, und der lag sogar zwischen ihnen im Bett.

„Was heißt es denn, verheiratet zu sein? Was heißt es, zu lieben?“ Sie lächelte kalt. „Ich habe Demetri gespürt, wenn er wütend war, und ich habe ihn auch gespürt, wenn er lieb war, und ich war bei ihm, als er mir wehgetan hat...“ Sie lächelte noch breiter und zeigte ihre häßlichen, gelben Zähne. „Aber ich weiß nicht, ob ich ihn da geliebt habe...“

„Was hast du der Polizei erzählt?“ fragte er grob und sah sie böse an.

Clara Rollbaum saß auf dem breiten Ledersofa im Wohnzimmer ihres Ex-Mannes und sah Rollbaum in den Rücken, der vor dem großen Fenster stand und in den Garten starrte. „Ich mußte ihnen doch alles erzählen“, antwortete sie und wirkte hilflos.

„Dann werden sie jetzt Demetri suchen“, drehte er sich traurig um. „Und wir werden die Gifte nie bekommen...“

„Er hat sie mir nicht gegeben...“ Sie stockte und senkte den Blick. „Auch nicht, als ich ihm meine Liebe gezeigt habe...“ Sie stand langsam auf und ging auf ihn zu. „Dann würde er sie dir auch nicht geben.“ Sie umarmte ihn und preßte ihren Kopf an seine Brust.

„Vielleicht hast du Recht“, strich er ihr zärtlich durch die Haare und drückte sie fest an sich.

„Kann ich bei dir bleiben?“ flüsterte sie und ließ einen Tränenschwall über ihr verhärmtes Gesicht rinnen.

„Ich war früher für dich da und bin es auch jetzt.“ Seine Hände fuhren ihr zärtlich über den Rücken. „Er hat so lange zwischen uns gestanden, und wenn ich seine Gifte hätte, würde ich ihn damit töten...“

Sie warf den Kopf zurück und blickte zu ihm auf. „Ich könnte heute Nacht bei dir bleiben, wie früher...“ Durch ihren Tränenschleier konnte sie sein Gesicht kaum erkennen. Aber warum sollte sie? Sie wußte doch, wie er aussah.

Er küßte ihr die Tränen vom Gesicht und fühlte sich wieder wie der Mann, der sie einmal innig geliebt und begehrt hatte. Auch wenn das über 20 Jahre zurücklag, kam es ihm im Moment so vor, als wäre es gerade jetzt. „Ich liebe dich“, flüsterte er und sah in ihre Augen.

„Nicht er hat zwischen uns gestanden!“ blitzten ihre Augen ihn an. „Es war immer die Feuerkatze, von der du die Gifte haben wolltest, die ihr die Natur geschenkt hat!“

Er ertrug ihre funkelnden Augen nicht, ließ sie los und wich erschrocken einen Schritt zurück. „Was ist mit dir?“

„Für diesen Fall hat mir Demetri etwas gegeben!“ rief sie laut. „Oder hast du geglaubt, ich spiele noch einmal deine irdische Geliebte?“ Sie lachte schrill.

„Aber ich liebe dich doch“, flüsterte er und wich noch einen Schritt zurück.

„Deine Liebe richtet sich gerade in deiner Hose auf!“ keifte sie und trat mutig auf ihn zu. Sie streckte ihre Hand aus. „Hast du etwa Angst?“ Als ihre Hand seinen Hals berührte, bohrte sich eine spitze Nadel tief in die Haut.

Er konnte nichts mehr sagen und war auch zu schwach, seine Hand nach ihrem Arm zu heben. Ein kaltes Gefühl strömte durch seine Adern und gelangte ins Gehirn. Dort schienen die Zellen schnell zu gefrieren. Sein Gesicht wurde zu einem Stein, und seine Augen begannen rot zu glühen. Dann fiel er kraftlos nach hinten und schlug mit dem Kopf hart auf die Fensterbank. Langsam sackte der Körper nach unten und lag verrenkt vor dem Heizkörper.

Sie ließ die kleine Nadel auf den Teppich fallen und drehte sich lächelnd um.

12

Die Männer trugen schußsichere Westen, Kampfstiefel und jeder einen schwarzen Helm mit Schutzbrille. Ihre Gesichter waren nicht zu erkennen. Bewaffnet waren alle mit Maschinenpistolen, vorne mit einer aufgesteckten Leuchte.

„Wann ist er in die Wohnung gegangen?“ fragte Hauptkommissar Fred Rauch.

Kriminalobermeister Arno Rotteck sah auf die Armbanduhr. „Er ist jetzt über eine Stunde drin...“ Er fror und steckte beide Hände in die Jackentaschen. „Ich habe hier unten den Ausgang beobachtet. Bleich ist oben und steht im Treppenhaus. Von da kann er auch den Fahrstuhl sehen...“

„Er kann also nicht aus der Wohnung“, stellte Rauch beruhigt fest und sah an dem viergeschossigen Wohnblock hoch, in der Nienburger Straße, in Germburg.

„Jedenfalls nicht aus seiner Wohnungstür“, nickte Rotteck. „Er könnte nur aus dem Fenster springen. Aber das ist im dritten Stock.“ Er zeigte nach oben auf ein Fenster.

„Kann er uns sehen?“

„Ja, wenn er rausguckt." Rotteck ließ seinen linken Arm nach links wandern. „Das sind die beiden Fenster, wo du die grünen Gardinen siehst..." Er strengte seine Augen an, konnte aber den Griechen Demetri Georgiou nicht am Fenster sehen. „Er ahnt nichts, denn er hat uns nicht bemerkt..." Sein Blick wanderte nach rechts, wo zwei Männer auf einer häßlich gelben Rasenfläche laut stritten.

„Sie haben die Gesamtleitung!" wurde der vermummte Gruppenführer Erhard Mackarat lauter. „Aber ich leite den Einsatz des SEK!"

„Wir sprengen die Tür auf und gehen sofort rein!" übertönte ihn der Leitende Kriminaldirektor Frank Orgler.

„Wir haben unsere Anweisungen, Herr Kriminaldirektor. Ich nehme jetzt unseren Horchtrupp mit und sehe mir die Gegebenheiten oben auf dem Flur an!" Er drehte sich zu zwei Vermummten. „Nehmt alles mit! Wir gehen hoch!" Er gab einem anderen Mann ein Zeichen. „Fahr den Mannschaftsbus in die Nebenstraße! Und Sie, Herr Kriminaldirektor, besorgen mir endlich die Zeichnung der Wohnung!"

Orgler schwieg bedrückt und sah den drei Männern nach, die zur Eingangstür liefen. „Herr Rauch, wo bleibt der Hausmeister mit der Wohnungszeichnung?"

„Ist unterwegs!"

Mackarat faßte Rotteck am Arm. „Komm mit hoch und zeig uns die Wohnungstür. Beide verschwanden im Gebäude.

Der große, schlaksige Junge sah die vielen Polizisten, die vergeblich versuchten, alles abzusperren, und er sah die vermummten Männer rechts neben dem Hochhaus stehen. Lars Sakatzke saß auf seinem Fahrrad und lehnte gegen eine Straßenleuchte. Von hier konnte er das Geschehen sehr gut beobachten. Er wußte, wer in diesem Haus wohnte: Demetri Georgiou, ein guter Freund seiner Mutter.

„Das ist Herr Kaluppke", schob Hauptkommissar Nils Klorn einen kleinen Mann in einem grauen Kittel vor sich her. „Er hat einen Wohnungsschlüssel und kann die Wohnung erklären. Zeichnungen gibt es scheinbar nicht..."

„Soll ich aufschließen?" fragte der kleine Mann leise und fror in seinem Kittel.

„Nein, aber gehen Sie erst mal in den Hausflur. Sie holen sich ja den Tod!" Klorn schob den Hausmeister in den Vorflur des Hochhauses.

Rauch ließ seinen Blick an der Fensterfront nach oben wandern. Eine alte Frau schaute im vierten Obergeschoß nach draußen.

Orgler lief aufgeregt vor dem Hochhaus auf und ab. Immer wieder blieb er stehen und drehte sich zu den Männern, die sich vermummt durch Hüpfen und Armkreisen warm hielten. „Das wird Konsequenzen haben!“ brummte er und sah Rauch böse an. „Was stehen Sie hier rum, Herr Rauch? Können Sie nicht im Treppenhaus mögliche Fluchtwege sichern?“

„Sie wissen genau, daß wir zurückbleiben müssen, wenn das SEK übernimmt...“

„Und, übernimmt das SEK?“ fragte Orgler böse. „Die stehen hier in der Kälte rum und machen sich warme Gedanken!“

Rauch schwieg und drehte sich um. Er ging auf den Eingang zu. Immer mehr haßte er die arrogante Art des Leitenden Kriminaldirektors, und er dachte daran, daß wohl viele seiner Kollegen drei Kreuze machen würden, wenn Orgler endlich in Rente ging.

„Treppenhäuser und Fahrstuhl besetzen“, quäkte es aus einem Handsprechgerät, das einer der Vermummten in der Hand hielt. Er hob den rechten Arm und begann zu laufen. Die anderen folgten ihm. Schnell waren alle im Gebäude verschwunden.

„Dann gehen wir auch rein!“ rief Orgler und sah Rauch an, der an einem Fahrradständer stand.

„Nein, ich bleibe hier draußen und beobachte die Fenster!“ blieb Rauch hart.

Orgler schüttelte wütend den Kopf und verschwand im Haus.

Ein schwarzer Audi kam mit quietschenden Reifen um die Kurve und hielt. Das auf das Dach gestellte Blaulicht blinkte. Der kleine Kriminalrat Horst Klingel sprang aus dem Auto und lief auf Rauch zu. „Wie weit sind wir?“

„Ihr Auto muß hier weg!“ zeigte Rauch ungerührt zur Seite. „Kein Blaulicht! Wir müssen uns unauffällig bewegen. Er ist in der Wohnung und könnte aus dem Fenster sehen...“

„Wann kommt das SEK?“

„Sind lange da! Fahren Sie Ihr Auto weg! Und Blaulicht aus!“

„Stürmen die?“

„Weiß ich nicht“, ertrug Rauch auch die Nähe des Kriminalrats nicht.

Orgler kam schwer atmend die Treppe in das dritte Obergeschoß nach oben. Er sah die vermummten Männer vor einer Wohnungstür stehen. Sie hatten ihre hochempfindlichen Mikrofone an die Tür geheftet.

Klorn erklärte Mackarat die Wohnung, wie sie ihm der Hausmeister beschrieben hatte: „Hinter der Tür beginnt ein schmaler Flur. Gleich links ist ein WC. Rechts führt hinter einer Garderobe eine Tür ins Schlafzimmer. Links neben der Schlafzimmertür ist die Tür zum Badezimmer. Die Küchentür ist gegenüber der Garderobe, und das Wohnzimmer beginnt mit einem offenen Rundbogen hinter dem Flur.

Mackarat nickte und sah weitere vermummte Männer durch die Glastür kommen. Sie drängten Orgler zur Seite.

„Ich höre Schritte", flüsterte einer der Vermummten und hob den Kopfhörer über dem linken Ohr etwas an.

„Wo sind sie?" fragte der Gruppenführer.

„Geradeaus, etwa fünf Meter weg."

„Da ist das Wohnzimmer!"

„Jetzt klirrt etwas, als ob er eine Tasse auf einen Teller stellt..."

„Mehrere Personen?" erkundigte sich Mackarat.

„Nein, ich höre nur einen. Aber es sind ganz schwache Schritte, als wenn er schwebt..." Er drückte den Kopfhörer wieder über das linke Ohr.

„Vielleicht trägt er Hausschuhe oder läuft auf Socken!" Mackarat winkte die anderen Männer heran.

„Wir gehen nach hinten", flüsterte Klorn und griff Rotteck am Arm. Die beiden Kriminalbeamten gingen einige Meter nach rechts.

„Sichert die anderen Türen, daß da nicht plötzlich einer rauskommt!" gab Mackarat seinen Männern ein Zeichen.

Schnell stand vor jeder Tür ein Vermummter und hielt die Maschinenpistole im Anschlag.

„Alles klar!" setzte einer der Horchposten den Kopfhörer ab und löste die Mikrofone an der Tür.

Zwei Kameraden befestigten die Haftladungen.

„Zugriff!" rief Orgler vor der Glastür stehend und seine Dienstpistole entsichert in der rechten Hand.

„Schnauze!" giftete Mackarat zurück. Er nahm seine Maschinenpistole von der Schulter und entsicherte sie.

Klorn und Rotteck zogen ihre Dienstwaffen.

„Go!" rief Mackarat.

Die Haftladung sprengte die Tür aus den Angeln. Während sie scheppernd nach vorne in den Wohnungsflur knallte, rollte ein Vermummter eine Blendgranate in die Wohnung. Es krachte und blitzte. Dann waren die Vermummten mit schnellen Schritten in der Wohnung.

„Polizei! Nehmen Sie die Hände über den Kopf!"

Links drückte eine Maschinenpistole die WC-Tür auf und drohte in den kleinen Raum. Schon waren Kameraden im Schlafzimmer, in der Küche und im Badezimmer.

„Polizei! Kommen Sie mit erhobenen Händen heraus!" schrie Mackarat und sprang, die Waffe nach vorne gerichtet, ins Wohnzimmer. Er zielte nach links und dann nach rechts. Zuerst sah er niemanden. Dann aber stockte ihm der Atem, als er den Jungen auf der Fensterbank sah. Das Kind stand unsicher und starrte den vermummten Mann an. Ängstlich fiel es nach hinten. Der kleine Körper durchschlug die Scheibe.

„Er hat sich versteckt!" schrie Mackarat und war schnell am Fenster. „Sucht in den Schränken!" Er lehnte sich nach vorne, durch die zersplitterte Scheibe und sah einen Jungen hilflos nach unten fallen.

Als Fred Rauch das Klirren hörte, sah er nach oben und schlug entsetzt die Hände vor sein Gesicht. „Nein, das nicht!" schrie er gellend. Dann knallte der kleine Körper dicht vor ihm auf den harten Asphalt. Rauch stand wie gelähmt und war nicht in der Lage, sich über den Jungen zu beugen, der dort furchtbar verrenkt und im eigenen Blut lag.

„Notarzt! Krankenwagen!" dröhnte Klingel laut und hörte gar nicht, wie jetzt viele Fenster geöffnet wurden.

„Steht hinter der Bushaltestelle!" Nun konnte Rauch laufen, und er lief, als könnte ein Arzt dem Jungen noch helfen.

13

„Ist was mit Demetri?" fragte Katja Riethmann und trat unsicher näher. Sie sah viele Menschen aufgeregt herumlaufen und auch einige vermummte Männer. Und sie sah das Zucken des Blaulichts. Die Hecktür des Krankenwagens war geöffnet. Ein Notarzt und zwei Sanitäter beugten sich über einen leblosen Körper, der auf der Trage lag. „Ist es Demetri?" fragte sie unsicher und trat langsam näher.

Kriminalrat Horst Klingel wollte sie zurückhalten, aber Rauch hielt seinen Arm fest. „Lassen Sie die Frau", bat er und wußte nicht warum.

Sie blieb stehen und starrte an einem Sanitäter vorbei. Dann sah sie die blauen Turnschuhe und die dunkelgrüne Hose. Noch zwei Schritte. Erschrocken schlug sie beide Hände vor ihr hübsches Gesicht und schrie gellend auf. „Marcel! Marcel!" Sie kreischte. „Was ist mit ihm?" Der Sanitäter faßte ihren Arm. Sie riß sich los und drehte sich zu

Rauch. „Was habt ihr mit ihm gemacht?" Ihre Hände krallten sich in seinen Mantel. „Was habt ihr mit meinem Sohn gemacht?"

Rauch schluckte und konnte die Frau nicht ansehen. „Ich habe nicht gewußt, daß es Ihr Sohn ist..." Er griff ihren Arm und löste ihre Hand von seinem Mantel. „Tut mir leid", flüsterte er und wußte gar nicht, was er sagte.

„Marcel wollte doch..." Ihre Stimme brach, und sie schlug laut schluchzend beide Hände vor ihr tränenüberströmtes Gesicht.

„War er bei seinem Vater?"

„Nein!" schrie sie und nahm die Hände vom Gesicht. Ihr feuchter Blick traf Rauch. „Ich wollte zu Demetri..." Sie schluckte. „Warum habt ihr mein Kind geholt?" Sie drehte sich wieder zu dem kleinen, toten Körper im Krankenwagen.

„Und wo war Ihr Sohn?" faßte Rauch sie vorsichtig an die Schulter.

Sie befreite sich aus dem Griff und drehte sich schnell wieder um. „Marcel war zu Hause. Ich war doch arbeiten..." Feuchte Pfeile schossen aus ihren Augen und trafen Rauch. Er ertrug ihre haßerfüllten Blicke nicht und schloß schnell die Augen. Wie aus weiter Ferne hörte er Katja Riethmann weiter sprechen: „Er hat gespielt... glaube ich..."

„Den ganzen Nachmittag?" Er ertrug ihren Silberblick nicht und mußte sich kurz abwenden.

„Ich war arbeiten!" rief sie laut und bekam für einen kurzen Moment ein schlechtes Gewissen, daß sie ihren Sohn so oft allein lassen mußte. „Ich bin nur kurz hierher gefahren, weil Demetri mich angerufen hat..." Sie schluchzte und schlug wieder beide Hände vor ihr Gesicht. „Wo ist Demetri?"

„Wann hat er angerufen?" stellte Rauch eine Gegenfrage.

„Vor einer... halben Stunde...vielleicht..." Sie war kaum zu verstehen.

„Warum hat er Sie angerufen?" rüttelte Rauch an den Schultern der hemmungslos weinenden Frau.

„Ich sollte unbedingt kommen", nahm sie die Hände wieder von ihrem Gesicht und starrte Rauch durch den Tränenschleier an. „Er sagte, daß etwas Schreckliches passiert sei... und wollte mir am Telefon nicht sagen, was... er..." Sie war nicht mehr zu verstehen.

Rauch ließ die hilflose Frau los und versuchte nachzudenken. Es gelang ihm nicht. Vor sich sah er ein feuchtes Gesicht und viele Tränen, und die ganze Herbstluft um ihn herum war diesig und auch feucht. Er glaubte, zu ertrinken.

„Warum habt ihr mein Kind mit einem Krankenwagen hierher geholt?“ Sie drehte sich um und ging mit schwachen Schritten am Krankenwagen vorbei.

Rauch stand wie gelähmt. „Wir haben ihn nicht geholt...“ Aber er glaubte es im Moment selbst nicht. Langsam drehte er sich um und ging zum Hauseingang. „Wer ist wirklich ins Haus gegangen?“ fragte er böse und sah seinen Kollegen Rotteck an.

„Da war kein Kind“, stammelte Rotteck und lehnte sich kraftlos gegen die schwere Haustür. „Es war der Grieche. Ich habe ihn genau gesehen. Er ging ins Haus und drehte sich am Eingang noch einmal um. Vielleicht hat er mich sogar gesehen...“

„Ich war zu der Zeit oben im Flur“, ergänzte Hauptkommissar Gerhard Bleich. „Er kam mit dem Fahrstuhl nach oben. Ich habe mich an der hinteren Wohnungstür umgedreht und so getan, als wollte ich meine Wohnung aufschließen...“ Er sah wie immer traurig aus, und seine feuchten Augen paßten sich der diesigen Herbstluft an. „Ich habe ihn genau gesehen. Er hat seine Wohnungstür aufgeschlossen und ist in der Wohnung verschwunden...“

„Verschwunden“, flüsterte Klorn hilflos. „In der Wohnung war nur das Kind. Die SEK-Leute haben keinen anderen gefunden...“ Mit müden Schritten ging er auf die Straße und wollte nur weg. Er dachte an die ehemalige Polizeipistole, eine Walther PPK, Kaliber 7,65, die er vor wenigen Minuten auf dem Wohnzimmerschrank des Griechen gefunden hatte. Aber darüber konnte er sich im Moment nicht freuen. Wie aus weiter Ferne hörte er eine Frau gellend schreien, denn ihr Sohn war gerade gestorben.

Der Leitende Kriminaldirektor Frank Orgler baute sich drohend vor dem SEK-Gruppenführer Erhard Mackarat auf. „Das kommt dabei raus, wenn man mir selbstherrlich das Kommando aus der Hand nimmt! Das wird ein Nachspiel für Sie haben! Ein gewaltiges Nachspiel! Wir haben keinen Verhafteten, dafür aber ein totes Kind!“ Er schnaufte und rieb seine lange, spitze Nase. „Ich sehe schon die Schlagzeile der Bild-Zeitung: Vermummte Polizisten töten hilfloses Kind!“ Er drehte sich auch um und folgte Klorn mit müden Schritten.

14

Die Dunkelheit hatte sich wie ein schwerer Schleier auf alles gelegt, was dort im Weserpark lebte.

Die beiden Schleiereulen zogen ihre Runde in der Nähe des Teiches. Sie waren nur selten zu hören. Die Waldohreule versteckte sich oben in einem der hohen Bäume und wartete auf Beute. Der Steinkauz hockte wie immer auf dem Stumpf, der von der Ulme seit dem letzten Sturm geblieben war.

Clara Rollbaum saß reglos auf der kleinen Bank und lauschte in die Dunkelheit hinein. Vorne im lockeren Laub raschelte es. Ihre menschlichen Augen suchten andere Augen, rote Augen. „Ich muß dich finden, geliebte Feuerkatze“, flüsterte sie und hoffte, daß das Tier in der Nähe war und sie hören und verstehen konnte. „Ich möchte so sein wie Demetri. Ich möchte dich anfassen und streicheln können...“ Einen Moment dachte sie darüber nach, ob sie überhaupt einmal die Feuerkatze anfassen konnte. Und wie würde es ausgehen? Würde sie diese Berührung überleben oder tot sein für sich selbst und die ganze Welt? Sie schreckte aus ihren geträumten Gedanken, denn links waren Schritte zu hören, die auf dem Laub raschelten und den Boden dröhnen ließen.

Kam Demetri? Würde er sie wieder schlagen, weil sie seiner Feuerkatze zu nah kam? Oder war es die Feuerkatze selbst? Nein, sie konnte nicht so hart und dumpf auftreten.

Und nun waren da auch Stimmen.

„Kannst du mir mal sagen, was wir hier machen?“ fragte Hauptkommissar Nils Klorn leise und starrte nach vorne auf einen Holunderstrauch.

„Ich weiß es auch nicht“, flüsterte Hauptkommissar Fred Rauch. „Aber wenn die Katze kommt, könnte ich...“ Er konnte den Blick nicht von dem Holunderstrauch nehmen und wußte, daß hier Joachim Flensburg gestanden hatte. Jetzt formte sich der Strauch in der Dunkelheit zu einem Gespenst und sah sehr gefährlich aus.

„Willst du ein armes Tier erschießen, weil es vielleicht etwas Gift in sich trägt, das unsere Spezialisten nicht kennen?“

„Ich will gar nichts. Ich will es nur sehen und vielleicht ein bißchen davon verstehen...“ Er dachte daran, daß Katzen sieben Leben haben sollen. Wie oft mußte er also abdrücken, und wie oft mußte er die Feuerkatze erschießen?

„Hast du immer noch nicht verstanden, daß es hier nichts zu verstehen gibt? Wir warten hier auf etwas, das es nicht gibt!“

„Sei mal leise“, bat Rauch und starrte nach vorne, durch die dünnen Zweige des Holunderstrauchs hindurch. „Siehst du auch, was ich sehe?“

„Ich sehe rote Augen", schüttelte sich Klorn und träumte davon, jetzt in Hannover in seiner kleinen Wohnung zu sein.

„Wenn wir es erschießen und ins Labor bringen, werden sich viele wundern!" sagte Rauch bestimmt und zog seine Dienstwaffe. Er hob die Pistole und legte an. „Ich habe sie. Gleich ist es vorbei..."

Noch bevor er abdrücken konnte, schlug Klorn ihm auf den Unterarm. „Suche deine Täter nicht im unschuldigen Tierreich!"

Der Schuß brach, und die Patrone bohrte sich in einen Ast des Holunderstrauches.

Clara Rollbaum fuhr erschrocken zusammen, und die Feuerkatze stob davon.

(Hiob 41, Verse 24 und 25)